Les fantômes du passé

Du même auteur
aux Éditions J'ai lu

Le flambeur du Mississippi, *J'ai lu* 3468
Sans foi ni loi, *J'ai lu* 3561
Une ombre dans l'île, *J'ai lu* 3933
Par amour ou par défi, *J'ai lu* 4338
Le rival, *J'ai lu* 4561
Diablo, *J'ai lu* 4959
Enchaîné par l'amour, *J'ai lu* 5655
Piège en eaux troubles, *J'ai lu* 7385
Dans l'antre du mensonge, *J'ai lu* 7387

Patricia Potter

Les fantômes du passé

Traduit de l'américain
par Isabelle Tolila

[redacted]

J'AI LU

Titre original :

COLD TARGET
A Berkley Sensation Books, published by The Berkley Publishing Group, a division of Penguin Group, New York

Prologue

La Nouvelle-Orléans, 2003

Un craquement. Puis un autre.

Des bruits qu'elle n'aurait pas dû entendre.

Holly Matthews Ames se figea dans son lit et regarda l'heure sur l'écran lumineux du réveil. Trois heures du matin. Elle tendit l'oreille.

Silence. Pourtant, elle avait entendu ces craquements.

Cela ne pouvait signifier qu'une chose : quelqu'un était dans l'escalier et essayait de ne pas faire de bruit.

Mais ce n'était pas son mari. Il aurait allumé les lumières, il n'aurait pas refermé silencieusement la porte d'entrée, et il serait probablement allé se servir un verre avant tout. Sans compter que ce soir, il faisait un discours dans une autre ville et qu'il avait prévu d'y rester dormir.

Elle n'aurait rien entendu si une insomnie due à une conversation qu'elle avait surprise quelques heures plus tôt ne l'avait pas tenue éveillée. Elle aurait bien voulu arrêter d'y penser. Mais les implications de cette conversation étaient trop atroces.

Brusquement, elle songea à son fils, et sa peur céda la place à la panique. Mikey ! Il était seul dans sa chambre.

Elle se pencha pour atteindre la table de nuit de Randolph. Son mari y gardait un revolver, malgré ses protestations. Il avait même insisté pour qu'elle apprenne à s'en servir, la première année de leur mariage.

Au temps où il l'aimait.

S'il l'avait jamais aimée.

Elle chercha la clé cachée sous la table de nuit, puis elle ouvrit le tiroir, prit l'arme automatique et ôta le cran de sécurité.

Sa main tremblait. Elle n'avait jamais été courageuse. Mais la pensée de son fils seul dans sa chambre lui donna la force de garder le revolver en main.

Un rai de lumière filtrait par la porte entrouverte. Elle ne la fermait jamais quand elle était seule, pour être sûre d'entendre Mikey s'il faisait un cauchemar.

L'intrus approchait avec d'infinies précautions. Cela ne pouvait définitivement pas être Randolph. Il manifestait toujours sa présence d'une façon ou d'une autre. Elle se leva et alla se cacher derrière la porte, exactement comme elle l'avait vu faire dans les films policiers.

Son cœur battait si fort qu'elle craignait que l'intrus ne l'entende.

Elle sentit son odeur, une odeur forte et mielleuse d'eau de toilette pour hommes, avant de le voir. Le parquet craqua de nouveau, puis il y eut un instant de silence total.

Elle regretta de ne pas avoir jeté quelque chose sur le lit pour simuler une forme humaine, mais il était trop tard.

Il poussa un juron quand il pénétra dans la chambre et vit que le lit était vide. Elle aperçut son arme au moment où il sembla sentir sa présence derrière la porte et commença à se tourner vers elle.

Le doigt de Holly se crispa involontairement sur la gâchette, et le revolver tressauta dans sa main. L'intrus recula brusquement et, par réflexe, tira. Le coup partit, mais la rata. Médusée, elle regarda son corps se contorsionner, puis s'effondrer par terre. Il ne bougeait plus.

Elle tendit un bras tremblant vers l'interrupteur et alluma la lumière. L'intrus portait un masque et des vêtements noirs. À côté de lui, une tache rouge assombrissait la moquette. Elle songea à prendre son pouls, mais n'eut pas la force de le faire. De toute façon, cela n'aurait servi à rien. Derrière les deux fentes du masque, ses yeux la regardaient sans la voir. La balle avait dû atteindre le cœur.

Comme paralysée, elle fixait l'homme qui gisait par terre. Elle venait de tuer quelqu'un. La nausée qui l'envahit à cette pensée fut si violente qu'elle faillit vomir.

« Ressaisis-toi ! » s'ordonna-t-elle.

La police. Elle devait appeler la police. Mais une petite voix l'empêcha de courir au téléphone. L'homme s'était introduit chez elle sans déclencher l'alarme. Or, elle l'avait branchée avant d'aller se coucher. Il avait pénétré dans sa chambre une arme à la main, ce qui signifiait qu'il n'était probablement pas un simple cambrioleur.

Elle se força à soulever le masque.

Elle réprima un cri en le reconnaissant. Elle ignorait son nom, mais elle l'avait vu plusieurs fois avec son mari. C'était une sorte d'homme à tout faire, quelqu'un qui se chargeait des tâches courantes contre de menues sommes d'argent.

Il était venu directement dans sa chambre, comme s'il avait connu le plan de la maison…

« La police, se répéta-t-elle. Tu dois appeler la police. »

Au lieu de quoi, elle entreprit de fouiller les poches de l'homme. Elle y trouva une clé. La clé de sa maison. Et un bout de papier où était inscrit le code du système d'alarme. Rien d'autre.

Cet homme possédait la clé de sa maison et le code de l'alarme. Qui avait pu les lui donner… sinon son mari ?

Ses jambes faillirent se dérober sous elle. Cet homme ne s'était pas introduit chez elle pour lui voler des bijoux ou de l'argent, comme elle l'avait cru un instant.

Il était venu la tuer sur l'ordre de son mari.

1

La Nouvelle-Orléans, quatre semaines plus tard

Meredith Rawson s'arrêta sur le seuil de la chambre d'hôpital et regarda la pauvre silhouette amaigrie de sa mère sur le lit.

Elle était en train de mourir. Le changement qui s'était opéré en elle en l'espace d'un seul jour était terrifiant. Un cancer avancé des poumons avait été diagnostiqué seulement quelques semaines plus tôt, mais la maladie s'était déjà généralisée.

Jusqu'à présent, Meredith s'était efforcée de garder espoir. Mais un appel au médecin de sa mère lui avait appris que celle-ci n'avait plus que quelques jours à vivre. La chimiothérapie et la radiothérapie à forte dose n'avaient pas suffi à stopper l'inexorable progression de la maladie.

Meredith avait le cœur déchiré de douleur et de regret. Douleur pour sa mère, pour cette vie qui allait s'achever bien trop tôt. Regret de n'avoir jamais pu faire complètement la paix avec elle, d'avoir laissé de vieilles blessures les séparer.

Elle s'obligea à afficher un sourire sur ses lèvres et entra.

Sa mère reposait paisiblement. On ne l'avait pas transportée aux soins intensifs. Le père de Meredith avait préféré engager des infirmières privées pour s'occuper d'elle jour et nuit. C'était mieux ainsi. Sa mère était très jalouse de son intimité.

L'infirmière était assise près du lit. Son père se trouvait au tribunal. Il avait un procès important.

Un procès important... Cette excuse n'était que trop familière. Charles Rawson avait toujours été un père absent, sauf pendant les périodes où il décidait de planifier la vie de sa fille.

Les yeux de sa mère étaient fermés. Son visage était squelettique, ses cheveux, autrefois d'une blondeur soyeuse, avaient presque tous disparu. L'infirmière se leva et prit le bouquet qu'avait apporté Meredith. La chambre était déjà abondamment fleurie. Au milieu de cette foison de couleurs, sa mère paraissait encore plus pâle.

— Comment va-t-elle ? chuchota Meredith.

L'infirmière désigna la porte, et Meredith la suivit dans le couloir.

— Vous devrez poser la question au médecin.

— Je sais qu'il me donnera des renseignements d'ordre médical. Je les ai déjà. Je veux savoir comment elle se sent.

Son inquiétude faisait passer au second plan sa politesse habituelle. L'infirmière – Betty Akers, se souvint Meredith – ne sembla pas en prendre ombrage.

— Pas bien, répondit-elle à mi-voix. Je crois qu'elle a... abdiqué. Mais elle vous a réclamée.

— Je peux rester quelques heures. J'ai une audience à 14 heures.

— Je ne sais pas dans combien de temps elle reprendra conscience. Ses moments de lucidité sont de plus en plus rares.

— Si elle ne se réveille pas avant mon départ, je reviendrai dès que possible.

Meredith revint dans la chambre et s'assit sur la chaise placée près du lit de sa mère. Elle regarda le visage qui avait été si beau – si beau et si distant. Marguerite Rawson avait été l'incarnation de ce que l'on appelait une parfaite maîtresse de maison. Une parfaite épouse. Une mère parfaite. Mais sans chaleur. Sans émotion.

Enfant, Meredith prenait ses repas dans la cuisine. Son père estimait que les jeunes enfants n'avaient pas leur place à la table des adultes. C'était toujours une gouvernante – il y avait eu une longue succession de gouvernantes – qui mettait Meredith au lit. Se distraire était synonyme de cours de danse classique, ce que, étant plus grande et plus maladroite que les autres filles, elle détestait.

Quand Meredith avait terminé ses devoirs, son père lui donnait toujours du travail supplémentaire. Qu'elle suive normalement son cursus scolaire ne lui suffisait pas. Elle devait être la meilleure de sa classe. Si elle obtenait moins qu'un A, elle se faisait traiter de fainéante et d'incapable.

Sa mère ne l'avait jamais protégée de la dureté de son père. Elle n'avait jamais séché ses larmes. Alors, Meredith avait peu à peu appris à ne pas pleurer, à ne montrer aucun signe de vulnérabilité.

Mais elle pleurait, maintenant. Les larmes ne coulaient pas sur ses joues, mais elle les sentait coincées au fond de sa gorge. Des larmes pour tout ce qui avait été et tout ce qui ne serait jamais.

Elle prit la main de sa mère. Elle était parsemée de marques violettes dues aux innombrables piqûres et paraissait aussi fragile que celle d'un nouveau-né.

Ce contact sembla réveiller sa mère. Ses paupières battirent, puis s'ouvrirent sur des yeux bleu saphir creux et éteints.

— Meredith, dit-elle d'une voix faible.

— Je suis là, répondit Meredith, réprimant son envie de presser sa main, de peur de lui faire mal.

Le regard de sa mère se porta sur l'infirmière, qui était en train de lire.

— S'il vous plaît… laissez-nous, articula-t-elle avec effort.

L'infirmière se leva et regarda Meredith.

— Je suis juste à côté.

Meredith acquiesça d'un hochement de tête.

— Je veux que tu fasses… quelque chose pour moi.

Sa mère s'interrompit. Prononcer cette simple phrase semblait l'avoir épuisée.

— Bien sûr. Quoi ?

Marguerite Rawson se tut pendant un long moment. Elle paraissait en proie à un intense débat intérieur.

— Tu as une sœur, reprit-elle finalement.

Meredith resta d'abord sans réaction, comme frappée par la foudre.

— Je ne comprends pas.

— J'avais dix-sept ans. Mes parents étaient… furieux. Malades de honte. Papa pensait que sa carrière serait détruite.

Elle déglutit, et la douleur déforma ses traits.

— Augmente la dose de morphine, dit aussitôt Meredith.

Une pompe permettait à sa mère de gérer elle-même ses doses d'antalgique.

— Plus tard. Je… t'en prie, retrouve-la. Mes fonds en fidéicommis sont pour toi… et pour elle.

Elle scruta le visage de Meredith, comme pour quêter son approbation.

Meredith connaissait l'existence de ces fonds et savait qu'ils étaient destinés à lui revenir. Mais c'était le cadet de ses soucis, son métier lui assurant des revenus confortables.

— Comment…

— Memphis. On m'a envoyée à Memphis. Elle est née… en février.

Un soubresaut de douleur la secoua. Elle pressa la petite poire en caoutchouc qui libérait la morphine dans ses veines, puis tourna de nouveau les yeux vers Meredith.

— Promets-moi.

— Quand, maman ? Quelle année ? J'ai besoin d'en savoir plus.

— 1970.

— Et papa ? Il est au courant ?

Une larme coula le long de la joue de sa mère. Elle hocha la tête, mais ne répondit pas. Son regard se perdit ailleurs, dans un autre lieu, une autre époque.

— Je suis… désolée. Pas une bonne mère. Je… ne pouvais pas…

— Tu as été une très bonne mère, mentit Meredith.

— Non…

La voix de sa mère s'éteignit. Ses yeux se fermèrent. Meredith resta à son chevet un long moment. Elle avait besoin de temps pour digérer la nouvelle. Elle avait une sœur, fruit d'un amour sans doute interdit. Pourquoi avait-on tant de mal à imaginer ses parents jeunes ? Follement amoureux ? Commettant des actes contraires aux règles qu'ils avaient fixées pour leurs propres enfants ?

Mille questions lui traversaient l'esprit. Qui était le père de sa demi-sœur ? Que s'était-il passé ? Avait-on retiré l'enfant à sa mère ?

Elle regarda sa mère et se rendit compte qu'elle ne la connaîtrait jamais vraiment.

Enfin, elle se leva et gagna la porte. L'infirmière se tenait dans le couloir, prête à prendre la relève.

— Elle dort. Vous voulez bien m'appeler quand elle se réveillera ?

Meredith fouilla dans son sac et en sortit une carte de visite.

— Tous mes numéros y sont. Je reviendrai ce soir, de toute façon.

— Sandra Winston aura pris la relève.

— Donnez-lui mes coordonnées, s'il vous plaît.

— Entendu.

Meredith s'en alla à contrecœur, mais elle n'avait pas le choix. Elle avait une audience au tribunal cet après-midi-là, et le juge Evans ne tolérait pas les retards, pas plus qu'il n'appréciait les reports d'audience, quelle qu'en fût la raison. Et ce dossier ne pouvait pas attendre. Meredith réclamait une injonction contre un policier de La Nouvelle-Orléans. La plaignante était son épouse. Il la terrifiait littéralement, et la malheureuse avait dû rassembler tout son courage pour effectuer cette démarche.

Si l'audience était repoussée, Meredith craignait que Nan Fuller ne fît machine arrière. Elle était déjà retournée vivre à deux reprises avec Rick Fuller après qu'il l'eut assez maltraitée pour l'envoyer à l'hôpital.

Sur le trajet du tribunal, Meredith révisa mentalement le dossier. Rick Fuller était bien vu de ses collègues. Comme bon nombre de maris violents, il savait parfaitement manipuler son entourage. Et, pour ne rien arranger, Nan s'était contredite au cours de ses différentes dépositions.

Meredith jeta un coup d'œil à sa montre avant d'entrer dans l'aire de parking. L'audience commençait dans une demi-heure. Elle avait dix minutes de retard pour son rendez-vous avec sa cliente dans un restaurant en face du tribunal.

Elle attrapa sa veste, sa serviette, son sac et sortit de l'air conditionné de sa voiture. La chaleur l'assaillit comme le souffle d'un four quand elle ouvrit la portière. Elle avait beau avoir grandi dans ce climat, il la surprenait toujours. Elle marcha à grands pas vers le restaurant. Évidemment, le feu pour piétons était rouge. Il l'était toujours lorsqu'elle était pressée.

Elle traversa quand même, esquivant plusieurs voitures. Tout en priant pour que Nan fût encore là, elle s'engouffra dans le restaurant. Sa cliente était installée au fond avec Janet, une conseillère du foyer pour femmes. Comme toujours, Nan avait l'air de vouloir partir en courant, et ses mains étaient étroitement serrées devant elle.

Blonde aux yeux bleus, Nan était une jolie femme – du moins l'aurait-elle été sans cette constante expression d'inquiétude sur son visage. Elle était l'un des cas du foyer pour fem

Meredith se glissa sur la banquette en face d'elle et prit ses mains tremblantes dans les siennes. Elles étaient glacées.

— Ça ne devrait pas être long.

— Je vais être obligée de le voir ?

— Oui. Il conteste vos déclarations. J'espérais qu'il ne le ferait pas, à cause de son travail, mais...

— Je ne sais pas si je pourrai témoigner contre lui s'il me regarde.

— Il ne s'agit pas de témoigner contre lui. Vous demandez simplement protection. N'oubliez pas ça.

— J'essaierai.

Meredith regarda sa montre.

— On ferait bien d'y aller.

Nan se leva, ainsi que Janet. Celle-ci avait aussi été victime de violences conjugales. C'était elle qui avait poussé Nan à faire appel à Meredith.

Elles atteignirent le tribunal à 13 h 50. Le hall était désert. Rick Fuller devait déjà se trouver dans la salle d'audience.

Mais il n'y était pas. Il y avait seulement son avocat, qui salua Meredith d'un signe de tête. Le reste de la salle était vide, à l'exception d'un homme assis dans le fond.

Une boule se forma dans la gorge de Meredith. Gage Gaynor. À l'époque où elle était assistante du district attorney, il avait été témoin dans plusieurs dossiers, y compris dans une affaire qui avait impliqué des membres du NOPD, la police de La Nouvelle-Orléans. Il avait témoigné contre certains de ses collègues, et la rumeur prétendait qu'il était aussi pourri qu'eux. Elle n'aurait su dire si c'était vrai. Il avait nié lorsqu'elle l'avait appelé à témoigner, et l'avocat de la défense avait été incapable de l'ébranler.

Mais le pire était ailleurs. Au fil de leurs diverses entrevues, une indéniable attirance physique était née entre eux. Ce trouble involontaire ressenti en sa présence expliquait peut-être qu'elle se fût montrée plus hostile que la situation ne l'exigeait, lors du procès contre le NOPD. Quant à Gaynor, il était resté courtois avec elle, mais sur la défensive. Il n'avait manifestement aucune confiance en elle.

Ces faits remontaient à plusieurs années. Depuis lors, il lui était arrivé de le croiser dans les couloirs du tribunal, et elle avait chaque fois ressenti ce drôle de picotement au creux du ventre à sa simple vue.

Cette attirance demeurait un mystère pour elle. Gaynor n'était pas particulièrement beau, du moins pas au sens classique du terme. Ses cheveux châtain clair étaient raides et légèrement trop longs, comme s'il oubliait régulièrement d'aller chez le coiffeur. Son nez avait visiblement été cassé, et sa bouche souriait rarement. Mais lorsque cela arrivait, l'extrémité gauche de ses lèvres se relevait, et une petite fossette transformait littéralement son visage.

Mais c'était son regard qui retenait le plus l'attention. Il était d'un vert froid capable de vous glacer par les journées les plus caniculaires de La Nouvelle-Orléans. Meredith avait été la cible de ce regard, et elle frissonnait encore à ce souvenir.

Pourtant, cet homme l'attirait. Il émanait de lui une virilité à l'état brut qu'il n'essayait pas de masquer. Peut-être lui plaisait-il à cause de son assurance, ou de la grâce athlétique de chacun de ses mouvements, ou encore du scepticisme fatigué qui habitait presque constamment son regard.

Quoi qu'il en soit, ce genre d'attirance physique était dangereux pour son équilibre, et elle s'était empressée de fuir dans la direction opposée à celle de Gaynor une fois chaque dossier clos.

Nan tressaillit en apercevant Gaynor.

— Qu'y a-t-il ? lui demanda Meredith.

— C'est un ami de Rick, souffla Nan. Je l'ai vu à un barbecue à la maison.

Meredith le regarda de nouveau, hésita, puis se dirigea vers lui.

— Avez-vous une raison d'être ici ?

Il parut amusé.

— Pas de bonjour ?

— Ma cliente dit que vous êtes un ami de Rick Fuller, reprit Meredith, refusant de se laisser décontenancer. Êtes-vous venu témoigner en sa faveur ?

— Non, et non.

— Pardon ?

— Non, je ne suis pas un ami de Rick Fuller. Et non, je ne suis pas ici pour témoigner en sa faveur.

— Pourtant, d'après Nan Fuller, vous êtes amis. Vous étiez présent à un barbecue chez eux.

Il haussa les épaules.

— J'accompagnais un ami qui était invité.

— Alors, pourquoi...

— Demandez-vous à chaque personne que vous croisez dans un tribunal pourquoi elle est là ?

— Vous m'excuserez, mais je doute que vous soyez là en simple promeneur.

Il se leva avec cette souplesse féline qui la troublait tant.

— Je suis là pour raisons professionnelles, dit-il.

Elle ne se risqua pas à l'interroger sur les raisons en question. Il ne lui aurait pas répondu, de toute façon. Au moins savait-elle qu'il n'avait pas l'intention de témoigner.

Elle s'apprêtait à s'éloigner, avant que son agacement ne prenne le pas sur sa raison, lorsqu'il lança :

— On est passé du côté obscur, maître ?

— Que voulez-vous dire ?

Elle sentit ses joues s'empourprer de colère.

— Avocat de la défense. J'ai entendu dire que vous aviez fait libérer des crapules, il y a quelques jours.

— Qui ?

— L. L. Jenkins, pour ne citer que lui. Il méritait plus qu'une leçon de morale.

— Le juge en a décidé autrement. Mais je suis flattée que vous suiviez ma carrière de près.

Le coin gauche de sa bouche se releva.

— Ne le soyez pas trop. Tout le monde est au courant. L. L. Jenkins est bien connu des services de police. Quel effet ça fait de laisser des criminels dans la nature ? Mais j'imagine que ça ne vous change pas de l'ordinaire, vu les pratiques du bureau du district attorney.

C'était une flèche bien dirigée. Même si Meredith croyait en l'importance d'une seconde chance, elle avait vu beaucoup trop de laxisme dans les cours de justice.

— La prison ne les aiderait pas, répliqua-t-elle néanmoins.

— Non ? Une tape sur la main non plus. Ça leur donne juste une petite idée de leur impunité.

Elle se rappela soudain l'une des informations qu'elle avait découvertes en effectuant des recherches sur lui. Il avait un frère cadet en prison pour trafic de drogue.

— Est-ce ce qui s'est passé pour…

L'huissier entra pour annoncer l'arrivée du juge Evans, et elle ne put terminer sa question.

Elle retourna auprès de sa cliente et, en l'espace de quelques minutes, obtint l'ordre de protection. Aucune contestation ne fut opposée. Nan n'en revenait pas.

Meredith se retourna. Gaynor était parti.

Elle rejoignit l'avocat de Rick Fuller.

— Qu'est-il arrivé à votre client ?

— Il a décidé de ne pas contester la demande de protection.

— Pourquoi ?

— Il faudra le lui demander.

— Je le ferai peut-être.

L'huissier l'informa qu'elle pouvait obtenir une copie de l'ordre au bureau du greffier. Rick Fuller n'avait pas le droit de s'approcher à moins de cent mètres de sa future ex-épouse, ni de la contacter autrement que par l'intermédiaire de leurs avocats respectifs. S'il souhaitait voir les enfants, cela se passerait sous contrôle judiciaire.

Meredith, Nan et Janet quittèrent la salle.

— Je vous apporterai l'ordre plus tard, dit Meredith, une fois qu'elles furent dehors. Appelez-moi s'il essaie de vous contacter, puis prévenez la police.

— Ils ne feront rien, murmura Nan. Il est des leurs.

— Maintenant, ils seront obligés d'intervenir.

— Merci, dit Nan avec un sourire timide.

— Il n'y a pas de quoi.

Meredith regarda Nan s'éloigner en compagnie de Janet. La jeune femme avait toujours l'air aussi vaincue et effrayée. Meredith espérait que Rick respecterait l'injonction.

Elle jeta un coup d'œil à sa montre. Seulement 14 h 30. Une montagne de travail l'attendait au cabinet, mais rien n'était plus important que sa mère et la promesse qu'elle venait de lui faire. Si, par miracle, elle pouvait retrouver rapidement sa demi-sœur, sa mère connaîtrait un peu de paix avant de mourir.

Meredith voulait lui offrir ce dernier cadeau. Et peut-être qu'elle aussi y puiserait un peu de paix.

Gage s'était forcé à quitter la salle d'audience dès que l'ordre de protection avait été accordé.

Ce serait sa dernière intervention en tant que membre de la police des polices. Il devait réintégrer la brigade criminelle le jour même. Il lui avait fallu menacer de démissionner pour obtenir son transfert.

Il détestait la police des polices. Enquêter sur d'autres policiers lui déplaisait souverainement. Il était déjà l'un des membres les plus détestés du département parce qu'il avait témoigné contre des collègues. Être muté à la police des polices avait été une forme de punition, même si ses supérieurs le niaient.

Il avait fait son temps, comme il s'y était engagé. Maintenant, il retournait à ce qu'il savait faire le mieux.

Rick Fuller était son dernier dossier à la police des polices. Il existait des photos et un rapport d'un médecin des urgences qui auraient suffi à retirer son insigne à ce type, même sans une plainte déposée par sa femme.

Mais Fuller avait un dossier irréprochable au département, et son supérieur voulait si possible le garder. Aucune plainte n'avait jamais été déposée contre lui. Apparemment, il réservait sa violence à sa femme.

Gage avait longuement parlé à Fuller. S'il ne contestait pas la demande de protection et suivait les consignes données par le juge, il ne perdrait pas son insigne. Mais une seule plainte mettrait un point final à sa carrière, et Gage s'assurerait personnellement qu'il aille en prison.

Ce genre de compromis ne plaisait pas à Gage. Il n'aimait pas les hommes qui frappaient les femmes. Mais il connaissait la violence domestique : si Fuller était viré, il se vengerait sur sa femme. Cette solution pourrait bien sauver la vie de Nan Fuller.

Il n'avait pas pris la peine d'expliquer ça à Meredith Rawson. Elle le croyait corrompu et, pour une raison qui lui échappait, cela l'ennuyait. Les policiers qu'elle avait poursuivis ne s'étaient pas privés de salir la réputation de Gage pour tenter de contrer son témoignage. Les rumeurs allaient bon train sur son compte.

Dès le début, il avait été sur la défensive face à Meredith Rawson. Peut-être parce qu'il se sentait au fond un peu coupable. Il avait trop souvent fermé les yeux. Dès son entrée dans la police, il s'était rendu compte que la corruption – à une échelle réduite, certes – faisait partie de la culture du département, et le département était tout ce qu'il avait.

Gage avait accepté cette culture jusqu'à ce qu'il découvre que deux de ses collègues avaient commis un meurtre pour couvrir leurs méfaits. Il pouvait ignorer beaucoup de choses, mais pas un meurtre.

Meredith s'était occupée du dossier. Elle était nouvelle, et les ragots disaient qu'elle avait obtenu l'affaire grâce à son père, avocat réputé et influent.

On l'avait chargée d'effectuer les interrogatoires préliminaires de tous les témoins, y compris des officiers de police impliqués dans l'affaire. Elle était manifestement convaincue que le département entier était corrompu, et ses questions le montraient.

Pourtant, à sa grande surprise, elle avait fait du bon boulot. Mais ils s'étaient tout de suite entendus comme chien et chat. Gage la jugeait trop inexpérimentée pour s'occuper de ce qui était devenu « son » dossier. Il avait mis en jeu sa carrière, et même sa vie, pour cette affaire.

Avec le recul, il devait admettre que ce n'était peut-être pas son inexpérience qui l'avait ainsi contrarié, mais l'attirance physique qu'il avait immédiatement éprouvée pour elle, même si elle était exactement le genre de femme qu'il évitait comme la peste. Il ne faisait aucune confiance aux gamines trop gâtées qui jouaient à la vraie vie. La profondeur de leur engagement était généralement aussi mince que du papier à cigarette.

Pourtant, maintenant, tout en vidant son bureau du département de la police des polices, il ne pouvait s'empêcher de penser à elle. Elle lui avait paru particulièrement fatiguée, aujourd'hui. Ses courts cheveux auburn étaient en bataille, ses yeux cernés, mais elle restait très belle dans son tailleur bleu sombre. Force lui était de reconnaître qu'elle possédait le genre de silhouette longiligne qui aurait eu de l'allure même dans un sac à patates...

Il secoua la tête et marmonna un juron. Nom d'un chien, il était en train de fantasmer sur une femme qui était un pur poison pour un gars comme lui !

Il vérifia une dernière fois les tiroirs, soucieux de ne rien oublier. Puis il souleva le carton où il avait rangé ses affaires personnelles. Il ne contenait pas grand-chose, hormis quelques carnets où était notée l'identité des informateurs qu'il côtoyait depuis ses quinze ans de service dans la police, des papiers d'assurance, des talons de vieux chéquiers, ses différents diplômes, un carnet d'adresses pratiquement vide et une lettre de Clint, le seul frère qu'il lui restait. L'adresse de l'expéditeur était la prison d'État. Cela lui rappela qu'il devait lui rendre visite le week-end suivant.

Un pincement familier lui serra le cœur. Il n'avait pas été capable de sauver ses frères. Terry était mort dans une fusillade entre gangs. Clint se retrouvait en prison pour trafic de drogue. En essayant d'améliorer leur vie, il les avait perdus.

Il ajouta dans le carton les stylos accumulés en un an et quelques bonbons qui traînaient. La légèreté de ses affaires personnelles ne le dérangeait pas. Son nouveau bureau déborderait bientôt de dossiers, il n'en doutait pas.

Les homicides n'étaient jamais rares à La Nouvelle-Orléans.

2

La Nouvelle-Orléans

Une nouvelle infirmière accueillit Meredith dans la chambre d'hôpital de sa mère.

— Elle ne s'est pas réveillée ?

— Non. Elle a sombré dans le coma.

Meredith ferma les yeux, la gorge obstruée par une boule douloureuse. Elle avait cru qu'elle disposerait de plus de temps. Pas beaucoup, sans doute, mais assez pour recueillir l'information dont elle avait besoin, peut-être même pour localiser sa sœur avant qu'il ne soit trop tard.

— Mon père est-il passé ?

— Quelques instants, répondit la femme d'un ton nettement désapprobateur.

— Il a un procès important.

L'infirmière lui lança un regard qui semblait dire : « Et alors ? »

— Vous pouvez faire une pause, reprit Meredith. Je vais rester avec elle.

L'infirmière se leva, sortit sans un mot et referma la porte derrière elle.

Meredith s'assit sur la chaise près du lit et prit la fragile main de sa mère dans la sienne.

— Réveille-toi, je t'en prie.

Il n'y eut aucune réaction. Tout en regardant le visage décharné de sa mère, Meredith se rappela la photo de mariage de ses parents. Marguerite Thibadeau avait été vraiment très belle, bien plus belle que Meredith. Celle-ci avait toujours envié son élégance naturelle, le parfait dessin de ses traits. Elle-même avait hérité de la mâchoire carrée et de la trop grande bouche de son père.

Elle posa la tête sur la poitrine de sa mère, geste qu'elle ne se rappelait pas avoir jamais fait, même enfant. Elle entendit le battement faible de son cœur, seul signe encore palpable de cette vie en train de disparaître.

— Ne me confie pas une tâche impossible, murmura-t-elle.

Mais elle savait qu'elle essaierait. Elle n'avait jamais compris qui était vraiment sa mère, n'avait jamais deviné la douleur qu'elle portait en elle depuis si longtemps, n'avait jamais imaginé qu'elle ait pu être animée de cette sorte de passion qui donne naissance à un enfant illégitime.

— Je t'ai fait une promesse, j'essaierai de la tenir, poursuivit-elle, poussée par un désir désespéré de communiquer avec elle. J'ai remporté une petite victoire, aujourd'hui…

Elle continua à lui parler de sa vie, à se confier à elle alors qu'il était trop tard.

Si seulement elle avait pu revenir en arrière ! Elle songea à son père, à cette froideur proche de l'hostilité qui, d'une façon étrange, l'unissait à sa mère.

Sa mère avait-elle vraiment hoché la tête quand elle lui avait demandé s'il était au courant de l'existence de cette première fille ? Ou n'avait-ce été qu'une réaction réflexe à la douleur ? Et si elle décidait d'en parler à son père, devait-elle le faire maintenant ou attendre ? Quoi qu'il en soit, il fallait qu'il sache. S'il ne savait déjà.

Lui parler serait difficile. Ils n'abordaient jamais de sujets graves ensemble.

Elle ne pouvait pas s'empêcher de lui en vouloir de son manque de compassion, de la rareté de ses visites à l'hôpital. D'accord, il suivait un procès important. Mais n'importe quel autre avocat aurait sollicité – et obtenu – un report. C'était à se demander s'il n'était pas secrètement content d'avoir une excuse pour ne pas venir voir sa femme.

Elle passerait la nuit auprès de sa mère et affronterait son père dès le lendemain matin. Elle demanderait à Sarah, son assistante, d'annuler tous ses rendez-vous pour les dix jours à venir, excepté un dossier qui devait passer en jugement. Et s'il le fallait, elle tenterait de faire déplacer la date de ce dernier. Le soir, elle resterait avec sa mère. Le jour, elle essaierait de retrouver sa sœur.

Elle se tourna vers l'infirmière, qui venait de rentrer dans la chambre.

— Est-ce qu'elle sortira du coma ?

— Vous devrez...

— ...en parler au médecin, je sais. Mais vous avez peut-être déjà travaillé auprès de patients dans le coma. En avez-vous vu se réveiller ?

— Je sais que c'est arrivé. Rien n'est impossible.

— Je resterai avec elle cette nuit.

— Mais...

— J'en prends la responsabilité. J'ai besoin de passer du temps avec elle.

L'infirmière hocha la tête.

Quand elle fut partie, Meredith s'adossa à sa chaise et ferma les yeux. Des images défilèrent dans sa tête. La froide politesse entre ses parents, les causes que sa mère soutenait... Elle avait été membre de presque toutes les associations caritatives et culturelles de la ville.

Meredith avait toujours pensé que c'était pour éviter d'être à la maison trop souvent. Enfant, elle croyait même qu'elle n'était pas assez jolie pour que sa mère s'intéresse à elle. Alors, elle avait décidé d'être brillante et de plaire à son père. Mais là non plus, elle n'avait pas réussi.

Que s'était-il passé dans la vie de sa mère il y avait si longtemps ? Pourquoi avait-elle abandonné son enfant si elle y tenait tant ? Qu'était-il advenu de cet enfant ?

Meredith ne pouvait qu'imaginer la souffrance d'une mère obligée d'abandonner son bébé. Elle adorait les enfants, même si elle s'était résignée à ne jamais en avoir. Ayant grandi dans un foyer dépourvu d'amour, elle n'avait jamais envisagé de se marier. La plupart des parents de ses amis étaient divorcés. L'amour, s'il existait, semblait être une chose éphémère, source de plus de souffrances que de joies.

Elle était seule, et alors ? Elle avait des amis, des centres d'intérêt, une carrière qui prenait une direction prometteuse. Elle aimait la bonne musique. Elle appréciait l'art. C'était tout ce dont elle avait besoin.

C'était ce que sa mère avait eu.

Manifestement, cela n'avait pas suffi.

Gage parcourut les dossiers déposés sur son nouveau bureau. Il s'agissait en majorité d'affaires qui n'avaient jamais été élucidées.

Cela le surprit. Il existait un bureau spécial pour ces cas-là.

C'était sûrement une manœuvre pour le tenir à l'écart des autres inspecteurs de la brigade criminelle. Depuis qu'il avait brisé la loi du silence, il était un paria dans le département.

Par ailleurs, il avait largement fait ses preuves aux affaires criminelles et avait un excellent score de résolutions d'homicides. C'était probablement aussi pour cela qu'il héritait de ces dossiers quasiment insolubles.

Mais il ne se passerait pas longtemps avant que Bennett soit forcé de l'envoyer sur le terrain. Les restrictions de budget avaient réduit de moitié l'effectif de la brigade.

Il regarda de plus près la dizaine de dossiers empilés sur son bureau. Un seul lui sembla intéressant :

le meurtre, quinze ans plus tôt, d'un certain Oliver Prescott.

Il se souvenait de cette affaire. La victime travaillait aux côtés de son père, dans la banque familiale. Sa mort avait apparemment ravagé le père, qui était décédé deux ans plus tard. Le frère du père avait alors occupé le siège de président du conseil d'administration, position dont le fils aurait indubitablement hérité s'il avait vécu. Le mobile était suffisant.

Certains points paraissaient toutefois assez étranges. Bien qu'Oliver Prescott menât une vie très mondaine, personne ne le considérait vraiment comme un ami proche. Et le tapage médiatique qu'avait suscité l'affaire s'était arrêté rapidement. Trop rapidement.

À l'époque, Gage s'était demandé – et il se demandait de nouveau – si cela tenait à la position sociale des personnes impliquées. La famille Prescott était parmi les plus influentes de la ville. Elle comptait des personnages officiels, des donateurs importants dans le monde politique, des juges et des avocats. Tout policier chargé de ce dossier serait obligé d'ouvrir des placards que certaines personnes souhaitaient garder fermés.

Mais Gage se moquait comme d'une guigne de froisser les susceptibilités. Il avait fondé sa carrière sur ce principe.

Il irait fourrer son nez dans cette histoire. Cela lui éviterait peut-être de penser à Meredith Rawson. Il ne comprenait vraiment pas pourquoi cette femme déclenchait en lui de telles réactions. Elle avait beau avoir de magnifiques yeux bleus, elle n'était pas son genre. Elle portait les cheveux courts et s'habillait de tailleurs stricts, alors qu'il aimait les cheveux longs et les vêtements décontractés. Il buvait de la bière, et elle était sûrement une habituée des grands crus...

Un inspecteur entra dans son bureau et remarqua les dossiers sur sa table.

— J'y ai eu droit l'an dernier, dit-il. Ils les refilent toujours aux nouveaux.

Gage haussa les sourcils.

— Ou à ceux qu'ils n'aiment pas. Tu as obtenu des résultats ?

— Je me suis démené sur le dossier Cary, mais je n'ai rien trouvé. Du moins, rien qui puisse intéresser le district attorney.

— Et l'affaire Prescott ?

— Pas moyen d'avancer. Personne n'a voulu me parler. Peut-être que toi, comme tu es d'ici…

Il lui tendit la main.

— Wagner. Glenn Wagner. On m'appelle Wag.

Gage lui serra la main et le regarda plus attentivement. Wagner était un homme corpulent d'environ quarante ans. Il avait le typique regard prudent du flic, et ses joues couperosées trahissaient une trop forte consommation d'alcool.

— Mieux vaut que tu saches que je ne suis pas en odeur de sainteté ici, reprit Gage.

— Tu as aussi une réputation de fin limier.

— Peut-être, mais, apparemment, le lieutenant compte se débarrasser de moi le plus vite possible.

— Alors, c'est un imbécile.

Gage ne répondit pas. Il se méfiait d'une telle franchise.

— Si on allait manger un morceau ? suggéra Wagner. Je n'ai pas eu le temps de déjeuner.

Pourquoi pas ? songea Gage. Il avait faim, et il voulait aussi savoir pourquoi Wagner s'efforçait d'approcher un homme que la plupart des autres policiers évitaient.

— Ça marche.

Ils se rendirent dans un snack proche du commissariat et commandèrent des sandwiches au comptoir, avant de s'asseoir à une table.

— Que me vaut ton accueil ? demanda Gage sans préambule.

Wagner haussa les épaules.

— Je suis un outsider, moi aussi. La maison est plutôt fermée.

Gage ne le savait que trop. Dans le département, les nouveaux venus étaient considérés comme de potentiels perturbateurs de l'ordre établi.

Mais cela ne touchait pas Gage. Il ne voulait pas de copains, surtout pas dans la police. Plusieurs années auparavant, cela l'avait conduit à des compromis qui le hantaient encore.

— Pour en revenir à l'affaire Prescott, qui avais-tu contacté ? demanda-t-il. Je n'ai vu aucune mise à jour dans le dossier.

— Je n'ai rien eu à mettre à jour, vu que j'ai trouvé que dalle. Mais je peux te donner une liste des gens que j'ai vus.

— Ton impression sur eux ?

— Grosso modo agacés de voir une si vieille histoire remonter à la surface. Rien qui les rende suspects.

— J'aimerais avoir cette liste cet après-midi.

— Pourquoi cette affaire t'intéresse-t-elle ?

— Elle m'intrigue, c'est tout.

— Eh bien, si tu arrives à quelque chose, c'est que tu es sacrément plus doué que moi. Tu es marié ? demanda-t-il, passant du coq à l'âne.

— Non.

— Tant mieux pour toi. Je suis en cours de divorce. Ma femme ne supportait plus mes horaires.

Voilà qui expliquait peut-être la chaleur de son accueil. Wagner manquait de compagnie.

Gage termina son sandwich et se leva. Il avait eu sa dose de confidences.

— Il faut que j'y retourne.

— Si je peux t'aider, n'hésite pas.

— Merci, dit Gage, l'esprit déjà ailleurs.

Il voulait étudier le dossier Prescott de plus près, puis établir la liste des gens à interroger. Un nom avait tout particulièrement attiré son attention. Charles

Rawson. Il avait été la dernière personne à voir Oliver Prescott en vie.

Charles Rawson, éminent avocat… et père de Meredith Rawson.

Kansas City, Missouri, trois semaines plus tôt

Holly tenait la main de son fils serrée dans la sienne tandis qu'elle passait parmi les stèles sur lesquelles étaient gravés des mots d'amour et de tendresse. Cette section du cimetière, la plus petite, était aussi la plus déchirante. Que devait-on ressentir quand on perdait un enfant ?

Toutes les émotions qu'elle gardait en elle depuis son impensable geste semblaient sur le point de jaillir. Elle avait tué un autre être humain. Qu'il ait manifestement tenté de l'assassiner ne comptait pas. Elle avait l'impression d'avoir perdu une partie de son âme.

Et elle allait la perdre encore un peu plus. Elle était sur le point de voler la plus innocente des victimes.

Mais elle devait échapper à son mari, et pour cela, il lui fallait une nouvelle identité. Elle espérait en trouver une ici, où gisaient des enfants morts dont personne ne se souciait, hormis ceux qui, peut-être, malgré les années, les pleuraient encore. Elle pourrait demander l'acte de naissance d'un de ces enfants et l'utiliser pour obtenir une carte de sécurité sociale et d'autres documents indispensables, comme le permis de conduire. Cela prendrait des semaines, mais il lui fallait ces papiers. En attendant, elle respecterait scrupuleusement la moindre limitation de vitesse.

Cette horrible nuit, elle avait emmené son fils et le strict minimum de ses affaires personnelles : des vêtements, l'argent de la vente des petites sculptures qu'elle adorait créer, deux de ses œuvres et une partie de ses outils. Elle ne les avait pas tous emportés, pour que Randolph ne remarque pas leur disparition. Il appelait cela son « petit » hobby. Il était loin de se douter qu'elle avait secrètement vendu ses œuvres à une boutique de décoration et s'était ainsi constitué quelques économies.

Cela faisait longtemps qu'elle avait envie de le quitter, mais, connaissant son pouvoir et ses relations, elle avait toujours reculé. Randolph l'avait prévenue plus d'une fois qu'il réussirait à obtenir la garde de leur fils. Elle n'aurait jamais pu se résoudre à laisser Mikey sous sa seule influence.

La peur l'avait donc maintenue dans une forme d'inertie. Mais elle n'avait pas cessé de rêver d'évasion et de rechercher dans divers magazines l'endroit idéal où elle aimerait vivre.

Bisbee, en Arizona. C'était sa Mecque à elle. Elle avait découvert cet endroit dans une revue, puis avait poussé ses recherches à la bibliothèque, sur Internet. Bisbee semblait être un paradis pour artistes. Là-bas, elle pourrait se fondre dans le décor et organiser sa nouvelle vie avec son fils.

Sans l'agression, elle n'aurait jamais eu le courage de passer à l'acte. Maintenant, elle n'avait pas le choix.

Elle se força à concentrer son attention sur les petites plaques en bronze. Elle ne pouvait pas s'attarder. Après avoir fui, elle avait conduit pendant quatre heures en direction de l'est et avait soigneusement laissé sa trace en Floride, en réglant l'essence avec sa carte de crédit. Puis elle avait poursuivi sa route à travers l'Alabama. À Pensacola, une ville portuaire, elle avait abandonné la Mercedes dans un quartier malfamé, espérant qu'elle serait volée ou réduite en pièces détachées. La vendre aurait été trop risqué : elle était au nom de son mari et non au sien.

Elle avait cédé ses bagues de fiançailles et de mariage pour une bouchée de pain et avait acheté des tickets de car pour Miami, puis elle avait coupé ses longs cheveux blonds et les avait teints en châtain foncé. Elle avait aussi teint les cheveux de Mikey.

Cette couleur et la coupe à la diable la métamorphosaient. Randolph avait toujours exigé d'elle une présentation parfaite. Elle avait été ce que l'on appelle une épouse trophée, impeccablement coiffée et habillée. Elle ne pouvait pas changer ses pommettes hautes, ni son visage en forme de cœur, mais un maquillage grossier et des lunettes bon marché atténueraient l'éclat de ses grands yeux bleus.

Après la transformation, elle avait acheté deux autres tickets de car pour Mobile, dans deux guichets différents. À Mobile, elle avait pris des billets pour Chicago. Ensuite, ils avaient erré, la peur au ventre, jusqu'à leur arrivée à Kansas City. Là, elle avait estimé qu'ils étaient assez loin de La Nouvelle-Orléans et qu'ils avaient effectué assez de tours et de détours pour décourager l'enquêteur le plus déterminé. Malgré ses précautions, voyager avec un enfant dans un car pouvait attirer l'attention. Elle ne devait pas aller plus loin sans voiture et sans commencer à se construire une nouvelle identité.

Elle chercherait une voiture par les petites annonces. Un particulier n'exigerait pas de pièce d'identité, surtout si elle payait en liquide.

Elle poursuivit sa déambulation parmi les petites tombes. Finalement, elle tomba sur celle qu'il lui fallait. Elizabeth Baker. Il y avait les dates de naissance et de décès. Et aussi une inscription : « Notre petit ange. »

À la lecture de ces mots, son sentiment de culpabilité grandit encore. Elle avait l'impression d'être la pire des criminelles, une opportuniste qui profitait de la mort d'une fillette innocente.

Puis son regard se porta sur son fils, et elle eut la confirmation de ce qu'elle savait déjà : elle ferait n'importe quoi pour lui, pour le protéger.

Elle nota les dates inscrites sur la plaque, récita intérieurement une petite prière pour l'enfant, puis emmena son fils jusqu'à l'arrêt du bus qui les reconduirait à leur motel.

— Pourquoi on est allés là-bas, maman ? lui demanda Mikey un peu plus tard, quand elle le coucha pour la sieste.

— Pour rendre visite à une amie, répondit-elle en le serrant contre elle.

— Je la connais ?

— Non.

— Elle est au paradis ?

— Oui.

— Pourquoi ?

Pour une fois, elle aurait voulu qu'il ne soit pas aussi précoce, aussi curieux.

— Je ne sais pas, chéri. Je crois qu'elle était malade. Maintenant, je veux que tu dormes.

— J'ai pas sommeil.

— Mais Henry, si, déclara-t-elle en posant près de lui son chien en peluche adoré.

— D'accord, dit-il finalement.

Elle attendit qu'il s'endorme, puis entreprit d'appeler les particuliers qui vendaient des voitures. Elle expliqua que son véhicule était tombé en panne sur la route et que le dépanneur avait jugé inutile de le faire réparer. Elle avait besoin d'une voiture. Pouvait-on la lui apporter ?

Le troisième vendeur qu'elle appela accepta de venir jusqu'au motel avec la voiture. C'était un véhicule sombre, vieux de huit ans, mais qui semblait bien rouler, si elle en croyait l'essai effectué sur le parking. Le vendeur jurait qu'il avait été récemment révisé. Le compteur affichait douze mille kilomètres. C'était beaucoup, mais les gens désespérés ne se montrent pas difficiles. Elle ne pouvait pas rester là.

— Je sais que vous en voulez quatre mille cinq cents, mais accepteriez-vous trois mille sept cents en liquide ?

— Elle vaut le prix annoncé.

— Je ne dispose pas de cette somme. Et j'ai comparé ce modèle à d'autres voitures en vente. Je pense que mon offre est correcte.

Il la considéra d'un air intéressé.

— Ça vous dirait d'en parler autour d'un dîner ?

— Mon fils est avec moi, et mon mari est en mission pour l'armée.

Il regarda sa main gauche. Pas d'alliance.

— Je l'ai vendue pour acheter la voiture. Je dois rentrer chez moi. Ma mère est malade.

Elle avait l'impression que son nez ne cessait de s'allonger.

L'homme voyait sûrement qu'elle mentait. Mais il perçut peut-être aussi son désespoir, car, au bout d'un moment, il hocha la tête.

— Elle est à vous, dit-il simplement.

Pour la première fois depuis qu'elle avait fui La Nouvelle-Orléans, Holly sourit.

3

Bisbee, Arizona

Holly et Mikey arrivèrent à Bisbee trois jours après avoir quitté Kansas City.

Holly trouva un motel modeste mais propre où elle paya en liquide, expliquant qu'elle était une jeune veuve et ne disposait pas encore de ses cartes de crédit personnelles. Pour confirmer ses dires et écarter les soupçons, elle portait une alliance achetée dans une boutique bon marché sur la route.

Bisbee était exactement ce à quoi elle s'était attendue. Mikey et elle déambulèrent dans les ruelles de Brewery Gulch. Cet ancien quartier des plaisirs comptait maintenant une foule de restaurants typiques et de galeries d'art et d'artisanat qui convenaient parfaitement au type d'œuvres qu'elle espérait vendre.

Mikey était manifestement sous le charme de cette étrange ville, où les maisons perchées sur des collines étaient reliées entre elles par de tout petits chemins.

— Maman, regarde cette drôle de maison, ne cessait-il de répéter.

Ils s'arrêtèrent dans un café où il s'empressa de commander des tacos. Holly s'apprêtait à commander machinalement une salade quand elle se ravisa. Si elle prenait ne serait-ce qu'un malheureux kilo, son mari ne manquait jamais de s'en rendre compte et de le lui faire remarquer. Elle avait subi pendant des années le régime salade-blanc de poulet.

— Trois tacos, demanda-t-elle, avec la jubilation d'une gamine en train de transgresser une règle.

Quand ils eurent fini de manger, elle se rendit dans une agence immobilière. Bisbee, elle le savait déjà, était l'endroit où elle voulait vivre.

L'agent immobilier qui la reçut était un homme loquace d'âge mûr, vêtu dans un style décontracté. Elle apprit bientôt qu'il avait été banquier en Californie, avant de s'installer à Bisbee parce qu'il aspirait à une existence plus simple.

— Bisbee est un mode de vie, expliqua-t-il. Une fois qu'on y a mis les pieds, on ne peut plus en partir. C'est une ancienne ville minière, la plus importante qui ait été bâtie entre St. Louis et San Francisco. Mais elle est devenue tout sauf une ville fantôme quand les mines ont fermé, dans les années 1950.

« Les hippies ont rapidement découvert Bisbee et emménagé dans des maisons achetées contre une chanson ou un poème. Maintenant, elle est habitée par des artistes et des retraités, ainsi que par des Californiens à la recherche d'une meilleure qualité de vie. Malheureusement, les prix grimpent en flèche depuis deux ans, ajouta-t-il en lui montrant une liste de maisons à louer. Les anciens bâtiments convertis en galeries d'art et les vieilles demeures transformées en maisons d'hôtes y sont pour beaucoup.

Cependant, comparée à d'autres villes, Bisbee restait encore abordable. L'agent immobilier lui fit visiter une petite maison meublée à quatre cent cinquante dollars par mois. Détails importants, il y avait un jardin, et la propriétaire acceptait les animaux de compagnie.

Le problème, c'était qu'elle avait la taille d'une cabane de pêcheur. Même Mikey eut l'air dubitatif devant les petites pièces – deux chambres, une salle de bains, un salon et une minuscule cuisine. Le mobilier était simple et moderne.

Mais c'était la seule maison qui correspondait au budget qu'elle s'était fixé et où les animaux étaient admis. Et elle avait promis un chien à Mikey.

— Je peux refaire les peintures ? demanda-t-elle.

L'agent immobilier lui sourit.

— Je suis sûr que la propriétaire acceptera toute proposition d'amélioration.

— Elle habite aussi à Bisbee ?

— Oui. Elle s'appelle Marty Miller, et elle est également propriétaire de Special Things, une galerie de Main Street. Elle passera sûrement voir si vous ne manquez de rien.

Holly régla deux mois de loyer d'avance. Sur le contrat, elle utilisa le nom d'Elizabeth Baker. Elle avait aussi demandé à Mikey de se choisir un prénom qu'il aimait. C'était un jeu, lui avait-elle dit. Quel était son prénom préféré ? Après une longue réflexion, il s'était décidé pour Harry, à cause de Harry Potter. Harry vivait des aventures, lui aussi.

Car, jusque-là, elle avait réussi à le convaincre qu'ils s'étaient embarqués dans une grande aventure. Mais, tôt ou tard, il réclamerait son père, ses jouets, son école et ses copains.

Elle mit cette idée de côté tandis qu'elle quittait le motel, faisait quelques courses et commençait leur installation dans leur minuscule maison. Puis, suivant les indications de l'agent immobilier, elle emmena son fils – désormais Harry – au refuge pour animaux.

Il y avait une vingtaine de chiens. Harry alla d'une cage à l'autre, charmé par les chiots qui le regardaient amoureusement.

— Je les veux tous, dit-il.

La bénévole qui s'occupait du refuge sourit.

— Je crois avoir le chien parfait pour un jeune homme, annonça-t-elle, au grand plaisir de Harry.

Elle alla ouvrir l'avant-dernière cage et revint avec un jeune chien à l'air hirsute. Il frétilla dans ses bras jusqu'à ce qu'elle le pose par terre. Il se dirigea vers

Harry, remua la queue, le renifla rapidement, puis s'assit devant lui comme pour dire : « Tu me conviens. Je te prends. »

— Il est déjà dressé, dit la bénévole. Sa maîtresse est tombée malade et a dû s'installer chez une parente qui est malheureusement allergique aux poils de chien. Ça lui a brisé le cœur de s'en séparer. Je l'aurais bien adopté moi-même, mais j'ai déjà quatre chiens.

— Comment s'appelle-t-il ? demanda Holly.

— César.

— Un noble nom pour un...

Elle s'interrompit juste avant de prononcer le mot « corniaud ». Cela aurait blessé son fils, qui trouvait visiblement ce chien très beau. À genoux, il enlaçait le chiot, qui lui léchait allégrement le visage.

— Nous le prenons, dit-elle.

— Ses vaccins sont à jour. Vous avez déjà eu un chien ? demanda la bénévole après un instant d'hésitation.

Redoutant soudain qu'elle refuse de lui confier le chien si elle répondait non, Holly hocha la tête.

Quelques instants plus tard, elle avait rempli le formulaire avec sa nouvelle adresse et recevait une laisse et un fascicule donnant des conseils pour devenir un bon maître.

— Je m'appelle Julie, au fait, dit la bénévole en parcourant le formulaire. Je vois que vous venez de vous installer chez nous et je sais à quel point la solitude peut être pénible quand on arrive dans une ville. Je donne un cours de dressage tous les mois. L'entrée est libre. Venez, si ça vous intéresse.

Elle nota une adresse et un horaire.

— Merci.

— Et appelez-moi si vous avez des problèmes avec César. Nous les reprenons s'il le faut. Surtout, ne l'abandonnez pas.

— Ne vous inquiétez pas.

— Je pourrais peut-être passer voir comment il va...

— Je… je n'ai pas encore le téléphone.

Holly songea pour la première fois qu'il lui serait peut-être impossible d'ouvrir une ligne téléphonique. Ne demandait-on pas au moins le numéro de sécurité sociale pour cela ?

Il y avait tant de choses à prendre en compte… Sa gorge se noua. Comment y arriverait-elle ? Elle allait sûrement commettre une erreur. D'ailleurs, elle en avait sûrement déjà commis, sans le savoir.

Elle s'efforça d'écarter cette pensée, remercia Julie et l'invita à passer chez eux quand elle le voudrait.

Harry s'assit sur la banquette arrière, le plus près possible du chien. César semblait se satisfaire de cette soudaine affection et posait de temps en temps une patte sur son genou.

Elle devait acheter de la nourriture pour chiens, mais elle renonça à retourner au supermarché. Pour ce soir, leur nouveau compagnon mangerait à la mode humaine.

Avant de rentrer dans son nouveau foyer, il lui restait encore quelque chose à faire. Elle voulait aller à la bibliothèque consulter les journaux de Louisiane sur Internet. On y parlait sans doute de sa disparition. Après tout, elle était la fille d'un juge et l'épouse d'un sénateur en pleine ascension.

Jusqu'à présent, elle n'avait rien vu dans les journaux qu'elle avait achetés entre la Floride et l'Arizona, ni remarqué quoi que ce soit aux informations télévisées. Pourtant, c'était toujours avec la peur au ventre qu'elle allumait la télévision.

Mais elle ne pouvait pas se laisser aller à penser que tout risquait de s'écrouler aujourd'hui, le lendemain, dans un an.

Elle devait organiser leur nouvelle vie. Et tout d'abord, gagner de l'argent. Demain, elle irait montrer ses deux sculptures aux différentes galeries de la ville.

Il fallait qu'elle repousse la peur et qu'elle continue à avancer.

Meredith sonna à la porte de ses parents à 6 h 30.

Elle n'entra pas directement. Elle ne l'avait jamais fait et ne le ferait sans doute jamais. Depuis qu'elle était partie vivre seule, elle ne considérait plus la maison de Chestnut Street comme la sienne – si cet endroit avait jamais ressemblé à un foyer.

Construite au début du XIXe siècle, elle avait l'air d'un musée. Son père ne tolérait pas le désordre. Les journaux et les tasses de café ne traînaient jamais sur la table plus de quelques minutes, et un livre laissé dans le salon pouvait parfaitement disparaître pour toujours.

Mme Edwards, la gouvernante, ouvrit la porte. Elle était toujours « madame », jamais « Maude », bien qu'elle fût au service de la famille depuis plus de dix ans. Son père détestait le changement et était prêt à payer le prix fort pour conserver ses habitudes.

Le visage avenant de la gouvernante s'illumina d'un sourire.

— Mademoiselle Meredith ! Cela fait plaisir de vous voir.

— Merci. Mon père est-il là ?

— Oui. Il prend son petit déjeuner. À 6 h 30 tapantes, comme toujours, dit la gouvernante.

Puis son sourire s'évanouit.

— Presque comme toujours, puisque Mme Rawson n'est pas là.

Elle hésita avant d'ajouter :

— Des nouvelles de Mme... de votre maman ?

— Pas bonnes, madame Edwards.

— J'aimerais aller la voir.

— Elle ne vous reconnaîtrait pas. Et mon père a besoin de vous ici.

— Je vais vous préparer un petit déjeuner. Deux œufs au plat ?

— Vous me connaissez bien. Merci.

— Ça ne prendra que quelques minutes.

— Je viens avec vous pour me servir un café.

Elle suivit Mme Edwards dans la grande cuisine, remplit une tasse de café, puis se rendit dans la salle à manger.

Son père lisait le journal tout en mangeant. Il leva les yeux quand elle entra.

— Meredith… Quelle surprise !

Il la dévisagea d'un œil critique.

— Tu as une mine affreuse.

— Probablement parce que je suis restée auprès de maman toute la nuit.

— J'entends une accusation dans ta voix.

Elle fut surprise. D'ordinaire, il n'entendait que ce qu'il voulait entendre.

— C'est possible, dit-elle. Tu ne me demandes pas comment elle va ?

— J'ai eu le médecin au téléphone ce matin. Pour ton information, je lui ai aussi parlé hier soir. Il m'a dit qu'elle était dans le coma et qu'elle ne se rendrait pas compte de ma présence.

— Ce n'est pas sûr.

Un soupçon d'émotion traversa le visage parfaitement impassible de son père, ce qui ne manqua pas non plus de la surprendre. Elle ne put s'empêcher de demander :

— Tu vas passer à l'hôpital aujourd'hui ?

Il lui adressa le regard acerbe qu'elle l'avait souvent vu décocher aux témoins de la partie adverse.

— Maman était consciente hier, ajouta-t-elle.

Il fronça les sourcils.

— Je croyais qu'elle était dans le coma.

— Ça s'est passé plus tard.

— C'est pour ça que tu es venue ce matin ? Pour me rappeler mes devoirs conjugaux ? demanda-t-il sèchement.

— Non. Pas exactement.

— Alors, pour quelle raison ?

Meredith ne se laissait pas facilement intimider, mais elle devait admettre que son père avait encore le pouvoir de la rendre nerveuse. Les vieilles habitudes sont tenaces.

Mme Edwards apparut avec un plateau garni d'œufs, de croissants et de jus de fruits et disparut discrètement.

— Maman m'a demandé de faire quelque chose pour elle, dit Meredith.

Il leva brusquement la tête.

— Quoi ?

— Savais-tu... qu'elle avait eu un bébé avant moi ?

Il pâlit. Elle comprit immédiatement qu'il était au courant.

Sa réaction lui fit l'effet d'un coup de couteau dans le ventre. Il y avait tellement de secrets dans cette maison... Était-ce pour cela qu'elle semblait si froide, si vide, même quand elle était remplie d'invités ?

— Ne fouille pas dans le passé, ordonna son père.

— Maman m'a demandé de retrouver cette enfant. Ma demi-sœur. Elle veut que je partage avec elle ce qui me revient.

— Ça ne t'arrête pas ?

Elle savait exactement ce qu'il voulait dire.

— Non. Je n'ai pas besoin de cet argent. Je gagne très bien ma vie.

Il secoua la tête, comme s'il se demandait par quelle bizarrerie de la nature elle pouvait être sa fille.

— Ta mère est sous l'effet des sédatifs. Son esprit est perturbé.

— Es-tu en train de me dire que ce n'est pas arrivé ?

— Tu connais ta mère. Comment peux-tu croire...

— Je commence à penser que je ne vous connais ni l'un ni l'autre, dit-elle d'une voix chargée de colère rentrée. Je sais que vous ne vous aimez pas, mais...

— Tu ne sais rien, coupa-t-il durement.

Il plia sa serviette avec soin, la posa à côté de son assiette, puis se leva.

— Je dois passer au bureau avant d'aller au tribunal.

— Nous n'avons pas fini de discuter.

— Moi, si.

— Je vais la retrouver.

Il fit volte-face.

— Espèce d'inconsciente ! Tu veux détruire la réputation de ta mère, tout ce qu'elle s'est acharnée à construire ? L'opinion des autres compte pour elle.

— Pour elle ? Ou pour toi ? demanda-t-elle posément.

— Tu as méprisé tout ce que j'ai voulu te transmettre, alors ne me fais pas la morale.

Elle comprenait parfaitement ce qu'il était en train de faire : en l'attaquant, il essayait d'éviter ses questions.

— Que sais-tu de cette enfant ? insista-t-elle.

Car il savait quelque chose, elle en était sûre. Son regard et sa façon d'éluder ses questions le lui disaient. Il n'était pas le seul avocat de la famille. Elle connaissait les techniques aussi bien que lui.

Il se détourna sans lui répondre, puis elle l'entendit s'éloigner dans le couloir, de son habituel pas rapide et déterminé. La porte d'entrée s'ouvrit et se referma derrière lui.

Meredith soupira. Elle avait encore plus de questions qu'avant.

Une fois dans son bureau, Charles Rawson décrocha le téléphone. Il ne s'embarrassa pas de politesses.

— Meredith est au courant pour sa demi-sœur. Elle va essayer de la retrouver.

— Il n'y a aucune piste. Je m'en suis assuré.

— Elle est persévérante. Obstinée.

— Arrête-la.

— Je ne suis pas sûr d'y arriver.

— Je ne te demande pas d'essayer. Fais-le.

— Le problème, c'est que Marguerite est très malade et qu'elle a demandé à Meredith de retrouver sa fille aînée.

— Tu m'avais juré que ta femme ne dirait rien à personne.

Charles ne répondit pas. À quoi tout cela rimait-il, maintenant ?

Jusqu'à présent, il avait eu un moyen de pression sur Marguerite. Il en avait usé sans pitié, en partie parce qu'elle ne l'avait jamais aimé. Lui l'avait aimée, assez pour sacrifier toutes ses ambitions. Mais elle avait passé des années à lui dire de mille manières qu'elle n'était avec lui que par nécessité. Peut-être même n'était-elle restée avec lui que pour le punir.

Et elle l'avait puni. Presque chaque jour de leur vie commune.

Aujourd'hui encore, alors qu'elle agonisait, il ne voyait que rejet dans son regard.

— Elle est en train de mourir, bon sang !

— Règle le problème, répondit la voix glaciale.

La communication fut coupée.

Charles raccrocha et resta un moment plongé dans ses pensées. Que se serait-il passé s'il avait dit à Marguerite où se trouvait sa fille ? Il ne connaissait que trop bien la réponse. Elle n'aurait eu de cesse de la récupérer.

Mais il était trop tard pour se repentir. Il avait vendu son âme au diable depuis longtemps.

Maintenant, par sa faute, sa propre fille était en danger. À moins qu'il n'arrive à la persuader de ne pas se lancer dans cette maudite quête.

Mais Meredith était devenue une femme incroyablement têtue, totalement à l'opposé de la petite fille qui se serait pliée en quatre pour obtenir son approbation. Il avait toujours désiré un fils, alors il l'avait éduquée comme un garçon. Et elle avait été conciliante, jusqu'au jour où elle s'était rebellée, quelques années plus tôt.

Il ne savait toujours pas pourquoi elle s'était détournée de lui. Il savait seulement qu'il devait faire quelque chose pour l'arrêter avant qu'elle ne les détruise tous.

4

La Nouvelle-Orléans

Sarah était à son bureau quand Meredith arriva.

— Vous avez l'air lessivée, remarqua-t-elle, soucieuse.

— J'ai dormi à l'hôpital auprès de ma mère et j'ai pris le petit déjeuner avec mon père.

Une expression de surprise traversa le regard de Sarah, mais, heureusement, elle ne fit aucun commentaire sur le petit déjeuner.

— Comment va votre mère ?

— Elle est dans le coma depuis hier. Le médecin ne semble pas penser qu'elle en sortira.

— Je suis désolée. Si je peux faire quelque chose pour vous aider…

— Eh bien, peut-être. Puis-je vous demander une faveur ?

— Bien sûr. De quoi s'agit-il ?

Veuve avec deux enfants à charge, Sarah travaillait auparavant au bureau du district attorney. Meredith l'avait volée en partant. Une avocate indépendante avait besoin d'être solidement secondée, et Sarah était une assistante hors pair. Elle avait renoncé à un poste très lucratif pour suivre Meredith. En échange, Meredith lui avait offert la flexibilité nécessaire à l'éducation de ses enfants.

Sarah travaillait parfois chez elle. Meredith n'y voyait aucun inconvénient. L'ère électronique le permettait. Ses horaires aménagés donnaient aussi à Sarah la possibilité de suivre une formation en droit, gage d'une évolution professionnelle. Meredith s'était engagée à lui fournir, le moment venu, les avances sur salaire et les recommandations indispensables à la bonne marche de ses projets. Et elle comptait bien tenir ses promesses.

Le seul autre membre permanent de son équipe était Becky Thomas, à la fois comptable et secrétaire.

— Où est Becky ?

— Elle a appelé. Un pneu crevé. Elle sera en retard.

Meredith hocha la tête. Becky était tout aussi efficace que Sarah. Elle avait été l'une des premières clientes de Meredith. Après avoir témoigné contre son patron, elle avait été renvoyée. Meredith l'avait récupérée dans la foulée. Elles étaient toutes les deux très satisfaites de l'arrangement.

— Alors, cette faveur ? insista Sarah.

Meredith éluda la question.

— Des appels, ce matin ?

— Rien d'urgent. Vous voyez les femmes du foyer cet après-midi. J'ai tout annulé sauf ça.

Meredith approuva d'un hochement de tête. Le foyer était un engagement qu'elle voulait garder.

— Les dossiers en cours ?

— Le testament de Mme Evans. Je l'ai préparé pour que vous le regardiez avant que nous la convoquions. Je vais travailler avec Mme Abbot à l'établissement d'une liste des biens conjugaux. Elle pense que son mari en cache certains. Mary Golden a appelé pour dire qu'elle ne porterait pas plainte contre son mari. Et il nous faut plus d'informations sur l'épouse dans la bataille des Keyes pour la garde des enfants. Voulez-vous que je contacte Doug ?

Doug Evers était un détective auquel Meredith faisait appel de temps en temps. C'était un ancien flic assez compétent, même si elle devait continuellement lui rappeler de ne pas user de moyens illégaux dans les enquêtes qu'elle lui confiait. Il n'avait jamais appris à reconnaître la ligne à ne pas dépasser.

— Je demanderai à Robert Keyes s'il peut assumer les frais, dit Meredith.

Elle hésita, puis ajouta :

— La faveur dont je vous parlais est... d'ordre personnel.

Sarah attendit.

— Avant de tomber dans le coma, hier, ma mère m'a révélé qu'elle avait eu un autre enfant avant moi, poursuivit Meredith. Une fille, née à Memphis en février 1970. Elle m'a demandé de la retrouver.

— Mon Dieu... Vous n'étiez pas au courant ?

— Absolument pas.

— Mais... pourquoi vous en a-t-elle parlé maintenant ?

— Elle veut que nous partagions l'héritage.

— Ça a dû vous faire un coup.

— Pas dans le sens que vous croyez. Ma grand-mère m'a légué la maison où j'habite, et je gagne bien ma vie. Le choc a été de me rendre compte que c'était si important pour elle... et qu'elle ne m'en avait jamais parlé. J'aurais pu l'aider. Maintenant, j'ai si peu d'informations...

— Qu'allez-vous faire ?

— Essayer de la trouver.

— Et en quoi puis-je vous être utile ?

— En recherchant l'acte de naissance d'une fille née de Marguerite Thibadeau.

— Avez-vous une idée de l'identité du père ?

— Aucune. J'espère que l'acte de naissance nous donnera des pistes. Il faudrait aussi dresser une liste des agences d'adoption de la région de Memphis et des avocats spécialisés dans ce genre de dossiers.

— Je peux m'en charger.

— Je le sais, dit Meredith en baissant les yeux sur ses mains crispées. Je me demande ce que je ferais sans vous. Vous êtes une perle.

Sarah sourit.

— Vous me payez pour l'être. Que sait votre père au sujet du bébé ? demanda-t-elle sans transition.

— Tout ce qu'il m'a dit, c'est que je ne devais pas remuer le passé. Il pense que je vais détruire la réputation de ma mère, que je ferais mieux de laisser tomber et me soucier avant tout de mon héritage.

— C'est ce que la plupart des gens feraient.

— Je préférerais avoir une sœur plutôt que de l'argent.

— Donc, votre père sait quelque chose.

— Oui.

— Votre grand-père maternel a-t-il été impliqué ?

— Très certainement. Ma mère n'avait que dix-sept ans quand c'est arrivé. Elle m'a dit qu'on l'avait envoyée à Memphis pour cacher sa grossesse.

— Avez-vous de la famille là-bas ?

— Une tante de ma mère y habitait. Elle est morte il y a trois ans.

— Était-elle mariée ?

— Oui, mais je crois que son mari est mort avant elle.

— Savez-vous où ils vivaient ?

— Je peux probablement trouver leur adresse dans le carnet de ma mère ou…

Elle s'interrompit brusquement. Elle n'avait aucune idée de l'endroit où sa mère rangeait son carnet d'adresses.

— Le nom de ma grand-tante était Warren, je crois. Sylvia Warren. Son mari s'appelait Bob.

— Robert, donc. Que faisait-il ?

— Entrepreneur en bâtiment. Je ne l'ai jamais rencontré. Et j'ai vu ma grand-tante pour la première fois à l'enterrement de ma grand-mère.

— C'est étrange, non, que vous ne l'ayez pas vue plus que ça ? La Nouvelle-Orléans n'est pas si loin de Memphis.

— Je n'y ai jamais vraiment réfléchi. J'ai un agréable souvenir d'elle, mais je n'ai jamais demandé pourquoi on ne la fréquentait pas. C'était la tante de ma mère, et j'avais l'impression que mon père s'en désintéressait.

Il n'est pas très porté sur la famille, ajouta-t-elle avec une grimace.

Sarah hocha la tête. Elle connaissait la réputation de Charles Rawson.

— Avaient-ils des enfants ? Si c'est le cas et si votre mère a habité chez eux un moment, ils se souviendront peut-être de quelque chose.

— Je ne le pense pas.

Sarah haussa les sourcils, mais s'abstint de tout commentaire.

— Maman ne me parlait jamais de sa tante, protesta Meredith.

— Vous arrivait-il seulement de parler ?

— Non. Pas vraiment. Elle était toujours occupée. Et même quand elle était à la maison, elle semblait être ailleurs.

La douleur et la colère l'assaillirent de nouveau. Pourquoi sa mère avait-elle attendu d'être au seuil de la mort pour se confier à elle ? Comment avait-elle pu se préoccuper autant de l'enfant qu'elle avait abandonnée et si peu de celle qu'elle avait gardée ? Maintenant, il était trop tard. Trop tard pour comprendre que sa mère avait aimé et souffert. Trop tard pour découvrir qu'elle avait éprouvé des émotions.

Peut-être avait-elle perdu sa capacité à aimer en abandonnant l'enfant de l'amour et en se retrouvant accablée par le fardeau de l'enfant née d'un mariage de raison…

Cette idée était insupportable, mais Meredith se sentait comme insensibilisée. En fait, réalisa-t-elle, elle l'était depuis la révélation de sa mère. Cette insensibilité lui permettait de tenir en respect sa colère. Elle regarda ses mains et s'aperçut qu'elles tremblaient. Elle les força à s'immobiliser.

Sarah détourna le regard.

— On a des nouvelles de Nan ? demanda Meredith, changeant volontairement de sujet.

— Non. Pas de nouvelles, bonnes nouvelles.

Meredith acquiesça. Plus le temps passait sans contact après une décision de justice, mieux c'était. Puis elle se rappela la déroutante rencontre qu'elle avait faite dans la salle d'audience.

— Vous vous souvenez de Gage Gaynor ? Il a témoigné dans cette affaire de policiers corrompus.

— Il est difficile à oublier. Grand. Ténébreux. Honnête, à mon avis.

Honnête ? Meredith ne savait pas encore qu'en penser.

— Il était à l'audience.

Sarah parut surprise.

— Pourquoi ?

— Il m'a juste dit qu'il était là pour raisons professionnelles. Il m'a lancé une pique sur l'affaire L. L. Jenkins et Tommy.

— Ce n'étaient que des gosses.

— D'après lui, c'étaient des délinquants qui ne méritaient pas une seconde chance.

— Ils transportaient de la drogue pour trois fois rien. Je crois qu'ils ont compris la leçon.

Sarah était un cœur sensible. C'était sur son insistance que Meredith avait accepté le dossier. Elle se tournait de plus en plus vers le droit familial, au détriment des affaires criminelles.

Le téléphone sonna, mais s'arrêta brusquement. Becky avait dû arriver et décrocher.

Meredith alla entrouvrir la porte et jeta un coup d'œil dans le bureau de sa secrétaire. Celle-ci lui fit un signe et chuchota :

— Vous êtes là ?

— Qui est-ce ? demanda Meredith sur le même ton.

— L'inspecteur Gaynor.

— Quand on parle du loup… marmonna Sarah.

Meredith hésita. Mais elle hocha la tête et se rendit dans son bureau.

— Inspecteur ? dit-elle après avoir décroché.

— Je me demandais si Nan Fuller avait eu d'autres problèmes.

— Non.
— Bien. Si son mari s'approche d'elle, prévenez-moi.
— D'accord. Y aura-t-il des poursuites au sein du département de police ?
— Non.
— Puis-je savoir pourquoi ?
— S'il était viré, contre qui se retournerait-il, à votre avis ?

Meredith garda le silence un instant. Gaynor avait raison. Un homme qui n'a plus rien à perdre peut devenir très dangereux.

— Et s'il agresse quelqu'un d'autre ?
— Pour autant que nous le sachions, il ne l'a jamais fait. Il a un bon dossier.
— Sauf qu'il bat sa femme.
— Écoutez, mademoiselle Rawson, ça ne me plaît pas plus qu'à vous, mais Rick Fuller sera étroitement surveillé à partir de maintenant. Un seul faux pas, et il est fichu. Il le sait. Je crois qu'il serait beaucoup plus dangereux pour votre cliente s'il perdait son boulot. Il l'accuserait d'avoir détruit sa vie et se vengerait sur elle.
— Vous avez l'air de vous y connaître.
— En effet. Une femme que j'appréciais beaucoup a été tuée pour cette raison, répondit-il, d'une voix où Meredith crut entendre un frémissement d'émotion.
— C'est pour ça que vous étiez au tribunal ?
— C'est moi qui ai recommandé à Rick Fuller de ne pas contester le jugement. Je lui ai dit qu'il avait intérêt à ce que je ne me sois pas trompé en ne déclenchant pas une action contre lui au niveau du département. S'il se permet seulement de téléphoner à Nan, prévenez-moi.
— Vous savez, vous auriez pu me dire tout ça à l'audience.
— C'est vrai.
— Pourquoi ne l'avez-vous pas fait ?
— Parce que vous me regardiez d'un mauvais œil.

C'était probable. À ce moment-là, elle était persuadée qu'il était venu pour soutenir Fuller.

— J'ai juste pensé que je devais vous mettre au courant, ajouta-t-il.

Sans attendre qu'elle réponde, il raccrocha.

Meredith regarda pensivement le téléphone dans sa main. Cela faisait au moins une question éclaircie.

Elle n'aurait sûrement pas autant de chance avec les autres.

Pourquoi avait-il fait ça ?

Gage n'avait pas pour habitude de se justifier, surtout devant un avocat.

Et pourquoi avait-il mentionné April, la femme de son premier coéquipier ?

Il n'avait pas pu la sauver. Voilà pourquoi il était si déterminé à défendre Nan Fuller.

Mais sa vraie motivation était ailleurs. Meredith Rawson avait occupé ses pensées la nuit précédente. Elle avait l'attitude détachée des gens de son milieu, mais la ferveur dans ses yeux bleus était celle d'une vraie militante. C'était ce contraste qui l'attirait, tout comme sa large bouche et son menton ferme. Des particularités qui l'écartaient des canons de beauté classiques mais qui lui donnaient quelque chose de singulier qui l'intriguait.

Il replaça le combiné sur son socle. Magnifiques yeux ou pas, cette femme n'était pas pour lui.

Alors, pourquoi s'était-il donné la peine de l'appeler ?

La réponse était évidente : à cause du dossier Prescott. Elle devait avoir environ quinze ans quand Prescott était mort, et ce dernier était un ami de son père. Peut-être savait-elle quelque chose, même à son insu.

Une belle démonstration de logique… mais un mensonge.

Bon sang, il n'avait vraiment pas besoin de ce genre de complications en ce moment !

Il décrocha de nouveau le téléphone et appela Dom Cross. Cross était l'une des rares personnes en qui il avait confiance, peut-être parce qu'il était un loup solitaire, comme lui. Cross dirigeait un foyer pour jeunes délinquants. C'était un ex-détenu, et il ne s'en cachait pas. Son passé était l'une des raisons de son succès auprès des jeunes dont il s'occupait. Il comprenait bien mieux leurs problèmes que n'importe quel éducateur diplômé.

Dom avait essayé d'aider le frère de Gage quelques années auparavant, mais en vain. Clint était déjà trop profondément impliqué dans son gang pour s'en extirper. Ayant un frère policier, Clint avait bénéficié plusieurs fois de l'indulgence des collègues de Gage quand on avait trouvé de la drogue sur lui. Mais il y avait eu la fois de trop.

Gage regrettait qu'on ne l'ait pas mis en prison dès le premier délit. Cela aurait peut-être stoppé l'escalade de Clint dans la délinquance.

— Gage ! tonna la voix chaleureuse de Dom dans le combiné. Ça fait un siècle que je ne t'ai pas vu.

— Trois semaines, rectifia Gage.

— Pour moi, c'est un siècle.

Gage ignora la notion du temps pour le moins irrationnelle de Dom.

— Ça te dirait, un match en fin d'après-midi ?

— Je crois que je peux réunir deux équipes.

— Super. Je serai là à 18 heures.

— Le perdant paie un verre à l'autre, OK ?

— Sûr de toi, hein ?

— Je sais quels gamins choisir.

— Moi aussi.

— J'ai une surprise. Des nouveaux, sacrément doués. Voilà ce que tu récoltes à me laisser en plan pendant si longtemps.

Gage rit. Dom l'avait impliqué dans les matchs de basket depuis deux ans. Les gosses avaient besoin d'avoir un flic droit pour modèle, répétait-il.

Gage avait des doutes sur sa propre droiture, mais il était redevable à Dom de ce qu'il avait essayé de faire pour Clint. Et il aimait tout simplement ce type. C'était le charmeur le plus persuasif qu'il ait jamais rencontré, et aussi l'homme le plus généreux qu'il connût. Dom se préoccupait sincèrement de gamins dont personne ne se souciait, et il entraînait d'autres personnes à en faire autant.

Gage était également content d'avoir l'occasion de faire du sport. Au lycée, il avait joué au basket et au foot, puis il avait continué le foot à l'université, jusqu'à ce qu'une blessure mette fin à ses espoirs de carrière professionnelle. Et à sa scolarité.

Désormais, ces matchs au foyer étaient ses seuls et inestimables moments de compétition sportive.

— Ne te réjouis pas trop vite, dit-il avec une certaine jubilation. Je me sens très en forme, aujourd'hui.

Il aimait bien défier Dom.

5

La Nouvelle-Orléans

Meredith resta plus longtemps que prévu au foyer pour femmes. Elle y tenait une permanence de conseil juridique au minimum un après-midi par semaine.

Les problèmes étaient toujours les mêmes : garde des enfants, restitution des affaires personnelles, pension alimentaire. Le mari était presque toujours le membre dominant du couple et contrôlait les finances. La femme avait rarement ses propres sources de revenus.

Ce jour-là, la liste des problèmes à régler était particulièrement longue, et il était près de 20 heures quand Meredith quitta le foyer.

Elle se rendit directement à l'hôpital. L'infirmière, la même que celle de la nuit précédente, secoua la tête en réponse à sa question muette.

— Aucun changement, mademoiselle Rawson.

— Elle n'a pas du tout repris connaissance ?

— Non.

— Se rend-elle compte de ma présence ?

— Je ne sais pas, répondit franchement l'infirmière. Une théorie soutient que les gens dans le coma sentent la présence de ceux qu'ils aiment, mais personne n'en est vraiment sûr.

— Si vous alliez dîner ? suggéra Meredith. Je resterai auprès de ma mère jusqu'à votre retour.

— Je ne dirais pas non... Mais votre père est-il d'accord ?

Meredith songea qu'il avait dû la terroriser, comme il le faisait avec la plupart des gens.

— Bien sûr que oui. Et puis, nous sommes dans un hôpital. J'appellerai quelqu'un s'il y a un problème.

— Alors, je vous laisse, dit l'infirmière, visiblement contente de prendre ce petit temps de pause.

Meredith attendit qu'elle soit partie pour s'asseoir près de sa mère. Une mère qui, après l'avoir délaissée toute sa vie, la chargeait d'une mission puis sombrait dans le coma sans lui avoir fourni les informations nécessaires pour mener sa quête à bien.

— Ne me fais pas ça, dit-elle au visage immobile. Donne-moi quelque chose pour continuer.

Mais le visage ne bougea pas.

Pourquoi maintenant ? Pourquoi avoir attendu qu'il soit trop tard ? aurait voulu crier Meredith.

— Pourquoi est-ce que tu ne m'aimais pas ?

Cette question, elle se l'était posée pendant de nombreuses années. Des larmes emplirent ses yeux.

— Pourquoi ? répéta-t-elle. Pourquoi tu l'aimais, elle, et pas moi ?

Elle aurait voulu pouvoir secouer sa mère jusqu'à ce qu'elle reprenne conscience, jusqu'à ce qu'elle lui donne une explication. Mais, malgré sa douleur et sa colère, et même si la tâche semblait impossible, elle se sentait l'obligation d'accéder à son dernier souhait.

Sa mère avait-elle consenti à une adoption qu'elle avait amèrement regrettée par la suite ? Le bébé lui avait-il été enlevé de force ? Il devait bien y avoir des traces écrites quelque part. Elle imaginait mal son grand-père confier sa petite-fille à n'importe qui. Il avait toujours été d'un tempérament possessif.

Peut-être trouverait-elle quelque chose dans le grenier de ses parents – c'était là qu'étaient rangés les papiers de son grand-père. Elle décida de s'y rendre le vendredi suivant. Son père serait au tribunal, et la gouvernante faisait habituellement ses courses ce jour-là.

Elle regarda le visage de sa mère, paisible mais squelettique. L'appareillage cliqueta. Une machine diffusait des médicaments et des nutriments dans le corps de sa mère, tandis qu'une autre enregistrait son rythme cardiaque.

Meredith ferma les yeux, soudain accablée par une immense fatigue.

Quand l'infirmière revint, elle se leva, lui demanda de la prévenir s'il y avait le moindre changement, la salua et sortit. Dans le couloir, elle s'adossa un instant contre le mur et inspira profondément pour rassembler son énergie.

À cette heure tardive, presque tous les visiteurs étaient partis. Meredith longea les couloirs silencieux en direction du hall d'entrée. Dehors, des nuages rendaient la nuit encore plus obscure. Une petite pluie persistante brouillait les lumières de la ville.

Elle emprunta la rampe qui menait au parking souterrain. Une fois arrivée au premier sous-sol, un frisson lui parcourut la nuque, comme un avertissement. Il n'y avait personne, et il ne restait que quelques voitures garées. Le silence accentuait le bruit de ses pas sur le sol.

Elle jeta un regard nerveux par-dessus son épaule, puis s'exhorta au calme. Elle avait l'habitude de se débrouiller seule depuis trop longtemps pour se laisser impressionner aussi facilement. Ses clés de voiture à la main, elle marcha d'un pas rapide et déterminé. Mais ce pressentiment d'un danger imminent ne disparut pas.

Le grondement d'un moteur et un crissement de freins brisèrent soudain le silence. Une voiture surgit dans la courbe qui menait au niveau inférieur du parking. Meredith se retrancha dans un emplacement vide. Son cœur battait à tout rompre. Elle se sentit stupide quand le conducteur fila sans la remarquer vers la sortie.

Elle avait presque atteint sa voiture lorsqu'elle entendit un bruit étrange, semblable à un sifflement étouffé, suivi d'un fracas de verre qui se brise. Un néon au plafond s'éteignit. Avant qu'elle ait pu réagir, le bruit se répéta plusieurs fois, et le parking fut plongé dans l'obscurité.

Sidérée, Meredith se figea. Le grondement d'un moteur retentit de nouveau.

Elle eut juste le temps de se jeter en arrière pour éviter la voiture qui fonçait droit sur elle. Tandis que son agresseur s'éloignait à toute allure, elle roula sous un véhicule. Immobile, elle attendit, son cœur battant à ses tempes. Le bruit qu'elle avait entendu un peu plus tôt était celui d'une arme munie d'un silencieux, comprit-elle, paralysée par la peur.

Qui avait tiré sur les néons ? Le conducteur de la voiture ? Ou quelqu'un d'autre, qui se trouvait peut-être encore là et attendait de voir si elle était blessée... ou morte ?

Ce qui venait d'arriver ne pouvait pas être un accident. Elle en était certaine. Les néons avaient été volontairement brisés. Cela avait été programmé, calculé.

Un frisson incontrôlable la parcourut. Son bras lui faisait mal, et elle se rendit compte qu'il était éraflé à l'endroit où il avait heurté le sol. L'odeur d'essence lui donnait la nausée. Elle resta immobile, en essayant de respirer le moins possible et en souhaitant que son cœur cesse de battre aussi fort.

Au bout d'un moment de silence total, elle se glissa hors de son abri et ne bougea pas pendant ce qui lui parut durer une éternité, à l'affût du moindre bruit.

Puis elle se leva lentement, avec difficulté. Apparemment, il n'y avait plus personne dans les parages. Ses yeux s'accoutumèrent peu à peu à l'obscurité, et elle put repérer son sac, qu'elle avait lâché en se jetant par terre. Elle le ramassa, sortit son portable et, d'une main tremblante, composa le numéro de l'hôpital. Puis elle attendit les secours, en commençant à établir mentalement la liste des gens qui pouvaient lui vouloir du mal. Elle promettait d'être terriblement longue…

Enfin, il y eut des appels et des faisceaux de lumière.

— Je suis là ! répondit-elle.

En quelques secondes, elle fut entourée de vigiles.

— Mademoiselle Rawson ?

Elle se contenta de hocher la tête, de peur que sa voix ne la trahisse. « Ne montre jamais ta faiblesse », lui avait seriné son père.

— La police va arriver.

Le vigile dirigea sa lampe vers les néons brisés.

— Qu'est-ce qui s'est passé ?

— Je ne sais pas exactement. J'ai entendu le verre se briser, et les lumières se sont éteintes. Je crois qu'on a tiré dessus avec un revolver muni d'un silencieux. Ensuite, une voiture a foncé sur moi. J'ai réussi à l'éviter.

— Vous pensez que le conducteur a essayé de vous renverser ?

— S'il n'a pas essayé, c'était bien imité. Il n'a pas pu ne pas me voir.

— Que faisiez-vous ici si tard ?

— Ma mère est hospitalisée.

— La prochaine fois, demandez à un agent de la sécurité de vous accompagner, dit l'homme d'un ton brusque mais compatissant. Pouvez-vous m'en dire plus sur la voiture ?

— Grande et sombre.

— Ça ne nous avance pas beaucoup.

— Désolée, j'étais trop occupée à l'éviter.

Il dirigea sa lampe sur elle. Elle avait laissé sa veste dans la voiture, et son chemisier blanc à manches courtes était taché et froissé. Son bras saignait.

— Je dois vous conduire aux urgences.

— Ce n'est qu'une égratignure.

— Oui, mais qui s'est produite dans l'enceinte de l'hôpital. Légalement, ça peut aller loin. Mais je ne vous apprends rien, n'est-ce pas ?

— Vous savez que je suis avocate ?

— J'ai reconnu votre nom.

— Ne vous inquiétez pas, monsieur…

— Adcock. Chef de la sécurité.

— Monsieur Adcock. Je veux juste rentrer chez moi. Je n'ai nullement l'intention de poursuivre l'hôpital.

Une voiture de police arriva, puis une deuxième.

Elle répéta aux policiers tout ce qu'elle avait dit à Adcock, puis suivit à contrecœur ce dernier aux urgences. Sa blessure fut désinfectée et pansée. On lui donna même plusieurs comprimés contre la douleur, bien qu'elle assurât ne pas avoir mal.

Un inspecteur la rejoignit ensuite, et elle dut raconter son histoire pour la troisième fois. Lorsqu'il lui proposa de l'accompagner chez elle pour vérifier que tout était en ordre, elle accepta. Elle n'aimait pas demander de l'aide, mais elle n'était pas stupide. Si cette agression la visait personnellement, il pouvait très bien y en avoir une autre.

À partir de maintenant, elle porterait une arme, se promit-elle.

Il était près de 4 heures du matin quand ils arrivèrent chez elle, une petite maison classée dans le Quartier français.

L'inspecteur Morris lui demanda la clé, mais testa d'abord la porte. Elle n'était pas verrouillée. Meredith était sûre de l'avoir fermée.

Il l'interrogea du regard.

— Je l'avais fermée, dit-elle.

— Reculez.

Il saisit son arme et ouvrit lentement la porte.

— Qu'est-ce que je peux faire ? demanda-t-elle.

Il hésita.

— Vous savez utiliser une radio ?

Elle hocha la tête.

— Allez à la voiture et demandez du renfort, dit-il, avant de pénétrer à l'intérieur en tenant son arme à deux mains.

Meredith courut à la voiture. Quelques secondes plus tard, elle avait lancé l'appel. Le cœur battant, elle revint à la porte de sa maison et tendit l'oreille. Elle se sentait terrorisée, mais aussi pleine de rage.

Bientôt, des sirènes hurlèrent, puis un gyrophare bleu perça le rideau de pluie.

Deux policiers en uniforme surgirent de la voiture et coururent vers elle.

— Mademoiselle Rawson ?

— L'inspecteur Morris est à l'intérieur. La porte de ma maison était ouverte quand nous sommes arrivés. Et j'ai été agressée il y a seulement quelques heures dans un parking d'hôpital.

— Police ! cria l'un des deux hommes, avant d'entrer dans la maison avec son collègue, revolver au poing.

Elle attendit, puis entendit des voix, et les trois hommes sortirent. Morris rengaina son arme.

— Personne, déclara-t-il.

Comme elle faisait un pas pour entrer, il la retint.

— Il y a des dégâts, annonça-t-il.

Il s'écarta pour la laisser passer. Elle se figea aussitôt, sous le choc. Les coussins du canapé avaient été éventrés et jetés par terre. Les livres étaient éparpillés sur le sol, parfois déchirés. Un vase était cassé. Il ne s'agissait pas d'un simple cambriolage. C'était du vandalisme.

— Toutes les pièces sont dans cet état, déclara Morris d'un ton sombre. On dirait que quelqu'un ne vous aime pas.

— J'étais déjà arrivée à cette conclusion, répondit-elle en retenant difficilement ses larmes.

Mais elle avait appris à ne pas pleurer en public. Les larmes étaient strictement intimes.

Elle fit le tour de sa maison dans un état second, inspectant d'abord le salon, la cuisine et la salle à manger au rez-de-chaussée, puis les deux chambres et le bureau à l'étage. Tout avait été saccagé. Son ordinateur avait disparu. Son imprimante et sa photocopieuse avaient été flanquées par terre.

Morris la suivait discrètement. Il attendit sur le seuil de la porte tandis qu'elle regardait ce qui restait de son bureau.

— Il nous faut une liste de tout ce qui manque, dit-il.

Incapable de prononcer un mot, elle hocha la tête. Elle n'en pouvait plus. Elle voulait juste boire quelque chose et se coucher.

— Les lits sont plutôt mal en point. Vous devriez aller à l'hôtel ou chez des amis, le temps que tout soit réparé. Un système de sécurité ne serait pas de trop non plus.

Il marqua un temps de pause.

— Vous avez un endroit où aller ?

Elle aurait pu aller chez ses parents, mais elle n'était pas prête à dire à son père ce qui s'était produit cette nuit. Il aurait incriminé le genre de personnes qu'elle fréquentait à cause de ses choix professionnels et lui aurait demandé une fois de plus d'entrer dans son cabinet. Elle ne pouvait tout simplement pas affronter ça. Pas maintenant. Et l'appartement de Sarah était trop petit pour loger un invité.

— L'hôtel, décida-t-elle.

— Je vais vous y emmener. Avez-vous besoin de vêtements ?

Elle hocha la tête. Puis un soupçon lui traversa l'esprit.

— Il faut que j'appelle le gardien de nuit de l'immeuble où se trouve mon cabinet. Je veux m'assurer que personne n'a touché à mes ordinateurs.

Elle composa le numéro et demanda au gardien de vérifier que son bureau n'avait pas été visité. Une fois rassurée sur ce point, elle retourna dans sa chambre et récupéra ce qu'elle put pour se changer – même ses vêtements avaient été déchirés, constata-t-elle en se demandant qui pouvait la haïr à ce point –, quelques affaires de toilette et fourra le tout dans un sac.

De retour au salon, elle croisa le regard de l'inspecteur.

— La serrure...

— … n'empêcherait personne d'entrer. Je reviendrai après vous avoir déposée à un hôtel. De toute façon, j'ai du travail ici. Un gars du labo doit venir.

Il hésita, puis ajouta :

— Je connais un serrurier joignable vingt-quatre heures sur vingt-quatre.

— Appelez-le, s'il vous plaît.

Il hocha la tête. Pour la première fois, elle le regarda attentivement. Il avait le regard usé du policier surchargé de travail. Il était assez âgé, probablement proche de la retraite, mais il n'avait pas hésité à prendre des risques.

— Merci, dit-elle. Vous avez été plus que gentil.

Il lui adressa un long regard pénétrant.

— Je ne crois pas avoir à vous dire d'être prudente.

— Non.

— La plupart des femmes feraient une crise de nerfs après ce qui vient de vous arriver.

— Ça n'a jamais été mon fort.

— Je sais. Vous étiez réputée pour votre sang-froid, au bureau du district attorney.

Meredith ne fut pas surprise. Elle savait parfaitement que les policiers discutaient souvent des membres de l'équipe du district attorney. Certains étaient appréciés, d'autres redoutés. Elle avait été classée dans cette deuxième catégorie, s'étant toujours montrée intraitable avec les officiers de police. Elle détestait perdre une affaire parce qu'ils négligeaient de mettre les points sur les *i* et les barres aux *t*. Ou pire.

— Je suis étonnée que vous ne m'ayez pas laissée rentrer seule.

— J'étais de votre bord, expliqua-t-il avec un léger sourire. J'ai toujours aimé le travail bien fait.

— Merci, répéta-t-elle.

Il se contenta de hocher la tête et lui ouvrit galamment la porte. Dehors, Meredith inspira profondément et s'interdit de penser au saccage qu'elle laissait derrière elle.

Mais elle savait qu'elle ne pourrait s'empêcher de se demander qui la haïssait au point d'essayer de la tuer et de détruire tout ce qui lui était cher. Et quand cette personne, voyant qu'elle avait échoué, recommencerait…

6

Bisbee

Malgré la petite taille et la simplicité de sa nouvelle maison, Holly s'y sentait bien. C'était chez elle, peut-être pour la première fois de sa vie.

Elle adorait les levers et couchers de soleil sur le désert. Elle aimait emmener Harry en promenade, munie du livre de botanique qu'elle avait emprunté à la bibliothèque. Elle était libre de faire ce qu'elle voulait.

Cependant, la peur n'était jamais bien loin. La vue d'une grosse voiture la faisait tressaillir, et elle redoutait ce qui était devenu son expédition quotidienne à la bibliothèque pour consulter les journaux de Louisiane.

Chaque jour, le cœur battant, elle cherchait son nom dans les titres, mais il n'y avait jamais rien. Pas un mot sur le meurtre commis chez elle. Rien sur sa propre disparition, elle qui était pourtant l'épouse d'un homme politique important et la fille d'un juge de la Cour suprême.

Ce silence lui prouvait que son mari avait effectivement commandité son assassinat et couvrait maintenant la mort de son homme de main. Elle savait qu'il n'agissait pas ainsi pour lui éviter d'être poursuivie, mais pour se protéger, lui. Avoir une criminelle pour épouse desservirait sa carrière, ainsi que les questions embarrassantes qu'on pourrait lui poser.

Comment avait-elle jamais pu trouver cet homme charmant ? se demanda Holly. Malgré la chaleur, un frisson la parcourut tandis qu'elle s'asseyait sur le perron pour regarder Harry jouer avec César.

Elle avait acheté à son fils des jeans, des shorts et des tee-shirts, un style de vêtements qu'il n'avait absolument pas le droit de porter auparavant. Les jeans lui avaient fait particulièrement plaisir. Il se sentait dans la peau d'un cow-boy, maintenant.

Holly récupéra un prospectus dans sa poche et le lissa. Il faisait la publicité pour des cours d'équitation pour enfants. Elle aurait voulu en offrir à Harry, mais pour l'instant, l'argent manquait. Peut-être plus tard, quand elle aurait vendu quelques sculptures.

À son grand soulagement, Harry était si accaparé par son chien qu'il ne lui avait encore posé aucune question sur son père. Mais cela viendrait. Comme tout petit garçon, il adorait son père, recherchait son approbation et son attention. Elle aurait tant aimé pouvoir lui assurer une vie simple, avec un papa qui l'adorait ! Et surtout, elle aurait aimé qu'il ait plus que ce qu'elle avait à lui proposer – une existence de fugitifs, faite de mensonges et de duplicité.

S'ils réussissaient à échapper à Randolph.

L'idée que son fils serait peut-être mieux avec quelqu'un d'autre qu'elle la traversa. Mais elle l'écarta aussitôt. Il n'y avait personne. Sa propre mère était morte cinq ans plus tôt, persuadée que Holly vivait un mariage de conte de fées. Quant à son père, il était aussi rigide que Randolph. Elle ne voulait pas que son petit garçon si vif, si généreux grandisse dans les valeurs étouffantes de son père. Elle n'avait pas envie qu'il connaisse la même enfance qu'elle, que ses parents avaient gardée à l'écart de la vie réelle, telle une délicate plante de serre.

Si on ne l'avait pas éduquée de cette manière, elle aurait peut-être tout de suite vu en Randolph le monstre qu'il était.

Elle poussa un soupir, puis appela Harry, qui courut immédiatement dans ses bras, César bondissant à sa suite.

— Il faut rentrer. Tu pourras regarder la télé pendant que je travaille.

— Est-ce que je pourrai avoir un gâteau ? demanda-t-il, avec le penchant naturel pour le chantage qu'ont tous les enfants de quatre ans.

— Bien sûr, dit-elle, ravie qu'il en redemande.

Sa première fournée de cookies, deux jours auparavant, avait été immangeable. Mais celle d'aujourd'hui était acceptable.

— César aussi en veut, déclara Harry avec un large sourire.

— César aura un gâteau pour chiens.

— D'accord.

Harry la suivit dans la petite cuisine et attendit patiemment qu'elle lui remplisse un verre de lait et lui tende deux cookies. César agita frénétiquement la queue jusqu'à ce qu'elle lui donne un biscuit pour chiens.

Holly alluma la télé et chercha un dessin animé. Harry s'installa sur le canapé, César blotti contre lui.

Holly se mit au travail. Elle prit les feuilles de métal qu'elle avait achetées à Tucson et imagina d'abord son sujet avant de commencer à découper. Une coccinelle, cette fois, décida-t-elle. Et ensuite un cochon dansant. Elle avait vendu deux tortues la semaine précédente, ce qui constituait un véritable événement pour elle. C'était le début de son chemin vers l'indépendance. Vers une nouvelle vie…

La sonnette retentit soudain. Holly se figea, assaillie par une terreur maintenant familière. Elle se força à aller jusqu'à la fenêtre et vit Marty, la propriétaire de la maison et de la galerie Special Things, où elle avait déposé ses sculptures.

Tandis que César bondissait du canapé en aboyant, elle ouvrit la porte.

— Bonjour, dit Marty avec un grand sourire. Je vous aurais bien téléphoné, mais vous m'avez dit que vous n'aviez pas encore le téléphone.

— Vous voulez parler de cet engin qui sonne à toute heure ?

— Exactement. Je suis venue vous annoncer que j'avais vendu la dernière de vos sculptures.

Holly éprouva un agréable sentiment de fierté – et de soulagement.

— J'en voudrais d'autres, poursuivit Marty. Elles se vendent très bien. Et j'aimerais vous inviter à un barbecue ce soir avec quelques amis. Il est temps que vous fassiez des connaissances.

— Je suis désolée, dit Holly d'une voix altérée par un début de panique. Je me sens un peu patraque aujourd'hui, et Harry…

— Il y aura d'autres enfants, coupa Marty. Ce serait bien pour lui.

— Nous avons un nouveau chien. Je ne pense pas que…

— Les chiens sont aussi les bienvenus. Et ça ne m'étonne pas que vous soyez patraque. On dirait que vous n'avez rien mangé depuis des semaines.

Avait-elle si mauvaise mine ? Ses nuits d'insomnie se voyaient-elles sur son visage ?

— S'il te plaît, maman, on peut y aller ? demanda Harry.

— Vous pouvez venir à pied, précisa Marty, et repartir quand vous voulez. Ça n'a rien d'un repas officiel.

Mais si Harry faisait une gaffe et prononçait son véritable nom ? S'il parlait de son père aux autres enfants alors qu'elle avait prétendu être veuve ?

— S'il te plaît, insista Harry.

N'était-ce pas ce qu'elle voulait pour lui, cependant : des relations normales avec les autres, des amis ?

Il faudrait bien qu'elle prenne un jour le risque de rompre leur isolement. Autant sauter le pas tout de suite.

— Nous viendrons avec plaisir, dit-elle, la gorge nouée.

La Nouvelle-Orléans

Gage apprit l'agression de Meredith Rawson par un autre inspecteur. Tout acte de violence contre un membre ou un ex-membre du bureau du district attorney bénéficiait d'une attention particulière de la part de la police.

Gage ne croyait pas aux coïncidences. Brusquement, le nom de Rawson apparaissait un petit peu trop souvent.

Il énuméra mentalement toutes les informations qu'il avait glanées ici et là. Elle n'avait pas été blessée. Elle avait réagi intelligemment. Sa maison avait été saccagée. Elle s'était réfugiée à l'hôtel et refusait toute protection.

« Tu n'es pas en charge du dossier », se rappela-t-il.

Mais le nom du père de Meredith Rawson figurait dans un de ses dossiers...

Il prit les rapports concernant l'affaire Prescott et les relut, bien qu'il les connût déjà par cœur. Les inspecteurs n'avaient manifestement pas voulu ennuyer les personnalités influentes de La Nouvelle-Orléans. On avait posé très peu de questions à Charles Rawson. Oui, il était un ami de la victime. Oui, il avait dîné avec Prescott le soir du meurtre, puis il était rentré chez lui. Il n'y avait rien d'autre, même pas une note indiquant que l'épouse de Rawson avait été interrogée pour confirmer les dires de son mari.

Il commencerait par elle.

Il composa le numéro du domicile des Rawson et apprit que Mme Rawson se trouvait à l'hôpital dans un état critique, ce qui expliquait la présence de Meredith dans le parking où elle avait été agressée.

Gage raccrocha et réfléchit. Qui, maintenant ?

Meredith Rawson ? Son père ?

Il appela le cabinet de Rawson, mais on lui dit qu'il était au tribunal. Il hésita, puis essaya le cabinet de Meredith.

À sa grande surprise, ce fut elle qui répondit.

— Mademoiselle Rawson, ici l'inspecteur Gaynor.

— Que puis-je pour vous, inspecteur ?

— J'aimerais vous parler.

— De Rick Fuller ?

— Non. D'autre chose.

— Le moment est mal choisi.

— Je suis au courant pour l'agression et le cambriolage. Je suis navré.

Il y eut un court silence, puis elle demanda :

— C'est de ça que vous voulez me parler ?

— Non. Je travaille sur un vieux dossier. L'affaire Oliver Prescott.

— Je m'en souviens. Il y a du nouveau ?

Il préféra ignorer sa question.

— Vous le connaissiez. J'espérais que vous pourriez me parler de lui.

— J'étais au lycée, à l'époque. Je le connaissais, bien sûr, mais pas tant que ça. Il était beaucoup plus âgé que moi. Je ne vois pas en quoi je pourrais vous aider.

— J'aimerais juste vous poser quelques questions. Cela ne prendra pas longtemps. Peut-être en savez-vous plus que vous ne le pensez.

— Ma mère est très malade, inspecteur, ma maison vient d'être vandalisée et mon ordinateur volé. Je n'ai tout simplement pas le temps. Si je savais quelque chose, je…

— Et la pause-déjeuner ? On pourrait prendre un sandwich.

Elle hésita, puis poussa un soupir résigné.

— Si vous l'apportez au bureau. Nous sommes en train de sauvegarder nos dossiers. Je ne peux pas bouger.

— D'accord. Quel genre de sandwich voulez-vous ?

— Un panini.

— Midi, ça vous va ?

Il y eut un nouveau silence, et Gage craignit qu'elle ne change d'avis.

— J'ai deux personnes qui travaillent avec moi.

— J'apporterai à manger pour tout le monde.

— Je ne vois toujours pas en quoi je pourrais vous aider…

— Je serai là à midi, dit-il.

Et il raccrocha avant qu'elle revienne sur sa décision.

Meredith regretta aussitôt d'avoir accepté. Elle ne savait même pas pourquoi elle l'avait fait.

Cette nuit-là, elle avait dormi à peine trois heures, d'un sommeil agité. Sa vie semblait être en chute libre.

Réveillée à 7 heures, comme à son habitude, elle avait appelé la réception. Une enveloppe y avait été déposée pour elle. Elle contenait la nouvelle clé de sa maison. Elle devrait penser à remercier encore l'inspecteur Morris. Après un rapide petit déjeuner, elle s'était rendue à son bureau pour vérifier par elle-même qu'il n'y avait pas eu de dégâts.

La journée promettait d'être chargée. Elle voulait passer chez elle faire du rangement, aller voir sa mère, établir pour la police une liste des personnes susceptibles de lui vouloir du mal. Et commencer à rechercher sa sœur.

Et voilà que Gage Gaynor s'ajoutait au programme. Pourquoi voulait-il lui parler d'un meurtre vieux de quinze ans ?

Elle se connecta à Internet, fit une recherche sur Oliver Prescott et trouva des douzaines d'articles sur son meurtre. Leur nombre diminuait avec le temps sans que l'enquête de la police ait significativement progressé.

Ses souvenirs étaient plus clairs, maintenant. Elle avait seize ans, à l'époque, et suivait les cours d'une respectable école catholique. Ce week-end-là, elle était en voyage à Washington avec sa classe. Pendant des semaines après ça, le meurtre avait été le sujet de conversation principal en ville.

Le soir fatidique, Prescott et son père avaient dîné au *Court of Two Sisters,* où ils avaient apparemment discuté travail. Des témoins les avaient vus se séparer à l'extérieur du restaurant et prendre chacun leur voiture.

Le corps de Prescott avait été retrouvé chez lui le lendemain matin. Il avait été tué par balle. Aucun signe d'effraction, mais son portefeuille avait disparu, ainsi qu'un tableau de grande valeur.

Elle comprit pourquoi Gaynor voulait lui parler. Son père avait été la dernière personne à voir la victime en vie. Mais pourquoi s'adresser à elle plutôt qu'à son père directement ?

Quand Gaynor arriva, sa présence virile et pleine d'assurance suffit à bouleverser l'atmosphère. Lorsque son regard direct se posa sur elle, un frisson la parcourut. Elle ne comprenait toujours pas pourquoi il parvenait à émouvoir ses sens avec autant de force. C'était... déconcertant. Plus encore, c'était enrageant.

— J'ai apporté cinq paninis, annonça-t-il.

— Cinq ?

— Deux pour moi.

Les sandwiches étaient énormes. Généralement, la moitié d'un lui suffisait. Il dut lire dans ses pensées, car il ajouta en guise d'explication :

— Je brûle beaucoup d'énergie.

Son regard se porta sur son bras bandé.

— Vous avez été blessée la nuit dernière ?

— Oui.

— Je suis désolé.

— Pourquoi ? Vous n'y êtes pour rien.

Il haussa les épaules.

— C'est ma ville.

— C'est la mienne aussi.

— Mais vous, vous n'êtes pas censée la protéger.

Ses yeux verts la captivaient. Ils n'étaient pas de glace en cet instant. Quelque chose y brûlait, et elle comprit qu'il ressentait lui aussi cette attirance irraisonnée. Et qu'il ne l'appréciait pas plus qu'elle.

Pour rompre le charme, elle prit l'un des sacs, le posa sur la table devant le canapé et commença à sortir les sandwiches.

— J'ai aussi trois thés glacés et trois sodas, annonça-t-il en montrant l'autre sac.

Meredith appela Becky et Sarah, puis prit un thé et un sandwich.

— Mon bureau ? suggéra-t-elle.

Il hocha la tête, choisit deux sandwiches et un soda et la suivit dans le petit couloir qui menait à son bureau.

— Asseyez-vous, dit-elle en libérant un peu d'espace sur sa table pour qu'ils puissent déjeuner. Désolée pour le désordre.

Elle avait entrepris de passer en revue les dossiers les plus récents, afin de préparer une liste de noms pour la police.

— J'ai une théorie là-dessus, dit-il avec un sourire.

— Laquelle ? demanda-t-elle après un moment d'hésitation.

— Si un bureau surchargé est le signe d'un esprit surchargé, que suggère un bureau vide ?

Meredith sourit, troublée par sa façon si naturelle de la mettre à l'aise – du moins y serait-il parvenu si l'attirance entre eux ne lui avait pas semblé emplir tout l'espace.

Elle se força à concentrer son attention sur la nourriture. Elle avait faim, et le sandwich avait l'air délicieux. Après en avoir pris une bouchée, elle soupira de plaisir et le reposa.

— Peut-on en venir au fait ? Je dois passer chez moi, puis à l'hôpital.

— Vous n'allez pas vous rendre seule chez vous ?

— L'inspecteur d'hier soir a fait remplacer les serrures.

Il haussa les épaules.

— Aucune serrure n'est inviolable. Je pourrais pénétrer dans n'importe quelle maison de cette ville si je le voulais. Et je n'ai pas le talent de certains cambrioleurs.

— C'est encourageant, dit-elle sèchement.

— L'inspecteur aurait dû vous expliquer les réalités de la vie citadine.

— Il a peut-être pensé que je les connaissais.

— Il faudra que je parle à Morris.

Elle leva les yeux et croisa son regard.

— Comment savez-vous que c'était l'inspecteur Morris ?

— Je me suis renseigné.

— A-t-il votre approbation ? demanda-t-elle sans pouvoir retenir un sourire narquois.

— Il est correct.

À en juger par l'intonation de sa voix, c'était probablement l'éloge le plus enthousiaste dont il était capable.

— Je suis contente que vous soyez satisfait.

La remarque était piquante, mais elle ne supportait pas qu'on l'estime incapable de gérer ses propres problèmes. Elle avait toujours mis un point d'honneur à les régler seule.

— Je le suis, mais moi, je ne serais pas parti sans rien dire au sujet des serrures, répondit-il, une lueur d'amusement dans les yeux.

— Je ne lui en ai peut-être pas donné l'occasion. J'étais quelque peu énervée.

— J'aurais été plus qu'énervé à votre place.

— Excusez-moi, inspecteur, mais je suis vraiment fatiguée et...

Il ignora cette subtile invitation à s'en aller.

— Pourquoi ne logez-vous pas chez quelqu'un de votre famille ? Ou chez une amie ?

Parce qu'elle n'en avait pas, tout simplement. Mais elle n'avait pas l'intention de le lui avouer.

— Cela ne vous regarde pas.

Il haussa les sourcils, et elle se demanda pourquoi elle était si sèche avec lui. Sans doute parce qu'il lui faisait trop d'effet.

— Je suis désolée, dit-elle. Je suis sur les nerfs. Et puis, je pensais que vous vouliez me parler de l'affaire Prescott.

Il mordit dans son sandwich, mâcha lentement, puis s'adossa à sa chaise.

— Vous souvenez-vous de lui ?

— À peine. C'était un ami de mon père.

— Vous rappelez-vous où vous étiez lorsqu'il a été tué ?

— En voyage scolaire à Washington, mais je ne comprends pas pourquoi…

— Je prends juste contact avec toutes les personnes qui l'ont vu peu avant son assassinat. Votre père ne pouvait pas me recevoir aujourd'hui. Je me suis dit que vous vous rappelleriez peut-être quelque chose.

— Je n'avais que seize ans.

— Parfois, on sait quelque chose sans même s'en rendre compte, insista-t-il.

Elle ne répondit pas et mordit dans son sandwich.

— Prescott venait-il souvent chez vous ?

— Je ne sais vraiment pas. J'évitais la plupart des réunions mondaines qui avaient lieu chez moi. Je me souviens de l'avoir vu, c'est tout.

— Quelle impression gardez-vous de lui ?

— Je ne l'aimais pas, mais il faut dire que les amis de mon père n'avaient rien pour me plaire.

Il eut l'air surpris, puis un sourire approbateur se dessina lentement sur ses lèvres. Un frisson de plaisir parcourut Meredith.

— Avez-vous entendu votre père parler de son meurtre ?

— Non. Il ne me parlait pas de ce genre de choses.

— De quoi vous parlait-il ?

— Je crois que ça ne regarde que lui et moi, répliqua-t-elle d'un ton acerbe.

Elle imaginait mal son père trempant dans un meurtre. Il avait une conception trop rigide de ce qu'était un comportement convenable et était trop soucieux de son image publique pour se mêler de quoi que ce soit d'illégal.

Pourtant, elle avait un doute. C'était autour de cette période qu'il avait renoncé à briguer un poste de juge fédéral, position dont il rêvait pourtant depuis longtemps.

Elle écarta cette pensée déloyale, prit une autre bouchée de son sandwich et se leva.

— Je dois partir, inspecteur.

— Vous allez chez vous ?

— Oui.

— Je vous accompagne.

Elle détourna son regard du sien, comme pour fuir ce courant brûlant qui passait entre eux. Il était tout ce qu'elle détestait – un macho qui estimait devoir systématiquement prendre les choses en main.

— Non.

Elle voulait être seule face au désastre. Ranger les sous-vêtements et remettre un semblant d'ordre dans sa maison avant que quiconque y entre. C'était sa vie qui avait été mise sens dessus dessous.

Ou peut-être ne voulait-elle pas que l'inspecteur Gaynor en particulier soit témoin de sa vulnérabilité. Il était la dernière personne à qui elle souhaitait montrer son intérieur dans cet état.

Il se leva avec une grâce étonnante pour un homme aussi grand et costaud.

— Merci de m'avoir reçu. S'il vous revient quelque chose…

— …je vous appellerai, promit-elle avec empressement. Pourquoi rouvre-t-on ce dossier maintenant ? demanda-t-elle après un silence.

— Je ne suis pas en odeur de sainteté auprès de mes supérieurs en ce moment. On me refile les vieux dossiers. Beaucoup sont rouverts à cause des progrès de la technologie scientifique.

— Mais n'y a-t-il pas un département spécialisé dans les affaires non élucidées ?

— Si. Apparemment, quelqu'un veut me maintenir hors d'état de nuire, dit-il avec un sourire qui fit battre le cœur de Meredith un peu plus vite.

— Mais pourquoi Prescott ?

— Pourquoi pas ? répondit-il avant de sortir du bureau d'un pas nonchalant.

Elle fixa le seuil vide et regretta soudain de ne pas avoir accepté son offre. Le « pourquoi pas ? » n'avait pas répondu à sa question. Il avait juste piqué sa curiosité.

Elle savait, évidemment, qu'il n'était pas du tout raisonnable de retourner seule chez elle. Mais son refus ne concernait pas seulement l'état lamentable de sa maison. Elle ne voulait pas admettre sa peur – ni face à lui, ni face à elle-même.

Elle n'accorderait à personne cette victoire.

Elle pouvait assurer sa propre sécurité. Elle avait un permis de port d'arme, bien qu'elle n'en ait pas porté depuis son départ du bureau du district attorney.

Dès aujourd'hui, elle y remédierait.

7

La Nouvelle-Orléans

Charles Rawson ferma la porte de son luxueux bureau et décrocha le téléphone. Il était tellement en colère que ses doigts tremblaient en composant le numéro.

— Es-tu responsable de ce qui est arrivé à ma fille ? dit-il sans préambule.

— Elle n'a pas été blessée.

— Elle aurait pu l'être. Un ami du département de police m'a appelé. Nom d'un chien, tu n'étais pas obligé de saccager sa maison !

— Peut-être, mais ça devrait la tenir occupée un moment, non ?

Charles se renfonça dans son fauteuil et tenta de se calmer. Il ne s'était pas attendu à une réaction d'une telle violence.

— Laisse-la tranquille, dit-il.

— Pour cela, il faut que tu y mettes du tien. Tu dois lui faire entendre raison, Charles.

Mais Charles n'était pas sûr de pouvoir le faire. Après s'être laissé guider par lui pendant vingt-cinq ans, Meredith s'était retournée contre lui. Bien sûr, elle avait dit que ce n'était pas contre lui, mais pour elle. Il ne l'avait pas accepté. Il ne l'acceptait toujours pas.

— Je suis sérieux, Charles. Je ne peux pas garantir sa sécurité si elle continue à fouiner.

Charles explosa.

— C'est de ta faute. Si tu n'avais pas...

— Si je n'avais pas quoi, Charles ? demanda la voix doucereuse.

— J'aimerais n'avoir jamais passé ce marché avec toi.

— Il est trop tard pour les regrets. Et maintenant, si tu veux que ta fille soit en bonne santé et heureuse, tu sais ce que tu dois faire.

La ligne fut coupée.

Charles raccrocha lentement.

Les crimes de son passé ne s'effaceraient jamais.

Il devait arrêter Meredith. Sinon, quelqu'un d'autre s'en chargerait à sa place.

Bisbee

Si Holly n'avait pas tellement redouté que Harry ne fît une gaffe, elle aurait beaucoup apprécié la soirée. C'était la première fois qu'elle participait à un barbecue en simple jean et chemisier. Il y avait bien eu des barbecues dans son existence passée, mais, qu'ils fussent très intimes ou qu'ils réunissent une centaine de personnes, l'élégance avait toujours été de rigueur. Ni son père ni son mari n'avaient jamais invité leurs voisins à partager en toute simplicité quelques hot-dogs et hamburgers.

Malgré ses craintes, elle se sentait détendue pour la première fois depuis qu'elle s'était enfuie de chez elle. Pour la première fois depuis des années, à dire vrai. Mis à part les enfants, Marty avait invité une dizaine de personnes. Chacun allait et venait librement dans l'agréable maison perchée sur la colline.

L'une des femmes présentes était peintre, une autre, sculpteur. Toutes deux étaient accompagnées par leurs maris. Il y avait également un homme âgé qui était guide touristique, et un barbu, ancien mineur, qui faisait aujourd'hui visiter les anciennes mines. Restaient Russ, un propriétaire de ranch, Julie, la responsable du refuge pour animaux, qui était venue en compagnie d'un enseignant, et bien sûr, leur hôtesse, Marty.

Marty révéla rapidement ses penchants de marieuse. Holly était à peine arrivée qu'elle lui demandait d'aller donner un coup de main à Russ, qui faisait cuire les hamburgers.

— Qu'est-ce qui vous a amenée à Bisbee ? demanda Russ, tandis que Holly suivait scrupuleusement ses directives en déplaçant les hamburgers du centre de la grille vers les côtés.

— Un article dans un magazine. Ça semblait être l'endroit idéal pour élever un enfant.

Russ regarda Harry, qui était en train de jouer gaiement avec trois chiens.

— Il aime les animaux, constata-t-il avec une expression amusée.

— Il les adore, rectifia Holly. Il n'a jamais eu l'occasion…

Elle s'interrompit avant d'en dire trop.

Il la regarda, attendant qu'elle termine.

— Nous vivions en appartement dans une grande ville. Avoir un animal n'était pas pratique.

— Quelle ville ?

— Chicago, dit-elle en regrettant de ne pas manier plus aisément l'art de la dissimulation.

Elle était persuadée que son mensonge se voyait comme le nez au milieu de la figure.

— Marty m'a dit que vous étiez veuve. Je suis désolé.

Il n'en avait pas du tout l'air. Au contraire, il semblait très intéressé. Mieux valait mettre les choses au point tout de suite, songea Holly. Elle était encore mariée, ne faisait plus confiance aux hommes et avait un passé impossible à partager.

— Merci, dit-elle. C'est encore récent.

Elle espérait que le message serait reçu cinq sur cinq.

— Quand cela s'est-il produit ?

Quand ? Marty lui avait posé la même question. Holly avait réussi à l'éluder, mais elle s'était préparée à y répondre à l'avenir. Trois mois, avait-elle décidé. Une période trop courte pour qu'une jeune veuve puisse envisager une relation avec un autre homme, mais suffisamment longue pour songer à un nouveau départ.

— Il y a trois mois, dit-elle.

Cela fonctionna. Russ se concentra davantage sur les hamburgers. Il aurait fallu qu'il soit totalement insensible pour continuer à la draguer dans ces conditions et, Dieu merci, il ne l'était pas.

— La solidarité n'est pas un vain mot à Bisbee, déclara-t-il en assaisonnant la viande. Si vous avez besoin de quoi que ce soit, faites appel à l'un de nous. Je suis bon bricoleur, et Jim est notre roi de l'informatique.

Elle se sentit enfin soulagée. Il lui offrait sa sympathie de voisin, comme tous les autres membres de cette petite communauté.

En auraient-ils fait autant s'ils avaient su qu'elle avait tué un homme ? se demanda-t-elle soudain. Son fils et elle étaient ici en imposteurs. Leur était-il seulement possible d'avoir des amis, une vie normale ? Cette soirée était-elle une erreur ?

Entendre son fils rire en jouant avec un autre petit garçon lui réchauffait le cœur. C'était de cela qu'il avait besoin, pas d'une école de luxe, de vêtements stricts et d'un père exigeant.

À l'instant où cette pensée lui venait à l'esprit, il lui adressa un grand sourire plein de bonheur, et sa gorge se noua. Pour lui. Pour elle.

— Elizabeth ?

Elle mit quelques secondes de trop à réagir. Elle se tourna vers Russ et croisa son regard perplexe.

— Je m'excuse. On a l'habitude de m'appeler Liz.

— Eh bien, Liz, les hamburgers sont prêts.

Marty insista pour qu'elle se serve en premier.

— Les cuisiniers d'abord, expliqua-t-elle. Sinon, ils ne reviennent pas.

Holly prépara une assiette pour elle et Harry, puis chercha un endroit où s'asseoir. La table sur la terrasse était déjà presque pleine. Elle s'installa sur une marche, contente de se retrouver un peu seule avec son fils.

Marty vint lui proposer de s'installer à table, mais Holly lui sourit et secoua la tête.

— Nous sommes très bien ici. Merci.

Marty lui adressa un regard compréhensif, puis les laissa.

Le hamburger était délicieux, bien meilleur que les steaks servis dans les grands restaurants de La Nouvelle-Orléans qu'elle fréquentait avec Randolph. Son goût provenait peut-être du mode de cuisson au feu de bois – à moins qu'il ne tire sa saveur de la gaieté ambiante. Ici, elle n'avait pas à se soucier de prononcer une parole qui déplairait à son mari et qu'il lui reprocherait dès qu'ils se retrouveraient seuls.

Dans sa bouche, le hamburger prit brusquement un goût de cendres. Elle posa ce qu'il en restait dans l'assiette et regarda les autres invités. Ils riaient, parlaient librement. Mais elle, elle était à part. Et elle devrait le rester.

Son cœur fit un bond lorsqu'une voiture de police se gara devant la maison. Un officier en uniforme en sortit. C'était un homme grand et solidement bâti d'environ quarante ans. À en croire ses cheveux bruns et ses yeux sombres, il devait être d'origine hispanique.

Marty alla à sa rencontre, et ils grimpèrent ensemble les marches où elle était assise. La terreur lui serrait la poitrine, mais elle s'efforça de la juguler et de garder l'air calme.

Le policier s'accroupit devant Harry.

— Salut, jeune homme.

Harry le dévisagea, avant de répondre par un « bonjour » peu accueillant.

— Liz, je vous présente le shérif Doug Menelo, annonça Marty. Doug, voici Liz Baker.

— Marty m'a montré votre sculpture de grenouille, dit-il. Ma nièce en est tombée amoureuse.

Sa nièce. Pas sa fille. Manifestement, Marty avait invité tous les célibataires de Bisbee.

— Merci, répondit Holly.

— Merci à vous. Ça a réglé mon problème de cadeau d'anniversaire.

Son sourire fit naître de petites rides autour de ses yeux. S'il n'avait pas porté cet uniforme, elle aurait été charmée.

Elle se leva.

— Cela me rappelle qu'il faut que je rentre. Marty m'a commandé d'autres sculptures.

— C'est vrai, admit Marty. Mais il n'y a pas que le travail...

— J'aime beaucoup travailler, coupa Holly. Et c'est bientôt l'heure de coucher Harry.

— Êtes-vous venue en voiture ? demanda le shérif.

— Non, à pied.

— C'est assez loin. Je peux vous raccompagner ?

Comment savait-il où elle vivait ? Tout le monde à Bisbee était-il au courant qu'une veuve et son fils venaient de s'installer en ville ?

— Merci, mais nous avons besoin d'exercice. Et j'ai l'impression qu'on est en sécurité ici.

— Ce n'est pas qu'une impression, répondit-il en souriant. Bon, je vous laisse finir votre repas. Si vous changez d'avis...

Il lui adressa un autre sourire chaleureux, puis alla se préparer une assiette et s'installer sur une chaise qui venait de se libérer.

Monter dans une voiture de police ? Cette seule idée la faisait trembler. Elle espérait qu'il n'avait pas remarqué sa nervosité. Elle baissa les yeux vers Harry. Il avait terminé son hamburger et convoitait visiblement les gâteaux dressés sur une table à part. Elle ne pourrait pas partir avant qu'il en ait mangé.

Quelqu'un prit une guitare et commença à jouer un air mélancolique. Harry courut chercher une part de gâteau. Restée seule, Holly leva les yeux vers le ciel scintillant d'étoiles. La nostalgique mélodie mexicaine gonflait son cœur de tristesse. Elle se sentait si seule ! Elle n'avait personne à qui se fier. Et elle n'aurait peut-être plus jamais personne.

La Nouvelle-Orléans

Gage se moquait totalement des desiderata de Meredith Rawson. Il attendit dans sa voiture qu'elle quitte son cabinet, puis il la suivit. Il était hors de question qu'il la laisse retourner seule chez elle après ce qui s'était passé.

Arrivé devant sa maison, il se gara en même temps qu'elle et sortit aussitôt de sa voiture. Il la rejoignit au moment où elle ouvrait sa porte.

Elle lui adressa un regard hostile.

— Je ne me souviens pas de vous avoir invité.

— Je me suis invité seul.

— Je trouve ça plutôt grossier.

Il haussa les épaules.

— On m'a déjà fait ce genre de reproche.

— Ça ne m'étonne pas.

— Est-ce de l'agacement que j'entends dans votre voix ?

— Nous sommes en plein jour, inspecteur, et l'inspecteur Morris a fait installer un système d'alarme ce matin.

Elle regarda un papier qu'elle tenait à la main et composa une série de chiffres sur le boîtier flambant neuf du système de sécurité.

— Bon choix, commenta-t-il en apercevant la marque.

Elle se tourna vers lui, l'air furieux.

— Satisfait, maintenant ?

— Non.

Il entra et examina les lieux. Les dégâts étaient considérables.

Quand il se retourna vers Meredith, celle-ci était adossée au mur. Elle semblait vulnérable et fatiguée.

— Vous avez dormi, cette nuit ?

— Pas beaucoup. Auriez-vous dormi à ma place ?

— Non. Je pense que vous avez un sacré cran pour encaisser tout ça aussi bien.

Elle le regarda, et il vit dans ses yeux les larmes qu'elle s'efforçait de contenir.

— Je suis tellement... en colère, souffla-t-elle.

Spontanément, il posa une main sur son épaule, et elle se retrouva dans ses bras sans qu'il sache comment. Elle tremblait de tout son corps.

— Laissez-vous aller, murmura-t-il.

— Je ne veux pas, dit-elle comme une enfant butée.

La tenir dans ses bras était incroyablement agréable. Il émanait d'elle un léger parfum de lilas. Ses cheveux courts étaient soyeux, et son corps avait des rondeurs exactement là où il le fallait. Mais il la sentait très tendue, malgré cet instant d'abandon.

L'attirance qui avait existé entre eux dès le début était plus présente que jamais. Il s'était toujours dit qu'il s'agissait du phénomène bien connu de l'attraction des contraires – un flic sorti des taudis et une avocate issue de la bonne société de La Nouvelle-Orléans.

Il se pencha vers elle, et ses lèvres effleurèrent les siennes. Ce fut un contact léger, aérien, à peine un baiser, mais il suffit à l'enflammer. À quoi s'était-il attendu ? À de la glace pour apaiser le feu intérieur qui le consumait ?

Mais il n'y eut pas de glace. Meredith se hissa sur la pointe des pieds et lui offrit ses lèvres.

Il l'embrassa avec ferveur, en la serrant contre lui. Elle lui répondit avec la même intensité, sans pourtant se rendre. Il percevait en elle une sorte d'étonnement et de curiosité face à ce qui était en train de se passer.

Gage savait que ce n'était pas raisonnable. La vie de Meredith venait d'être bouleversée, sa mère était sur le point de mourir…

Mais ce n'était vraiment pas le moment de jouer les gentlemen.

Sa main se porta automatiquement au premier bouton de son chemisier, tandis que sa bouche quittait la sienne pour descendre le long de son visage. Sa peau était salée et humide. À contrecœur, il leva la tête. Des larmes roulaient lentement sur ses joues.

Peut-être n'était-il pas un gentleman, mais il n'était sûrement pas un goujat.

Il essuya doucement ses larmes. Il faillit plaisanter, dire que c'était bien la première fois qu'il faisait un tel effet à une femme, mais il savait que son trait d'humour tomberait à plat.

— Je suis désolé, dit-il. Je n'aurais pas dû faire ça.

— Au contraire, rétorqua-t-elle, à sa grande surprise. Je crois que j'en avais besoin. Ça m'a rappelé à quel point il est… intéressant d'être en vie.

Il haussa les sourcils.

— Intéressant ? Ça ressemble à une insulte.

Elle eut la grâce de paraître gênée.

— Ce n'était pas mon intention. C'était… très agréable.

— Agréable ? Voilà que vous devenez carrément blessante.

Elle sourit.

— Que diriez-vous de « stupéfiant » ?

— C'est mieux, admit-il.

Elle le considéra un instant.

— Vous essayez de me distraire. Vous êtes un homme gentil, inspecteur.

Cela le fit rire.

— Absolument pas. Je ne voulais pas arrêter.

— Mais vous l'avez fait.

— À mon grand regret.

— Pourquoi ai-je du mal à vous croire ?

— Il faut pourtant me croire, madame.

Elle le fixa longuement de ses grands yeux bleus, et il se demanda comment il avait jamais pu les trouver froids.

— Merci.

Il était temps de prendre ses distances, décida Gage. Il y avait quelque chose d'irrésistible chez cette femme. Une franchise qu'il aimait. Une fougue qu'il aimait encore plus.

Il écarta sa main de son visage, qu'il n'avait cessé de caresser. Dans un geste de réconfort, réalisa-t-il. Il ne se souvenait pas de la dernière fois qu'il avait fait cela avec une femme, de la dernière fois qu'il en avait eu envie.

Un terrible sentiment de solitude le traversa.

Il se détourna et reporta résolument son attention sur le désastre qu'était devenu le très joli intérieur d'une très jolie maison – le genre de maison au-dessus de ses moyens.

Meredith Rawson se trouvait aussi loin de son univers qu'une étoile dans le ciel.

— Je vais vous aider à ranger, dit-il, dans l'espoir que cet exercice physique calmerait ses ardeurs et satisferait son soudain besoin de la protéger.

— Ce n'est pas la peine, répondit-elle d'une voix un peu altérée. Mais merci.

Ils parlaient à voix basse, comme deux amants qui échangent des secrets. Il avait du mal à ne pas la toucher. Et il voyait dans ses yeux que la réciproque était vraie.

Il ne voulait pas la laisser seule, pas ici, pas après tout ce qu'elle avait traversé ces jours derniers.

— Morris vous a-t-il proposé une protection policière ?

— Si on devait protéger tous les habitants de La Nouvelle-Orléans qui sont cambriolés…

— Il s'agit d'autre chose. Vous le savez.

Leurs regards se croisèrent. Cette fois, ce fut elle qui se détourna. Elle recula et regarda de nouveau autour d'elle.

— Faisons un peu de rangement, dit-il.

— Vous n'êtes pas obligé de…

— Avez-vous une arme ?

— Non, mais j'ai un permis. J'ai prévu d'en acheter une dès que j'en aurai terminé ici.

— Vous savez tirer ?

— J'ai suivi un entraînement à l'école de police après avoir reçu des menaces quand je travaillais avec le district attorney.

— De quand date votre dernier cours ?

— Trois ans.

— Vous avez besoin de réviser.

— Je sais. C'est prévu.

— Vous ne comptez pas passer la nuit seule ici, n'est-ce pas ? Ou est-ce que je présuppose trop vite ?

— Que je vis seule ?

— Oui.

— C'est le cas. Mais je vais peut-être avoir bientôt un compagnon. Un très gros chien.

— J'en ai un. Ça ne vous dispense pas d'acheter une arme.

Elle le regarda avec étonnement.

— Vous avez un chien ?

— C'est si surprenant que ça ?

— Je ne sais pas. Je n'y ai jamais réfléchi.

Il sourit.

— Touché.

Il parcourut de nouveau la pièce du regard.

— Il faut appeler un service d'entretien. Ensuite, nous pourrons nous occuper de l'arme et commencer à ranger.

— Ai-je mon mot à dire ? fit Meredith.

Sa voix était plus froide.

— Non.

Elle le regarda un long moment.

— J'ai laissé quelqu'un diriger ma vie plus longtemps que je n'ai envie de m'en souvenir, déclara-t-elle enfin. Je ne veux pas recommencer. Je vous remercie de m'avoir raccompagnée, mais j'ai vraiment besoin d'être seule pour l'instant.

Une détermination implacable perçait dans sa voix. Dans ses yeux, la méfiance avait remplacé les larmes. Toute la passion qu'il avait sentie en elle un peu plus tôt se focalisait maintenant sur la défense de son indépendance.

Elle le congédiait, purement et simplement.

Eh bien, il ne pouvait s'en prendre qu'à lui. Il aurait dû se fier à son instinct et la laisser tranquille.

Il hocha la tête.

— Message reçu. Bonne journée, mademoiselle Rawson.

Elle se mordit la lèvre, ce qui donna à son visage une étrange expression de vulnérabilité.

Il ouvrit la porte et s'en alla. Il regagna sa voiture, y monta, mais ne mit pas le moteur en marche.

Il était furieux contre lui-même, furieux de ne pas avoir été plus clairvoyant, d'avoir laissé sa libido prendre le contrôle de la situation, d'avoir essayé de réconforter quelqu'un qui ne voulait pas de réconfort.

Il était très en colère.

Mais il ne partirait pas. Ceux qui avaient voulu faire du mal à Meredith ne s'arrêteraient pas là.

8

La Nouvelle-Orléans

Meredith ferma doucement la porte derrière Gaynor et s'adossa au battant.

Elle avait réagi de façon excessive. Elle s'en était rendu compte à l'instant où les mots étaient sur le point de sortir de sa bouche, mais elle n'avait pas pu les retenir.

C'était bien la première fois qu'elle perdait à ce point le contrôle d'elle-même. Elle pouvait incriminer la colère, le manque de sommeil, la peur due à son agression, mais elle savait que la véritable raison était ailleurs. Le besoin qu'elle avait éprouvé de s'appuyer sur Gage, de rester dans ses bras, l'avait effrayée et rendue agressive.

C'était injuste de sa part. Il avait seulement essayé d'être gentil.

Elle se redressa. Les priorités. Elle devait penser aux priorités. Un service d'entretien. Un nouvel ordinateur. Un lit. Une arme.

Elle essaya d'inventorier les dégâts d'un œil neutre, mais n'y parvint pas. C'était sa maison ; elle avait elle-même choisi chaque meuble et chaque objet avec soin. Des bouts de rembourrage de ses coussins jonchaient le sol. Ses tableaux avaient été lacérés, des pages de ses livres arrachées. Elle avait l'impression que sa vie avait été déchiquetée.

Elle jeta un coup d'œil dehors. La voiture de l'inspecteur Gaynor était toujours garée à l'angle de la rue. Un soupir de soulagement involontaire lui échappa. Peut-être était-ce effectivement dangereux de revenir ici seule. Mais elle ne voulait pas vivre dans la peur.

Elle se força à se détourner de la fenêtre et alla remettre en place les coussins éventrés de son confortable canapé. Puis elle rangea les livres récupérables sur leurs étagères et mit les autres dans un carton.

Ensuite, elle passa à la cuisine. Le contenu du réfrigérateur avait été projeté par terre et sur les murs. Elle nettoya la pièce du mieux qu'elle put, puis s'assit sur une chaise et réfléchit à la suite des événements.

Même si elle le voulait, elle ne pouvait pas rester ici. Elle passerait une deuxième nuit à l'hôtel. Elle n'avait pas d'audiences au tribunal le lendemain, et son unique rendez-vous avait été annulé. Restait le travail habituel sur les affaires en cours. Et puis, elle devait rechercher sa demi-sœur. Si seulement elle pouvait la trouver avant que sa mère ne meure…

Hélas, elle avait peu de chances de réussir. Elle connaissait bien les lois sur l'adoption et savait à quel point les dossiers étaient difficiles d'accès.

Elle utilisa son téléphone portable pour appeler un service d'entretien. Après avoir pris rendez-vous pour le lendemain, elle éteignit son téléphone et se leva. Cela suffisait pour aujourd'hui. Elle serait là tôt le lendemain, superviserait le nettoyage, puis elle irait acheter un nouveau matelas et un nouvel ordinateur et commencerait à chercher sa sœur.

En attendant, il lui restait une dernière chose à faire. Elle se rendit dans son bureau. Son permis de port d'arme se trouvait dans un dossier avec son passeport et d'autres documents importants. Elle pria pour qu'ils soient en bon état.

Tous ces papiers étaient rangés dans une enveloppe kraft sous la mention « divers ». Elle la retrouva par terre. Apparemment, « divers » n'avait pas retenu l'attention de l'intrus. Pour une fois, elle admira ses méthodes de classement si peu professionnelles. L'enveloppe était intacte.

Elle regarda sa montre. Presque 18 heures. Dehors, il faisait encore jour. La voiture de l'inspecteur Gaynor n'était plus là. Un immense sentiment d'abandon et de solitude s'empara d'elle. Elle ne l'aurait jamais admis à voix haute, mais sa présence suffisait à lui donner l'impression qu'elle était en sécurité.

Elle ne pouvait pourtant pas lui en vouloir d'être parti. Elle l'avait laissé l'embrasser, puis elle s'était comportée comme une vierge effarouchée.

Son cœur fit un bond quand elle entendit soudain la sonnette retentir. Il était revenu ! Elle s'empressa d'aller ouvrir la porte… et se retrouva face au visage fatigué de l'inspecteur Morris.

— Vous ne devriez pas être seule, fit-il.

— Qui vous a dit que je l'étais ?

— Gaynor m'a ordonné de rappliquer vite fait.

— Il en a le droit ?

— Pas officiellement. Mais il n'a pas son pareil pour me faire sentir que je bâcle mon boulot.

— Je sais que le département manque d'hommes. Je ne m'attendais pas que vous me protégiez.

— Je peux le justifier. Vous étiez avocate au bureau du district attorney.

— Tout cela n'a sûrement rien à voir avec mes dossiers de l'époque, dit-elle. C'est sans doute le mari d'une de mes clientes qui se venge sur moi.

Il haussa les épaules.

— De toute façon, Gaynor a raison. Vous ne devriez pas être seule ici.

— Je prévois de passer une autre nuit à l'hôtel. J'y serai en sécurité.

— Bien. Ça nous laissera le temps d'interroger quelques personnes. Vous avez la liste que je vous ai demandée ?

— Je peux vous donner quelques noms.

Elle frissonna, mais elle savait que cela n'était dû en rien à la fraîcheur de l'air conditionné. Elle se rendit dans la cuisine, fouilla dans un tiroir et trouva un stylo. Après avoir inscrit quelques noms sur une feuille, elle la lui tendit.

— J'en aurai d'autres demain. Vous me tiendrez informée ?

— Bien sûr. Gaynor va parler à Rick Fuller.

— Vous croyez que…

— Nous ne devons rien laisser au hasard, même si je n'aime pas penser qu'un collègue puisse être impliqué là-dedans.

— Avez-vous pris des empreintes hier ?

— Bien sûr. D'ailleurs, il nous faudra une liste des gens qui sont passés ici.

Il hésita, avant d'ajouter :

— C'était manifestement bien préparé. Je doute qu'ils aient laissé des indices.

— Vous pensez que l'agression et le cambriolage sont liés ?

— Je crois qu'il n'y a pas beaucoup de doute là-dessus. Quoi qu'il en soit, en attendant que nous en sachions plus, je veux que vous soyez très prudente.

— C'est promis, inspecteur. J'ai décidé d'acheter une arme.

— Gaynor me l'a dit. Il m'a aussi dit de m'assurer que vous le fassiez. Il m'a menacé des pires représailles s'il vous arrivait le moindre pépin.

Gaynor ne l'avait donc pas abandonnée, songea Meredith. Cette idée lui réchauffa un peu le cœur.

— Je connais un bon armurier, poursuivit Morris. Je peux vous y conduire tout de suite.

— D'accord.

Elle monta dans son bureau chercher le permis, rassembla quelques affaires, brancha le système d'alarme et ferma la porte.

— Je prends ma voiture. Pouvez-vous me donner l'adresse ? Je vous rejoindrai sur place.

— Je vous suivrai. Je veux être sûr que personne n'est à vos trousses.

Meredith se contenta de hocher la tête avec gratitude.

Elle effectua une manœuvre pour sortir de l'allée, dépassa le véhicule de Morris et le vit dans le rétroviseur s'engager sur la route derrière elle.

Pendant un bref instant, elle regretta que ce ne soit pas un autre inspecteur à sa place.

Gage attendait Rick Fuller quand celui-ci rentra de patrouille avec son coéquipier.

— Qu'est-ce que vous voulez ? demanda Fuller, le visage crispé.

— Mlle Rawson a été agressée la nuit dernière. Sa maison a été saccagée.

— J'étais de service hier soir.

— Votre coéquipier peut le confirmer ?

— Oui, répondit sèchement Fuller.

Ses yeux brûlaient de colère.

— Je ne me suis pas approché de…

Il s'interrompit.

— Vous n'avez pas le droit de m'interroger, de toute façon. Vous êtes affecté aux homicides.

— Disons que cette affaire m'intéresse particulièrement. Si vous me mentez…

— Je ne mens pas, inspecteur. Je dois y aller. J'ai rendez-vous avec une fille.

Fuller essaya de passer devant lui, mais Gage le saisit par le bras.

— J'espère pour elle qu'elle sait où elle met les pieds.

— Laissez-moi tranquille, Gaynor, ou…

— Ou quoi ?

— Laissez-moi tranquille, c'est tout.

— J'ai un œil sur vous pour un bon bout de temps. Et s'il arrive quoi que ce soit à Mlle Rawson, vous aurez de mes nouvelles. Alors, vous feriez bien de prier pour qu'elle reste en bonne santé.

Il se détourna et s'en alla sans ajouter un mot. Il avait fait ce qu'il pouvait. À partir de maintenant, Meredith Rawson devrait prendre soin d'elle-même seule.

Charles Rawson ouvrit la porte de sa maison et entra. L'horloge ancienne placée dans le hall indiquait 21 heures passées. Il posa soigneusement sa mallette sur la table. Mme Edwards se chargerait de la ranger.

La journée avait été rude, et il avait grand besoin d'un verre. Il se rendit dans la bibliothèque, se servit une dose généreuse de whisky, s'installa dans un fauteuil et but une grande gorgée, en espérant que l'alcool l'engourdirait un peu.

Tout allait de travers dans sa vie.

Il savait qu'il aurait dû rendre visite à sa femme. Il en avait envie. Mais elle ne le reconnaîtrait pas, d'après ce que disait le médecin. Et surtout, il savait que, si elle avait été consciente, elle n'aurait pas souhaité sa présence.

Il honorerait ce souhait.

Il repensa au jour où il l'avait vue pour la première fois. Vraiment vue. Elle était la fille de l'associé principal du cabinet d'avocats où il travaillait depuis trois ans. Quand il avait débuté, elle n'avait que quinze ans, et il n'avait vu en elle qu'une enfant. Mais deux ans plus tard, le soir où elle avait fait son apparition à un bal de charité où il se trouvait, il n'avait pu détacher son regard d'elle. Elle était belle à couper le souffle.

Dès cet instant-là, il avait su qu'il ferait n'importe quoi pour l'avoir.

Et il l'avait fait.

Il refoula ses regrets et revint à la réalité. Un certain inspecteur Gaynor avait demandé un rendez-vous à sa secrétaire. Quand cette dernière avait refusé de transmettre le message à son patron sans une raison valable, l'inspecteur avait mentionné la réouverture du dossier Oliver Prescott. Charles avait eu un choc. Il pensait avoir enterré ça depuis des années.

Il pouvait éviter l'inspecteur quelques jours, mais cela susciterait des soupçons. Un rapide entretien avec des réponses nettes mettrait fin au sujet. Il l'appellerait le lendemain.

Et il y avait Meredith. Comment la freiner, la convaincre que sa recherche était chimérique ? Et s'il n'y arrivait pas, la perdrait-il définitivement, elle aussi ?

Il but une autre longue gorgée de whisky. Il n'aimait pas boire seul. Il avait toujours peur de devenir comme son père, qui buvait jusqu'à perdre conscience.

La discipline, voilà ce qui était important. Un verre de whisky en rentrant, puis un verre ou deux de vin au dîner. Il s'arrêtait généralement là.

Mais ce soir, il pourrait bien boire la bouteille entière.

Il regarda sa main droite. Ses doigts formaient un poing serré. Il essaya de les détendre et le regretta immédiatement. Ils tremblaient.

Bisbee

Holly et Harry sortaient de la bibliothèque, où ils avaient emprunté quelques livres. Holly avait une nouvelle fois cherché une mention de sa disparition dans les journaux de La Nouvelle-Orléans. Toujours rien. On eût dit qu'elle n'avait jamais existé.

Elle avait promis à Harry de l'emmener manger des tacos dans le petit restaurant voisin de Special Things. Elle en profiterait pour passer voir où en étaient ses sculptures. Elle voulait aussi remercier Marty de l'avoir invitée chez elle et présentée à ses amis.

Ils marchèrent jusqu'à la galerie de Marty. Cette dernière sourit en les voyant entrer.

— Bonjour. Vous m'apportez de nouvelles sculptures ?

— Non, mais elles sont prêtes. Des coccinelles et un cochon dansant.

— J'enverrai quelqu'un les chercher. Au fait, j'ai besoin de votre numéro de sécurité sociale.

Cette simple phrase fit à Holly l'effet d'une gifle. Elle n'avait pas pensé que ce serait nécessaire.

— Pourquoi ? demanda-t-elle d'une voix blanche.

— Vous travaillez en free-lance, mais je dois déclarer tous les achats que je fais pour la galerie.

— Je suis désolée. Je ne m'en souviens jamais de tête. Je le chercherai et je vous le donnerai.

— Rien ne presse.

— Je ne travaillais pas, avant. Mon mari s'occupait de tous les papiers, déclara précipitamment Holly, tout en ayant affreusement conscience de la stupidité de ses propos. Je...

Une lueur étrange traversa le regard de Marty. Un soupçon ?

— Nous laisserons ça de côté pour l'instant, dit-elle en haussant les épaules. Je n'en ai pas vraiment besoin avant la fin de l'année.

Elle s'interrompit, puis dévisagea Holly comme si elle réfléchissait à quelque chose d'important.

— Vous avez besoin d'un téléphone, vous savez, reprit-elle enfin. En cas d'urgence.

— Je suis un peu juste en ce moment et...

— Écoutez, vous vivez dans ma maison. Je vais ouvrir une ligne à mon nom. Vous ne pouvez pas rester sans téléphone.

— Merci, dit Holly, pleine de gratitude. Je paierai les factures...

Marty agita la main d'un geste négligent.

— Continuez juste à m'apporter vos créatures en métal, dit-elle.

Holly, muette d'émotion, ne put que hocher la tête.

— Liz ?

Holly leva un regard interrogateur vers Marty.

— Si vous avez besoin de quoi que ce soit, je suis là.

Holly hocha de nouveau la tête, touchée par tant de générosité. Elle voulait rester à Bisbee. Elle le voulait plus que tout au monde. D'une façon ou d'une autre, elle y arriverait. Harry et elle avaient besoin de racines, d'amis.

— Allons manger ces tacos, dit-elle à Harry, qui était en train d'observer des oiseaux gravés sur bois.

Dehors, Holly inspira profondément. Sa décision était prise. Elle ne fuirait pas une nouvelle fois.

9

La Nouvelle-Orléans

Le revolver pesait son poids dans le sac de Meredith, mais il la rassurait.

Elle entra dans la chambre de sa mère, dernière étape avant d'aller à l'hôtel pour une nécessaire nuit de repos. Elle était épuisée, physiquement et émotionnellement.

— Pas de changement, lui dit l'infirmière en secouant la tête.

La chambre était pleine de nouvelles fleurs. Des cadeaux de son père, supposa Meredith. Il semblait considérer les fleurs comme un substitut à sa présence.

— J'ai appris ce qui vous était arrivé, déclara l'infirmière.

— On n'est plus en sécurité nulle part, de nos jours.

— La police sait qui a fait ça ?

— Non.

— J'ai peur de descendre au parking, maintenant.

Meredith ne précisa pas que l'agression dont elle avait été victime n'avait rien d'un hasard.

— Je vous suggère d'appeler un agent de la sécurité pour vous raccompagner quand vous quittez l'hôpital de nuit.

L'infirmière acquiesça de la tête.

— J'aimerais rester seule avec ma mère, reprit Meredith.

— Combien de temps ?
— Une heure environ.
— Je vais dîner, alors.
— Merci.
La porte se referma doucement derrière l'infirmière. Meredith s'assit près de sa mère et prit sa main dans les siennes.
— Je suis là.
Le visage de sa mère demeura sans expression, son corps immobile. Avait-elle exprimé un souhait en ce qui concernait ses derniers instants ? Meredith n'en avait pas discuté avec son père. S'il y avait une décision à prendre, c'était à lui de le faire.
Elle aurait préféré savoir quelle était la volonté de sa mère à ce sujet, mais elles n'avaient jamais parlé de la mort ensemble. Ni de la vie, d'ailleurs.
De nouveau, un douloureux sentiment de solitude l'assaillit. Elle se demanda combien de familles étaient comme la sienne – froide et composée de membres distants les uns des autres.
— Je la trouverai, promit-elle à sa mère. J'irai voir tes anciennes amies. L'une d'elles doit savoir quelque chose.
Elle marqua un temps de pause.
— Et papa ? Que sait-il ? S'il te plaît, réveille-toi, supplia-t-elle brusquement. J'ai besoin de toi.
C'était vrai, plus qu'elle ne l'aurait cru. Elle voulait lui parler une dernière fois, lui dire tout ce qu'elle ressentait, surtout à l'idée de la perdre.
Elle avait aussi besoin de réponses.
Mais elles ne viendraient pas de sa mère.
Alors, elle resta simplement assise là jusqu'au retour de l'infirmière, à espérer que sa mère sentait sa présence et qu'elle savait qu'elle était aimée.
Avant de s'en aller, elle se pencha pour l'embrasser sur la joue.
— Bonne nuit, maman, murmura-t-elle.

— Allô ? Gage ?

C'était son jeune frère, Clint.

— Salut, Clint.

— Tu viens dimanche ?

Gage se rendit compte avec une pointe de culpabilité qu'il avait presque oublié.

— Normalement, oui. Je viens juste d'être muté aux homicides. Je ne sais jamais si je…

— Je comprends, coupa son frère d'un ton résigné. Je voulais juste te demander de m'apporter deux bouquins.

Après un silence, il ajouta :

— Je vais aux cours d'informatique.

— C'est super, commenta Gage en essayant d'insuffler de l'enthousiasme à sa voix.

Son frère s'inscrivait souvent à des cursus de formation. Ça ne durait jamais longtemps.

— J'ai décroché un poste dans les bureaux de la prison, ajouta Clint.

Là, il y avait un progrès. Ses premières années de détention avaient été désastreuses. Il se rebellait constamment. S'il avait obtenu un poste, cela signifiait qu'il avait eu un comportement irréprochable.

— Je suis content pour toi. J'essaierai d'être là dimanche.

Son frère lui donna les références de deux livres d'informatique, le remercia et lui dit au revoir.

Gage raccrocha. Clint était la seule famille qu'il lui restait. Il avait essayé d'être un père, une mère et un frère pour lui. Il n'avait réussi à être aucun des trois.

Maintenant, il voulait espérer.

Il irait voir Clint dimanche.

Meredith se réveilla tôt et tout aussi fatiguée que la veille. Aussitôt après son petit déjeuner, elle se rendit chez elle. L'entreprise de nettoyage devait être là à 9 heures. Elle prit des photos de toutes les pièces pour la compagnie d'assurances, rangea ce qu'elle put au rez-de-chaussée, puis monta inspecter ses placards en détail.

La plupart de ses tailleurs étaient irrécupérables. Quelques chemisiers, des pantalons et une robe avaient survécu au carnage. Ses chaussures étaient intactes. Le vandale avait peut-être manqué de temps.

Elle regarda les sous-vêtements éparpillés partout. Elle ne pouvait pas supporter l'idée de les ranger dans les tiroirs sans les avoir au préalable lavés du contact de ces mains inconnues qui avaient saccagé sa maison. Elle les mit immédiatement dans la machine à laver. Après avoir lancé le programme, elle appela sa compagnie d'assurances, puis son bureau. Sarah était déjà là.

— Dites à Becky de me rejoindre chez moi. J'ai des achats à faire, et je voudrais que quelqu'un soit là pour l'entreprise de nettoyage.

— Vous avez l'intention de rentrer chez vous ?

— Oui.

— Vous pensez que c'est raisonnable ? demanda Sarah après un silence.

— J'ai un système d'alarme dernier cri, un revolver dans mon sac, et la police n'arrête pas de me rendre visite. J'estime être suffisamment en sécurité. Je ne vais quand même pas vivre jusqu'à la fin de mes jours à l'hôtel.

— Non, bien sûr, soupira Sarah. J'ai préparé une liste des gens qui se sont plaints de vous, aussi bien au bureau du district attorney qu'ici.

— Dites-moi qu'elle est courte.

— Ça pourrait être pire… Et Rick Fuller ?

— Il est en tête de la mienne.

— Vous savez comme les policiers se protègent entre eux…

— Je ne crois pas qu'ils le feront dans ce cas.

— Très bien.

Meredith entendit le doute dans la voix de Sarah.

— Je passerai au bureau plus tard.

Meredith raccrocha, puis appela l'hôpital. Il n'y avait aucun changement dans l'état de sa mère.

Elle s'adossa contre le mur et attendit que le service d'entretien arrive. C'était contre ce même mur que Gage Gaynor l'avait embrassée, la veille.

Pourquoi l'avait-elle laissé faire ? Et surtout, pourquoi avait-elle réagi avec la fougue d'une désespérée ?

Parce qu'elle était désespérée. Elle avait l'impression de porter l'Empire State Building sur ses épaules. Son propre Empire State Building fait de conflits entre ses devoirs et sa fidélité à elle-même. Sa mère contre son père. Sa pratique professionnelle contre eux deux. Son devoir envers ses clients contre sa vie privée…

Le carillon de la sonnette la fit sursauter. Elle alla ouvrir à un petit groupe de femmes munies de balais, de pelles et autres ustensiles d'entretien. Elle leur montra la maison et leur expliqua ce qu'elle attendait d'elles, puis leur fournit de gros sacs-poubelle entreposés dans son garage pour la collecte des feuilles mortes.

Malgré le rangement qu'elle avait déjà effectué, les femmes ne purent cacher leur surprise devant le canapé lacéré, les taches sur le plancher, les vêtements déchiquetés et les débris de verre dans son bureau.

Elle resta avec elles jusqu'à l'arrivée de Becky, puis elle partit acheter ce dont elle avait un besoin urgent – un matelas, un ordinateur et au moins un tailleur. Le reste pourrait attendre quelques jours.

— Rien, dit Sarah. Aucun acte de naissance avec le nom de votre mère. Je me suis aussi renseignée auprès des hôpitaux de la région. Leurs archives ne remontent pas aussi loin.

— Il me faut les noms des gynécologues qui exerçaient près de la maison de ma grand-tante en février 1970.

Sarah hocha la tête.

— Pas d'urgence ici ? s'enquit Meredith.

— Rien que je ne puisse régler.

— Avez-vous parlé à Nan Fuller ?

— Tout va bien. Son mari n'a pas cherché à la contacter. Une certaine Mme Fellows a appelé pour un rendez-vous. Un cas de divorce.

— Peut-elle attendre la semaine prochaine ?

— Oui.

Meredith se rendit dans son bureau, consulta son agenda, puis retourna vers Sarah.

— Dites-lui de venir lundi à 14 heures.

— Vous êtes sûre de pouvoir ?

— Le cabinet doit continuer à tourner.

— Bon, je la rappellerai. Avez-vous des noms à ajouter à la liste que j'ai établie ?

— Non. Vous avez fait un travail très minutieux. Il y a certaines personnes que je n'aurais pas mentionnées.

— Bon. Et, en dehors du travail, quelqu'un pourrait-il vous en vouloir ?

— En dehors du travail ? répéta Meredith d'un ton narquois. Non. Je n'ai pas de vie privée, Sarah.

Les mots lui avaient échappé avant qu'elle ait pu les peser. Elle se rendit brusquement compte de la tristesse de cette phrase. Mais c'était la pure vérité. Depuis des années, son travail était sa raison d'être et son refuge. Elle n'avait même pas de famille. Pas vraiment.

— Vous devriez y remédier.

— Je m'en occuperai un de ces jours, rétorqua Meredith d'un ton volontairement léger. Pour l'instant, mon agenda est plein à craquer.

Gage concentrait tous ses efforts sur le dossier Prescott. Il envoya d'abord les indices – les vêtements que portait Prescott au moment de sa mort et la balle qui l'avait tué – au laboratoire du FBI. Peut-être les techniciens trouveraient-ils quelque chose qui avait échappé à la police scientifique de l'époque.

Puis il se pencha sur les personnes citées dans le dossier.

D'abord, l'oncle de Prescott. Il avait un mobile sérieux. Son neveu était destiné à la présidence d'une des plus importantes banques de Louisiane. Aujourd'hui, c'était lui qui occupait cette fonction.

Ensuite, Charles Rawson, la dernière personne à avoir vu Prescott en vie. Aucune preuve ne le reliait au crime. Pourtant, cet événement avait apparemment nui à sa carrière. Il avait été assistant du district attorney, puis juge municipal. Il était de notoriété publique qu'il briguait le titre de juge fédéral.

Après le meurtre de Prescott, il n'en avait plus été question. Rawson avait démissionné de son poste de juge et était retourné au métier d'avocat.

Gage trouvait cela étrange. Pourquoi ce soudain désintérêt pour l'une des plus prestigieuses fonctions de la magistrature ? Rawson ne manquait certainement pas des appuis politiques nécessaires pour y parvenir. Cette contradiction méritait un examen plus approfondi.

Il y avait aussi Mme Rawson. Elle s'était impliquée dans la plupart des organisations culturelles et caritatives de la ville, en restant toutefois à l'écart de tout ce qui touchait à la politique. La lutte contre le cancer ou les maladies vasculaires avait reçu son soutien, mais pas les foyers pour femmes, ni les centres d'accueil pour jeunes en difficulté, ni les hôpitaux pour enfants.

La mère de Meredith Rawson... Était-ce elle qui avait légué à sa fille cette froideur qui tenait les autres à distance ?

Dans ses bras, Meredith avait pourtant été tout sauf froide. Il sentait encore la brûlure de son baiser. Il l'avait eue sur les lèvres toute la soirée.

Il s'étira. Il aurait dû rentrer chez lui, mais il était sûr de ne pas pouvoir dormir. Il était hanté par son visage, par le goût de sa bouche, par le désir d'elle qui le tenaillait...

— Hé, Gaynor, le capitaine veut te voir.

Gage leva les yeux vers le policier en uniforme qui se tenait sur le seuil de son bureau, puis tourna la tête vers l'horloge. Il était plus de 21 heures. Surpris que le chef soit encore là si tard, il acquiesça et se leva.

Il longea le couloir jusqu'au bureau du capitaine.

— Vous vouliez me voir ?

— On m'a dit que vous travailliez sur le dossier Prescott.

— Le lieutenant m'a confié dix affaires non élucidées à revoir. Le cas Prescott en fait partie.

— C'était une erreur. On a un bureau pour s'occuper de ça. Bennett ignorait que l'inspecteur Wagner avait déjà retravaillé sur ce dossier. Wagner est plutôt doué. S'il n'a rien trouvé, c'est qu'il n'y a rien à trouver.

— Mais j'ai déjà commencé et…

— On a besoin de vous sur les affaires en cours. On manque d'hommes expérimentés. À partir de maintenant, vous ferez équipe avec Wagner. Vous commencerez demain.

— C'est mon jour de repos.

— OK. Après-demain, alors.

Gage faillit protester, mais l'expression de son supérieur l'en dissuada.

— Vous reporterez les dossiers aux archives quand vous reviendrez. Rentrez chez vous, Gaynor.

Gage hocha la tête, salua son chef et tourna les talons sans poser la question qui lui brûlait les lèvres.

Pourquoi le capitaine travaillait-il si tard ? Certainement pas pour annoncer à l'un de ses inspecteurs sa nouvelle assignation.

Il aurait dû être soulagé. Mais quelque chose clochait dans le dossier Prescott. Il le pressentait depuis le début.

Maintenant, il en était sûr.

10

Bisbee

Une voiture freina sur le gravier devant la maison. Holly regarda par la fenêtre et vit le véhicule du shérif. Son cœur manqua un battement. Que pouvait-il lui vouloir ? Elle envisagea de faire comme si elle n'était pas là, puis y renonça. Elle avait appris en vivant avec Randolph qu'il ne servait à rien de repousser indéfiniment les problèmes.

— Shérif ? dit-elle en ouvrant la porte.

— Bonjour, répondit-il, l'air un peu gêné. Je sais que votre fils aime les animaux, et je me suis dit que cela lui plairait peut-être de monter à cheval. Russ a un centre équestre dans son ranch. J'y emmène ma nièce. Je me demandais si vous et Harry voudriez venir.

Une fois de plus, la tête et le cœur de Holly se trouvèrent en contradiction. Elle savait que Harry désirait de toutes ses forces monter à cheval. Mais combien de temps pourrait-elle mentir au shérif sans qu'il s'en aperçoive ?

— Je ne crois pas…

— Si vous avez trop de travail, Harry peut venir seul. La ville entière se portera garante pour moi, dit-il avec un sourire décontracté. Je suis très prudent avec les enfants. Je m'occupe beaucoup de ma nièce depuis que son père a quitté sa mère.

— Je suis désolée.

— Pas moi. C'était une espèce de…

Il s'interrompit, mais elle avait une assez bonne idée de ce qu'il avait été sur le point de dire.

— Quel âge a-t-elle ?

— Sept ans, avec des pointes à trente.

Elle sourit. Harry aussi la surprenait de temps en temps.

— Vous devriez faire ça plus souvent, madame Baker.

— Faire quoi ?

— Sourire. C'est très joli.

C'était le plus beau compliment qu'on lui ait fait depuis longtemps.

— Maman ? appela Harry derrière elle.

Elle se tourna. Un petit bout de chou aux yeux encore pleins de sommeil la regardait avec confusion.

— Coucou, mon chéri, dit-elle. Tu te souviens du shérif Menelo ?

Harry leva les yeux – très haut, nota Holly. Il hocha la tête.

Elle attendit. Le shérif allait sûrement proposer la sortie à son fils et lui donner par conséquent le rôle de la méchante si elle refusait. C'était ce que son mari faisait toujours.

Mais pas cet homme-là.

— Salut, bonhomme, dit-il.

— Bonjour, répondit Harry, avant de regarder sa mère. Elle lui avait appris à ne pas se fier aux inconnus et à ne surtout pas parler aux adultes sans son accord.

— Le shérif est venu te proposer de monter à cheval, lui annonça-t-elle.

Toute trace de sommeil s'effaça instantanément du visage de Harry. On aurait dit qu'on venait de lui offrir la lune et les étoiles en prime.

— Je peux, maman ? demanda-t-il avec tant d'espoir dans la voix qu'elle en eut le cœur serré.

Elle hocha la tête.

— Bien, dit le shérif. Je ramène le véhicule de patrouille et je passe chercher ma nièce. Je serai de retour dans une heure environ.

Holly acquiesça. Sans doute prenait-elle là un risque inutile, mais la joie de Harry en valait la peine. Et peut-être qu'elle-même trouverait un certain plaisir à cette sortie, malgré les efforts supplémentaires de contrôle de soi que cela exigerait d'elle.

Elle espérait juste qu'elle n'aurait pas à le regretter.

La Nouvelle-Orléans

Par acquit de conscience, Meredith sonna. Comme elle l'avait prévu, personne ne vint lui ouvrir – c'était le jour de courses de Mme Edwards. Au bout de quelques minutes, elle introduisit la clé dans la serrure et entra.

La maison était silencieuse comme un tombeau. Elle se rendit dans la cuisine, où les éléments étincelaient de propreté. Puis elle passa dans le bureau de son père, une grande pièce lambrissée. Des diplômes s'alignaient sur les murs. Le bureau d'acajou était totalement vide, sa surface cirée luisant dans la lumière qui entrait par les fenêtres.

Un ordinateur était installé à droite du bureau, sur un plateau spécial. Elle résista à la tentation de l'allumer – pas question que son père se doute qu'elle était venue, et elle ne voulait pas non plus mettre Mme Edwards dans l'embarras.

Meredith monta à l'étage, puis emprunta l'escalier qui menait au grenier. La porte n'était heureusement pas verrouillée. C'était là que son père, toujours soucieux de pouvoir réagir en cas de litige sur une ancienne affaire, archivait tous ses dossiers.

Elle entra, mais s'immobilisa aussitôt, abasourdie.

Le grenier, éclairé par deux fenêtres qui laissaient entrer le soleil, était vide. Les classeurs en métal avaient disparu, ainsi que les cartons empilés contre les murs.

Elle resta là un moment, ne sachant que penser, puis elle passa un doigt sur le sol. Pas de poussière. Les cartons avaient été enlevés récemment.

Très récemment.

Qu'essayait de cacher son père ?

Elle quitta le grenier et descendit dans la chambre de sa mère. Du plus loin qu'elle se souvînt, ses parents avaient toujours fait chambre à part. La pièce était vaste et, comme le reste de la maison, semblait attendre la visite d'un membre de la famille royale. La décoration était à dominante bleue.

Meredith ouvrit le tiroir de la table de nuit et y découvrit un best-seller récent, un carnet et un stylo. Elle feuilleta le carnet avec un sentiment de culpabilité mêlé de gêne. C'était l'univers de sa mère, celui-là même auquel elle n'avait jamais eu accès. Mais les pages étaient vides.

Dans l'armoire, la commode et la penderie, elle ne trouva que des vêtements et des chaussures soigneusement rangés.

Elle poussa un soupir découragé, puis remarqua une étagère au fond de la penderie. Elle s'en approcha et trouva trois albums sur la couverture desquels était inscrit le nom de l'établissement privé que sa mère avait fréquenté. Il y avait aussi un recueil de poésie.

Ils n'étaient pas cachés, mais placés de manière à ne pas être immédiatement visibles. Meredith les emporta et alla s'asseoir au petit bureau ancien. Elle ouvrit d'abord l'album de l'année de terminale. Sa mère apparaissait sur les photos de classe et de groupe, mais il n'y avait aucun message de ses camarades, comme on en voit habituellement autour de ce genre de photos. Meredith prit le deuxième album. Elle y trouva la photo de sa mère en classe de première. Là, ses amies avaient écrit un peu partout autour des photos.

Son regard s'arrêta sur sa mère. Elle avait de longs cheveux blonds et regardait l'objectif avec un grand sourire.

Meredith ne lui avait jamais vu ce sourire-là.

Elle prit ensuite le recueil de poésie et le feuilleta. Il s'agissait de poèmes d'amour. Elle chercha une dédicace, mais il n'y en avait aucune. Ce n'était probablement pas un cadeau. En tout cas, pas de son père. Du moins cela lui paraissait-il peu plausible. Mais de quoi pouvait-elle être encore sûre ?

Elle emporta les albums et le livre, prit son sac et ne s'attarda pas plus longtemps dans la maison. Elle ne voulait pas courir le risque de tomber nez à nez avec Mme Edwards. L'heure n'était pas aux explications. Pas encore. Il y avait trop de points obscurs. Elle avait besoin d'éclaircissements avant d'affronter de nouveau son père.

Le bruit d'une respiration haletante réveilla Gage. Beast se tenait sur son lit et s'efforçait d'attirer son attention. De toute évidence, il voulait son petit déjeuner.

Gage avait à peine dormi. En dépit des consignes du capitaine, il avait passé sa journée de repos à lire et relire le dossier Prescott. Quelque chose lui échappait, il le sentait. Frustré de n'avoir rien réussi à trouver, il était allé boire un verre dans un bar et y était resté bien trop longtemps. Et tandis qu'il enchaînait les bières, une question avait hanté son esprit : qui avait contacté le capitaine ?

Il se l'était encore demandé en se couchant et se le demandait toujours alors qu'il posait à contrecœur un pied par terre. Il regarda l'heure. 7 heures. Il était rentré à 3 heures et avait été incapable de s'endormir tout de suite.

Beast se frotta contre lui, et Gage lui gratta les oreilles. Beast soupira de plaisir. C'était un chien d'une taille impressionnante, probablement un mélange de doberman et de Dieu savait quoi. Il avait appartenu à une bande de dealers que Gage avait arrêtés. L'animal montait la garde devant le repaire des voyous. Il avait montré les crocs et grondé en voyant les policiers, et l'un d'eux avait sorti son arme. Mais Gage, qui aimait bien les animaux, s'était approché du chien et avait commencé à lui parler. L'animal avait rapidement cessé de gronder et s'était mis à remuer la queue. Il avait suivi Gage jusqu'à la porte et l'avait déséquilibré au moment où l'un des trafiquants lui tirait dessus. Gage n'avait pas été touché. Le chien, si.

Ce fichu corniaud lui avait sauvé la vie. Il ne pouvait pas le laisser partir à la fourrière après ça. Il l'avait donc emmené chez un vétérinaire, puis chez lui. Foster, le fils de son voisin, adorait les chiens, et lui et Beast s'étaient immédiatement entendus. Quand Gage travaillait tard, Foster donnait à manger à Beast et jouait avec lui.

— C'est bon, marmonna-t-il en se levant. J'ai compris. Tu veux manger.

Il attrapa son jean posé à côté du lit. Cela faisait deux nuits presque blanches qu'il enchaînait, et il en ressentait les effets. Il commençait à être trop vieux pour ce genre de rythme.

Il se rendit dans la cuisine, mit le café en route et versa des croquettes dans la gamelle du chien. Puis il alla sous la douche.

Sous l'effet de l'eau, ses idées commencèrent à s'éclaircir. Les questions se bousculaient dans sa tête. Qui avait contacté le capitaine au sujet du dossier Prescott ? Qui était assez puissant pour faire arrêter une enquête ?

Il n'avait parlé du dossier qu'avec l'inspecteur Wagner, Meredith Rawson et le père de celle-ci. Ses soupçons se portaient sur ce dernier. Ce type d'intervention pouvait parfaitement être le fait d'un personnage influent tel que lui.

Il coupa l'eau et sortit de la douche. Beast, assis sur son arrière-train, l'attendait devant la porte de la salle de bains. Il aboya en voyant Gage.

— Je sais, je sais. Tu veux aller chercher le journal.

Le chien remua frénétiquement la queue en signe d'approbation.

Gage s'habilla, puis alla ouvrir la porte. Beast fila dehors, prit entre ses dents le journal posé dans l'allée, puis revint le déposer dans la main tendue de Gage.

— Très bien, dit celui-ci.

En guise de récompense, il lui offrit un gros biscuit pour chiens, que Beast dévora tandis qu'il se servait une grande tasse de café. Il s'assit à la table pour lire le journal, mais trouva peu d'intérêt à sa lecture, probablement parce que son esprit était ailleurs. Il n'arrêtait pas de penser à Meredith Rawson et à l'affaire Prescott. Pourquoi lui avait-on demandé de laisser tomber ? Le père ou la fille avaient-ils quoi que ce soit à voir avec cette interdiction ?

Il n'avait jamais aimé qu'on lui demande d'abandonner quelque chose, surtout une fois que sa curiosité était piquée. Et elle l'était sans conteste maintenant.

Il prit le dossier Prescott et siffla Beast, qui accourut aussitôt, comprenant qu'ils sortaient. Gage comptait photocopier les documents avant de les reporter au bureau. Ensuite, il achèterait les deux livres que lui avait demandés son frère et passerait voir Morris. Avec un peu de chance, son collègue aurait du nouveau sur l'agression de Meredith Rawson, et cela lui donnerait un début de réponse à ses questions.

11

La Nouvelle-Orléans

Meredith déballa son nouvel ordinateur après le départ de l'équipe de nettoyage et s'assit à son bureau, un des rares meubles encore intacts de la maison.

Elle n'avait pas eu le temps de remettre les tableaux aux murs, ni les rideaux aux fenêtres. Cela pouvait attendre. L'essentiel, c'était le lit. On lui avait livré le matelas aussitôt qu'elle l'avait acheté, et elle avait donc décidé qu'elle pouvait réintégrer sa maison.

Elle en avait assez de l'hôtel et s'était imaginé son retour chez elle comme un immense soulagement. Elle n'avait pas prévu la peur qui lui nouait le ventre.

Un frisson la parcourut. Était-elle vouée à ne plus jamais se sentir en sécurité ? Elle avait vérifié deux fois les fermetures des fenêtres et des portes, mais sa peur demeurait. Chaque fois qu'elle regardait autour d'elle, un signe lui rappelait ce qui s'était passé. Une déchirure dans le papier peint de la salle à manger, un emplacement plus clair sur le mur du salon, là où se trouvait auparavant son tableau préféré…

Après avoir effectué tous les branchements de son ordinateur, elle alla se préparer un sandwich et un chocolat chaud, puis s'assit à la table de la cuisine, les albums de sa mère devant elle. Le chocolat chaud était un péché mignon qu'elle s'accordait rarement. Mais ce soir, elle avait besoin de réconfort.

Elle était fatiguée, à bout de nerfs. Elle avait décidé de ne pas se rendre à l'hôpital, pour une fois. L'infirmière avait promis de l'appeler s'il y avait le moindre changement. Elle avait besoin de sa soirée pour regarder de près les albums et identifier les personnes qu'elle connaissait. Ensuite, elle les contacterait et les interrogerait pour trouver les autres.

Quelqu'un devait savoir de qui sa mère était amoureuse à l'époque. Une fois qu'elle connaîtrait l'identité du père de sa sœur, elle aurait fait un grand pas. Peut-être avait-il accepté l'adoption, à moins qu'il n'ait élevé seul l'enfant.

Tout en sirotant son chocolat, elle se plongea dans l'album de l'année de première. Elle reconnut certaines élèves, qui étaient devenues des piliers de la bonne société de La Nouvelle-Orléans. Cela n'avait rien d'étonnant : elles avaient toutes fréquenté une des écoles privées les plus huppées de la région. Elle réussit à mettre un nom sur environ un tiers des visages. Ensuite, elle passa aux photos de l'année de terminale.

Elle était totalement absorbée dans son examen quand le téléphone sonna. Elle décrocha.

— Allô ?

Il n'y eut pas de réponse. Juste une respiration lourde, puis plus rien.

Elle resta figée, le combiné serré dans sa main tremblante. Elle consulta le numéro d'appel, mais elle savait déjà ce qu'elle y lirait. Inconnu.

La pièce lui parut soudain glaciale. Elle se rassit et composa le numéro de portable que Morris lui avait donné. Il répondit immédiatement.

— C'est Meredith Rawson. Je viens de recevoir un coup de fil anonyme. D'ordinaire, je ne m'inquiéterais pas, mais…

— Vous a-t-on dit quelque chose ?

— Non. J'ai juste entendu une respiration forte. C'était peut-être une erreur, ajouta-t-elle, hésitante. Je n'aurais probablement pas dû vous appeler…

— Vous avez fait ce qu'il fallait, assura-t-il. J'envoie une patrouille inspecter le quartier et je vais voir si on peut mettre quelqu'un devant chez vous cette nuit.

Cette fois, elle ne protesta pas. Elle était terrifiée. L'appel avait eu l'effet escompté.

— Quand la voiture arrivera, l'officier frappera à votre porte. N'ouvrez pas avant d'avoir vu son uniforme et son insigne. Je passerai demain matin.

— Merci.

— De rien, mademoiselle Rawson.

Elle raccrocha. Un deuxième chocolat chaud s'imposait.

Elle versait du lait dans la casserole quand le téléphone sonna de nouveau, sa sonnerie stridente retentissant comme une menace. Meredith lâcha la casserole, et du lait se répandit sur la plaque de la cuisinière.

Elle hésita, puis alla décrocher.

— Allô ?

Silence.

— Vous ne me faites pas peur, espèce de lâche, dit-elle avant de raccrocher.

Qui croyait-elle tromper ? Bien sûr qu'elle avait peur. Quelqu'un essayait de la terroriser et y parvenait diablement bien.

Mais pourquoi ?

Bisbee

Holly se sentait légère comme l'air. Monter à cheval lui procurait un plaisir grisant qu'elle avait presque oublié. Elle n'avait pas fait de cheval depuis ses dix ans, époque où elle avait pris des cours d'équitation dans un camp de vacances réservé aux enfants de l'élite.

Le shérif était venu les chercher dans une Jeep poussiéreuse. Sa jeune nièce, Jenny, avait bondi du véhicule, débordante d'énergie et d'une manifeste joie de vivre. Les présentations avaient été faites.

— Et voici Harry.

— Comme Harry Potter, avait précisé son fils, visiblement impressionné par cette grande fille.

— Super-nom, avait commenté Jenny.

Holly lui en avait été incroyablement reconnaissante. Désormais, il n'y aurait plus aucun risque que son fils oublie son nouveau prénom.

Les enfants avaient pris place à l'arrière du véhicule, et le shérif avait ouvert la portière du passager pour Holly.

— Désolé pour le manque de confort, avait-il dit. Mais c'est la voiture idéale pour se promener dans les collines. Et mon seul autre véhicule est un pick-up.

— Il n'y a pas de problème, avait-elle répondu en se glissant à l'intérieur. C'est loin ?

— Sept kilomètres.

— Russ est-il au courant de notre venue ?

— Je l'ai appelé. Son centre équestre est très fréquenté. Je voulais m'assurer qu'il y aurait un poney disponible pour Harry.

Il avait tourné son regard vers elle.

— Aimeriez-vous monter aussi ?

— Moi ? avait-elle dit, prise au dépourvu.

— Oui, vous. Vous avez déjà fait du cheval ?

— Il y a des siècles, oui, dans un camp de vacances.

— C'est comme la bicyclette, ça ne s'oublie pas. Par contre, vous risquez d'avoir quelques courbatures.

Au centre équestre, Jenny avait pris son cours habituel pendant que le shérif s'occupait de Harry. Il lui avait fait faire une grande promenade à poney en lui expliquant comment se tenir et comment arrêter sa monture.

— Tu m'as vu ? avait demandé Harry à Holly, une fois la promenade terminée. J'ai dirigé le poney tout seul.

— Oui. Je suis très fière de toi, mon chéri.

Il avait souri.

— C'est génial, ici. J'aimerais que papa me voie.

Le cœur de Holly avait manqué un battement. Que se serait-il passé si Harry avait dit cela devant le shérif ? Elle avait baissé les yeux sur ses mains moites. Comment pouvait-elle espérer vivre une existence normale avec Harry quand le moindre mot avait le pouvoir de tout faire basculer ?

Le shérif Menelo les avait rejoints. Il tenait deux chevaux par la bride. L'un était un grand alezan, manifestement pressé de partir en balade. L'autre était une jument, plus petite et plus délicate. Elle s'appelait Miss Mary.

Ils se retrouvaient à présent en train de longer une rivière, Harry assis devant Doug sur l'alezan, et elle sur la superbe jument.

— Vous connaissez Russ depuis longtemps ? demanda-t-elle.

— Nous étions dans le même lycée.

— Amis ?

— Oui. On jouait au football ensemble. Mais aucun de nous n'était assez bon pour obtenir une bourse d'études grâce au sport. Il s'est dirigé vers le rodéo, et moi vers l'armée.

— Le rodéo ?

— Oui. Un accident a stoppé sa carrière, et il s'est ensuite occupé de chevaux.

— Et pendant tout ce temps, vous êtes restés amis ?

— On a essayé.

Doug Menelo était un compagnon agréable. Il ne poussait pas à la conversation, pas plus qu'il ne se montrait indiscret.

La journée était magnifique. Holly ne se rappelait pas avoir jamais vu un ciel aussi bleu. Elle offrit son visage à la caresse du soleil, en essayant de ne pas penser au passé ni à l'avenir, au mal qui avait été fait et à celui qu'elle redoutait.

Doug guida son cheval vers le sien et désigna un endroit sur sa gauche, où des fleurs dorées coloraient l'étonnante beauté du désert.

— Des pavots mexicains, expliqua-t-il.

— Je sais. Je lis pas mal de choses sur le désert, en ce moment.

— Ça veut dire que vous envisagez de rester ?

— Ça veut dire que je suis curieuse.

— Aimez-vous Bisbee ?

— Bien sûr. Qui ne l'aimerait pas ?

— Connaissez-vous Ramsey Canyon ?

— Ramsey Canyon ?

— Ce n'est pas loin d'ici. C'est une réserve naturelle, avec des centaines de colibris. Jenny adore cet endroit.

— Il faudra que j'y emmène Harry.

Elle venait de couper court à une probable invitation. Avec regret. Elle aimait beaucoup la compagnie de Doug Menelo et sa gentillesse envers les enfants. Il était d'ailleurs étonnant qu'il n'ait pas d'enfant lui-même.

En d'autres circonstances, elle aurait sans doute pu envisager de construire une relation avec lui. Mais dans sa situation, c'était impensable. Sans compter qu'il était shérif. Il y aurait un jour où il voudrait plus d'informations. Plus de réponses. Beaucoup plus de réponses qu'elle ne pourrait lui donner.

Ils firent une halte devant le lit asséché d'un ruisseau.

— Vous voulez descendre ? lui demanda Doug.

— Si je peux remonter ensuite.

Il sourit.

— Je crois qu'on arrivera à vous ramener. Comment trouvez-vous Miss Mary ?

— Tous les chevaux sont-ils aussi faciles à monter ?

— Non. Miss Mary est spéciale. Russ la donne toujours aux débutants. Elle semble comprendre qu'elle doit les ménager.

— Elle est merveilleuse.

— Je suis sûr que Russ vous laissera la monter quand vous voudrez.

Elle hocha la tête, même si elle n'avait pas l'intention de revenir au centre équestre de Russ. Avec lui non plus, elle ne pouvait pas se permettre de développer une relation trop intime.

Doug se pencha pour poser Harry au sol et mit pied à terre. Elle fit de même.

Il désigna une montagne au loin.

— Autrefois, il y avait un fief apache, là-bas. Tout autour, c'était un champ de bataille. Il fallait du courage pour s'y implanter.

— Vous aimez cette région.

— Oui. Soit on l'aime, soit on la déteste. Je suis de ceux qui l'aiment.

— Vous disiez que vous étiez dans l'armée. Qu'y faisiez-vous ?

— Police militaire. C'est ce qui m'a amené aux forces de l'ordre.

Holly ne répondit rien, préférant ne pas approfondir le sujet. Elle fit quelques pas et trébucha sur une pierre. Il tendit la main pour l'aider, et elle sursauta.

— Je suis désolé, dit-il en retirant aussitôt sa main.

— J'ai juste été surprise.

— Madame Baker… Liz… je sais que vous êtes veuve depuis peu. Je ne me permettrais pas d'en profiter. Je me suis seulement dit que vous et votre fils aviez besoin de sortir un peu.

Elle sentit ses joues s'empourprer.

— Je n'ai jamais pensé une telle chose de vous. C'est juste que…

— Je sais. J'ai perdu quelqu'un il y a quelques années. Ce n'est pas facile.

Cette confession si sincère accentua le malaise de Holly. Elle se trouvait minable.

— Non, ce n'est pas facile… Bon, il vaudrait mieux que je rentre. J'ai du travail, et Harry et moi dînons tôt.

— D'accord, dit-il. Tenez, prenez appui sur mes mains.

De ses deux mains jointes, il forma un marchepied dont elle se servit pour remonter en selle.

Elle attendit que Harry et Doug reprennent leur monture, puis elle tourna la tête vers eux et les regarda la rejoindre.

Le visage de Doug ne trahissait aucune émotion, mais il tenait son fils d'un geste protecteur. Harry levait vers lui un regard confiant et serein. Apparemment, il trouvait chez lui quelque chose que son père ne lui avait jamais donné.

Holly dut lutter pour retenir ses larmes.

12

Pénitencier d'Angola, Louisiane

Gage attendit au moins une demi-heure au parloir avant que Clint arrive. Combien de fois était-il venu ici ? Au moins une fois par mois depuis près de huit ans, parfois plus.

Il déglutit avec peine. Ces visites étaient éprouvantes psychologiquement. Enfin, Clint apparut. Lorsqu'il vit son frère, une expression d'attente et d'espoir se peignit sur son visage, et le cœur de Gage se serra.

Malgré ses huit années de détention, Clint paraissait toujours aussi jeune. La vie en prison ne semblait pas l'avoir marqué, mais Gage savait que les apparences étaient trompeuses. Les trois premières années, Clint avait été régulièrement mis à l'isolement. Il enchaînait les bagarres, afin de se forger une réputation dans une prison où seuls les durs accédaient au respect.

Les deux frères se donnèrent l'accolade.

— Tu as l'air en pleine forme.

Clint lui adressa ce drôle de demi-sourire qui charmait tant les filles quand il était plus jeune.

— Merci. J'ai bientôt une audience de remise en liberté conditionnelle.

Gage aurait dû être au courant. Il ne l'était pas.

— Qu'est-ce que je peux faire ?

— J'ai besoin d'une promesse d'embauche.

— J'en parlerai à Dom. Il aura peut-être des idées.

— J'ai étudié l'informatique. Je suis doué pour ça. Je ne te l'ai pas dit avant parce que… eh bien, je sais que je t'ai souvent déçu, mais j'aurai mon diplôme la semaine prochaine.

Son regard s'anima quand il se porta sur les livres posés sur la table.

— Ces bouquins m'aideront à compléter ma formation. Le prof les a conseillés.

— Tu as toujours été intelligent, reconnut Gage. Seulement, tu ne voulais pas faire d'efforts.

— J'en fais, maintenant.

Gage désigna les livres de la tête.

— S'il t'en faut d'autres, appelle-moi.

— Merci. Je ne te décevrai pas, cette fois.

— Quand l'audience a-t-elle lieu ?

— Le mois prochain.

— Tu as aussi besoin d'une adresse. Tu peux venir chez moi en attendant de trouver un appartement.

— Ça ne te portera pas tort dans ton boulot ?

Gage haussa les épaules.

— Ça ne regarde pas mes collègues tant que tu te tiens à carreau.

— Je te le promets. Merci.

— Tu pourras rester chez moi le temps de te remettre sur pied.

— Tu viendras à l'audience ?

— Oui.

Clint poussa un soupir de soulagement.

— Tu pensais que je ne viendrais pas ?

— Tu es un flic, frérot.

— Écoute-moi, Clint. Je n'ai rien à voir avec ton arrestation. Tu t'es très bien débrouillé tout seul. Je vais t'aider, mais si tu replonges dans le trafic de drogue, je te ramène moi-même en taule.

— Je sais. Crois-moi, j'ai compris la leçon.

Il lui adressa encore son drôle de sourire de guingois.

Mais Gage avait arrêté de croire aux serments de Clint depuis longtemps. Son frère avait trop souvent trahi sa confiance. Il l'accueillerait chez lui, d'accord. Il l'aiderait à trouver du boulot. Il lui paierait même des cours s'il le fallait. Mais il ne lui donnerait sûrement pas d'argent.

— Je vais y arriver, dit Clint.

Gage se contenta de hocher la tête.

La Nouvelle-Orléans

Meredith entreprit d'appeler les camarades de classe de sa mère qu'elle avait pu identifier. Elle tomba deux fois sur un répondeur. Elle ne laissa pas de message. Sa démarche était trop particulière pour qu'elle puisse l'expliquer en quelques mots. Elle eut plus de chance au troisième appel.

Mme Robert Laxton, Pamela Cannon de son nom de jeune fille, répondit au bout de la deuxième sonnerie.

Après s'être présentée, Meredith exposa le motif de son appel.

— Ma mère est très malade. Je voudrais prévenir ses anciennes amies, mais je ne les connais pas toutes, et elle n'est pas en état de me donner une liste. J'espérais que vous pourriez m'aider.

— Ô mon Dieu, soupira Mme Laxton. J'avais entendu dire qu'elle était malade, mais je ne savais pas que c'était à ce point. Je serais évidemment heureuse de vous aider. Pouvez-vous venir prendre le thé demain ?

— Volontiers. À quelle heure ?

— 16 heures ?

— Parfait.

Elles se saluèrent, et Meredith raccrocha. Elle ramassa les formulaires d'assurance qu'elle avait remplis un peu plus tôt et les fourra dans sa mallette. Il était 19 heures, le moment d'aller à l'hôpital.

Quarante minutes plus tard, elle entrait dans la chambre de sa mère. Il n'y avait aucun changement dans son état, du moins pas dans le bon sens. Sa peau était grise, son visage chaque jour plus maigre.

Cependant, Meredith eut l'impression que sa mère avait conscience de sa présence. Elle se mit donc à lui parler.

— Il fait beau, aujourd'hui. Il y a un concert de l'orchestre symphonique ce soir. Je sais à quel point tu aimes la musique. J'apporterai un lecteur de CD, la prochaine fois. Demain, je vais prendre le thé avec Pamela Laxton. Tu te souviens d'elle ? Bien sûr que oui.

Un silence.

— Sais-tu que je détestais ces thés auxquels tu me forçais à assister ? Tes amies me regardaient toujours comme si elles se demandaient comment je pouvais être ta fille.

On attendait d'elle qu'elle soit la parfaite jeune fille de bonne famille, mais ces réunions principalement dédiées aux ragots l'avaient toujours profondément ennuyée.

— Moi, je te regardais, poursuivit-elle. Tu avais toujours l'air très attentive, et en même temps, je te sentais ailleurs.

Ce souvenir n'avait jamais été aussi clair que maintenant. Peut-être parce que, pour la première fois, elle osait sonder sa mère au-delà de l'apparence qu'elle donnait.

La douleur avait toujours été trop forte, l'abîme qui les séparait trop vaste. Aujourd'hui, elle comprenait pourquoi sa mère ne lui avait pas ouvert son cœur. Une blessure incurable l'avait poussée à en barrer l'accès à tout jamais.

— Je vais retrouver ma sœur pour toi, promit-elle. Et pour moi. Je n'arrête pas de me dire que si j'y arrive, tu te réveilleras. Mais tu dois te battre. Tu dois continuer.

Elle baissa les yeux sur ses mains. Elles s'étaient refermées en poings serrés. Sa vue se brouilla, mais elle refoula ses larmes.

Elle pleurerait plus tard.

Pas maintenant.

Meredith sonna à la porte des Laxton à 16 heures pile. Une femme séduisante, de l'âge de sa mère, vint lui ouvrir.

— Bonjour, dit-elle. Je suis enchantée de rencontrer la fille de Marguerite. Je suis tellement désolée qu'elle soit malade.

— Merci d'avoir accepté de me recevoir, répondit Meredith.

Mme Laxton la conduisit dans une agréable véranda.

— Installez-vous. Je vais dire à Enid de nous apporter le thé.

Meredith regarda autour d'elle. La pièce aux parois de verre était agrémentée de plantes et donnait sur un jardin où trônait une jolie fontaine.

Mme Laxton revint bientôt, suivie d'une femme en tablier qui portait un plateau chargé d'un service à thé, de minuscules sandwiches et de petits gâteaux secs. Elle servit le thé dans les délicates tasses en porcelaine.

— Merci, dit Meredith en prenant une tasse.

Elle attendit que la bonne s'en aille avant de se tourner vers son hôtesse.

— Merci encore de m'accueillir.

— Je vous en prie. Maintenant, dites-moi comment va Marguerite.

— Elle est dans le coma. Je crains que…

Mme Laxton se pencha et lui tapota la main.

— Je suis vraiment désolée. Dans quel hôpital est-elle ?

Meredith le lui dit, puis déclara :

— J'espérais que vous pourriez me parler de l'époque où vous faisiez vos études ensemble.

— Vous savez sûrement qu'elle a abandonné avant d'obtenir son diplôme. Elle est partie en Europe. Après cela, je ne l'ai plus beaucoup vue, jusqu'au moment où nous avons fait partie de la même association culturelle. Lorsque je l'ai revue, j'ai failli ne pas la reconnaître. Elle avait tellement changé !

— Que voulez-vous dire ?

— Au lycée, elle était, disons, un peu forte tête. Je n'aurais jamais cru qu'elle deviendrait une personne si conventionnelle. J'espère que je ne vous choque pas ?

Sa mère, une rebelle ?

— Pouvez-vous m'en dire plus ?

— Ce n'est pas vraiment à moi de le faire…

— S'il vous plaît.

— Elle transgressait toujours les règles. Elle restait dehors très tard. Elle aimait aller… eh bien, dans des endroits peu fréquentables. D'après la rumeur, elle aurait eu une liaison inconvenante. C'est pourquoi son père l'aurait envoyée en Europe.

— Savez-vous qui était l'homme qu'elle fréquentait ?

— Non. Nous n'étions pas proches à ce point.

Meredith ouvrit sa mallette et en sortit l'un des albums de sa mère. Elle le tendit à son hôtesse.

— Je me demandais si vous pouviez me donner les noms d'épouse de certaines de vos camarades.

— Certainement. J'ai été l'organisatrice de la treizième réunion de notre promotion, il y a quelques années. Je vais chercher ma liste. Reprenez donc du thé en attendant.

Elle revint quelques minutes plus tard, plusieurs feuilles de papier à la main.

— Je les ai photocopiées, alors vous pouvez les emporter.

— Savez-vous qui était la meilleure amie de ma mère ?

— Lulu. Lulu Green Starnes. Elles étaient inséparables.

— Vit-elle dans la région ?

Mme Laxton hocha la tête.

— J'ai eu du mal à la retrouver. Elle est veuve. Son adresse figure sur la liste.

— Merci, dit Meredith en se levant. Vous m'avez énormément aidée.

— J'en suis heureuse. Si vous avez besoin de quoi que ce soit d'autre…

— Je ne manquerai pas de vous appeler, promit Meredith.

Dès qu'elle fut à son bureau, Meredith appela Lulu Starnes, mais personne ne répondit.

Les recherches de Sarah ne donnaient rien. Aucun acte de naissance de l'État du Tennessee ne portait le nom de Marguerite Thibadeau, pas plus qu'en Louisiane ou dans le Mississippi.

Faute de mieux, Meredith se pencha sur les dossiers en cours. Même si sa vie était sens dessus dessous, elle devait faire tourner le cabinet et payer le salaire de deux employées.

— Il y a eu un autre appel d'une cliente potentielle, lui annonça Sarah. Un cas de divorce.

— Rappelez-la et essayez de voir avec elle si cela peut attendre une quinzaine de jours.

Elle avait l'intention d'aller à Memphis interroger les voisins de sa tante et les obstétriciens du secteur susceptibles d'avoir mis le bébé au monde. Au bout de trente-trois ans, il était peu probable qu'elle retrouve le médecin qui avait accouché sa mère, mais elle dénicherait peut-être quelque chose dans les archives des cabinets médicaux.

Elle tenta de nouveau de joindre Lulu Starnes, sans plus de succès. À peine eut-elle reposé le combiné que le téléphone sonna. Becky prit l'appel et lui annonça par interphone que Nan Fuller voulait lui parler.

Elle semblait terrifiée.

— Je l'ai vu, dit-elle. Il m'observait quand je suis allée chercher les enfants à l'école.

— Vous a-t-il parlé ?

— Non, mais il voulait que je le voie. Il n'a pas essayé de se cacher.

— A-t-il franchi la limite des cent mètres ?

— Non. Mais son visage... Il était effrayant.

— Je vais contacter l'inspecteur Gaynor. Il fera quelque chose.

— Je voudrais quitter la ville, mais je n'ai pas d'argent…

— De toute façon, vous ne pouvez pas partir sans une autorisation du tribunal, répondit Meredith. Rappelez-vous que le juge a accordé un droit de visite surveillé à votre mari. Si vous quittez La Nouvelle-Orléans, vous serez considérée comme fugitive et dans votre tort.

— Je sais. J'espérais au moins pouvoir rentrer chez moi…

Nan vivait encore au foyer pour femmes avec ses deux enfants. Fuller en connaissait l'adresse, mais Nan y était plus en sécurité que dans la maison qu'ils partageaient auparavant.

— Je vais voir ce que je peux faire, promit Meredith. Je vous rappellerai.

Elle raccrocha et poussa un soupir. Fuller prétendrait n'être allé à l'école que pour apercevoir ses enfants. Il n'avait pas transgressé l'ordre du tribunal. On ne pouvait donc pas grand-chose contre lui. Mais Nan était véritablement terrifiée.

Elle n'avait pas envie d'appeler Gage Gaynor. Elle n'avait eu aucune nouvelle de lui depuis ce malheureux baiser… qu'elle sentait encore dans chaque fibre de son corps.

Mais il fallait qu'elle lui téléphone. Pour Nan.

Gage se carra dans le siège de son nouveau bureau et regarda Wagner.

— Bon, qu'est-ce qu'on a ?

— Trop de choses, répondit Wagner. Je suis vraiment content que tu sois là. J'aimais bien Tom, mais il commençait à fonctionner au ralenti.

Le précédent coéquipier de Wagner, un des vétérans du département, venait de prendre sa retraite.

— Voilà nos affaires en cours, poursuivit Wagner en tendant plusieurs dossiers à Gage. De la routine, pour la plupart. Un homme qui a tiré sur sa femme. Un sans-abri retrouvé mort dans une impasse. Le cambriolage d'un magasin avec homicide.

— Bon. On commence par quoi ?

— Le cambriolage. À mon avis, il a été commis par deux types qui sont à l'origine d'une série de vols. Même mode de fonctionnement, même signalement. Sauf qu'ils n'avaient pas tué avant. Il faut interroger les victimes des autres cambriolages, voir si on peut trouver quelque chose de nouveau.

— Une voiture ?

— Oui. Une des victimes a pu relever le numéro. C'était une voiture volée. On n'a pas retrouvé d'empreintes. Ils sont prudents.

— Quel genre de magasins choisissent-ils ?

— Fast-food, juste avant la fermeture.

— Et la personne qui a été tuée ?

— Une femme d'une cinquantaine d'années. La gérante.

Le téléphone portable de Gage sonna.

— Allô ?

— Inspecteur Gaynor, c'est Meredith Rawson.

Il fut surpris. Agréablement.

— Que puis-je pour vous, maître ?

— C'est à propos de Nan Fuller.

Le plaisir de Gage s'évanouit aussitôt.

— Que s'est-il passé ?

— Elle a vu Fuller l'observer devant l'école. Il cherche à lui faire peur.

— Je lui ai parlé. Il n'a pas apprécié.

— Que peut-on faire ?

— Il n'a pas enfreint la loi ?

— Non.

— Tant qu'il ne s'approche pas…

— Je sais, coupa-t-elle.

La fatigue transparaissait dans sa voix. Avait-elle dormi, ces derniers jours ? Un peu plus que lui, espérait-il. Le sort de son frère le préoccupait. Il avait établi une liste d'employeurs potentiels, mais il répugnait à faire appel à eux. Il détestait demander des faveurs, surtout quand il ne pouvait pas totalement répondre du résultat.

— Voulez-vous que je lui parle de nouveau ?

— Je ne sais pas. J'ai juste pensé qu'il fallait que vous soyez au courant.

— Morris a-t-il avancé en ce qui vous concerne ?

— Non, pas encore. Croyez-vous que Fuller soit impliqué ?

— J'ai vérifié son emploi du temps. Il était de service ce soir-là.

— Ça le met hors de cause, alors.

— Pas entièrement. Il pourrait avoir des complices. J'aurai une autre petite discussion avec lui.

— Merci.

Quelque chose dans son ton l'alerta.

— Vous avez eu d'autres ennuis ?

— Deux coups de fil anonymes, dit-elle après un court silence.

Il jura entre ses dents.

— Morris s'en occupe ?

— Il fait ce qu'il peut. Je me dis que ce n'est pas si grave.

Gage savait qu'il aurait dû raccrocher depuis un moment déjà. Il avait suffisamment de problèmes comme ça.

— Vous êtes rentrée chez vous ? demanda-t-il néanmoins.

— Oui.

— Morris est au courant ?

— Oui. Et j'ai une arme, maintenant.

Wagner le regarda bizarrement. Le ton de sa voix avait-il changé ? Il était grand temps de raccrocher, se répéta-t-il. Mais il n'y arrivait pas.

— Je vous rappellerai, pour Fuller.

— Merci.

— Ça va ?

— Non.

Il était sûr qu'elle n'avait pas eu l'intention de faire une telle confession.

— Écoutez, est-ce que je peux vous emmener dîner ce soir ? Nous parlerons de Fuller et de ce que nous devrions faire.

Il perçut son hésitation, mais elle finit par accepter.

— Où voulez-vous que je vienne vous chercher ?

— À mon bureau.

— À quelle heure ?

— Dix-neuf heures, si ça vous va.

— Très bien.

Il raccrocha.

Wagner haussa les sourcils.

— Maître ?

Gage se demanda s'il devait répondre ou pas, mais Wagner et lui faisaient équipe, désormais. Un partenaire a droit à une certaine confiance.

— Il s'agit de Meredith Rawson. Il y a quelques jours, sa maison a été cambriolée, et elle a été agressée.

— Je suis au courant. Ce n'est pas ton dossier.

— On travaillait ensemble sur autre chose.

— On dit qu'il n'y a pas plus glacial qu'elle.

— Pour l'instant, c'est juste une femme qui a des problèmes, rétorqua Gage. Rien de plus.

— C'est bon. Je te donnais juste un avertissement amical. C'est ta vie, mon pote.

— Exactement.

Meredith raccrocha pensivement. L'invitation de Gage avait été aussi inattendue que sa propre réponse.

Elle n'était jamais sortie avec un policier. Pas par snobisme – elle respectait leur dangereux métier. Peut-être même le comprenait-elle mieux que personne. Elle savait à quel stress leur famille et eux-mêmes étaient soumis. Mais elle n'avait tout simplement pas de temps à consacrer aux hommes. Il lui arrivait d'aller à l'opéra ou à un concert avec un ami, mais il y avait longtemps qu'elle n'avait pas eu de relation amoureuse. Son travail était toute sa vie.

Elle se rendait parfaitement compte que c'était une façon de fuir tout engagement sentimental. Quand un homme l'attirait, elle faisait en sorte de ne plus le revoir. L'exemple de ses parents ne lui avait vraiment pas donné envie de bâtir un couple.

Gage Gaynor l'attirait. Beaucoup trop. C'était d'ailleurs sans doute la raison de son agressivité envers lui. Manifestement, il n'était pas rancunier. Mais elle lui devait au moins des excuses.

Des excuses, voilà ce qu'elle se cherchait, alors qu'elle avait juste envie de le voir.

Elle se sentait en sécurité avec lui. Elle aimait sa tranquille assurance. Et elle voulait savoir où le baiser échangé lors de leur dernière rencontre aurait pu les conduire.

Gage avait le temps de passer voir Dom Cross avant d'aller dîner avec Meredith. Le foyer pour jeunes en difficulté se trouvait dans un des quartiers les plus malfamés de La Nouvelle-Orléans. C'était là qu'aboutissaient les fugueurs de tous horizons.

Dom avait connu le même parcours que les jeunes dont il s'occupait. Adolescent, il avait été condamné pour vol de voiture et avait purgé une peine au pénitencier d'Angola. Au cours de ses années de détention, un prêtre l'avait pris sous son aile et l'avait recruté à sa sortie pour le seconder au foyer. Quand le père Murphy était mort, Dom l'avait remplacé.

Gage l'avait rencontré par l'intermédiaire de Clint. Alors qu'il cherchait quelqu'un pour aider son frère, plongé dans la drogue jusqu'au cou, on lui avait conseillé de s'adresser à Dom Cross. Mais il était trop tard. Dom avait bien essayé d'impliquer Clint dans les activités du foyer, mais les amis de Clint – et leurs drogues – étaient beaucoup plus tentants pour un jeune rebelle que tous ces « trucs de bonne sœur », comme Clint les qualifiait.

Mais quand Clint avait été arrêté, Dom lui avait rendu visite en prison, et un lien s'était finalement créé entre eux. Peut-être parce que Dom était lui-même passé par là.

Quand Gage arriva, Dom était en train de jouer au basket avec certains de ses gamins. Malgré ses cheveux grisonnants et un léger surpoids, il se déplaçait sur le terrain avec agilité.

Un grand sourire illumina son visage lorsqu'il aperçut Gage.

— Je suis content de te voir.

— Tu le seras peut-être moins dans une minute.

L'expression de Dom se fit aussitôt grave.

— On va dans mon bureau ?

Gage hocha la tête et suivit Dom dans le réduit qu'il appelait son bureau.

— Tu as l'air en forme, déclara Gage quand ils furent assis face à face.

— Ça va plutôt bien. Je viens de recevoir une nouvelle subvention. On va enfin pouvoir s'agrandir. Un de mes garçons a aussi proposé de nous offrir une nouvelle toiture.

« Un de mes garçons » désignait un homme d'affaires de La Nouvelle-Orléans qui était passé par le centre.

— Alors, qu'est-ce que je peux faire pour toi ? Ce n'est pas au sujet d'un de mes gosses, hein ?

— Non. Il s'agit de mon frère. Clint pense avoir une bonne chance d'obtenir une liberté conditionnelle, mais il a besoin d'un boulot.

— Voilà une bonne nouvelle. Je verrai ce que je peux faire. Où logera-t-il ?

— Chez moi, dans un premier temps.

— J'irai le voir.

— Il s'est lancé dans l'informatique.

— C'est une bonne branche. Ça devrait aider.

Il scruta le visage de Gage.
— Il y a autre chose ?
— Est-ce que tu sais quelque chose sur la famille Rawson ?
Dom ne bougea pas, mais un muscle tressaillit dans sa mâchoire.
— Je les connais de nom, bien sûr.
Son ton détaché contrastait avec la soudaine tension de son corps. Gage essaya de ne pas montrer sa surprise. Dom était l'homme le plus franc qu'il ait jamais connu. Pourtant, il était évident qu'il cachait quelque chose.
— La fille, Meredith Rawson, est en danger. On a essayé de la tuer, et sa maison a été cambriolée. Elle a aussi reçu des coups de fil anonymes.
Dom garda le silence.
— Le nom de son père est associé à une ancienne affaire, le meurtre d'un certain Prescott.
Dom poussa un lourd soupir.
— Sais-tu quelque chose ?
— Qu'est-ce qui te fait penser ça ?
— Ta réaction, il y a quelques secondes.
Dom s'adossa à sa chaise.
— C'est à cause de Prescott que je me suis retrouvé en prison. J'y étais encore quand il est mort.
— Je n'ai jamais su ce qui t'était arrivé exactement.
— Il m'avait prêté sa voiture. Il a ensuite déclaré que je l'avais volée.
— Et combien de temps as-tu passé en prison pour ça ?
Dom eut un sourire sans joie.
— Longtemps.
— Pourquoi Prescott a-t-il fait ça ?
Dom haussa les épaules.
— Un de ses amis voulait quelque chose que j'avais.
— Quoi ?
— Ça, mon pote, c'est entre Dieu et moi.
— Ça a peut-être un lien avec la mort de Prescott.

— Prescott n'était pas beaucoup aimé. C'était un menteur et un tricheur, déclara Dom d'une voix calme qui contredisait ses propos. Maintenant, parle-moi de Clint.

Il était clair qu'il n'en dirait pas plus.

Quand ils se quittèrent, un peu plus tard, Gage était préoccupé. Il allait devoir faire quelque chose qui ne lui plaisait pas : consulter le casier judiciaire de Dom.

13

La Nouvelle-Orléans

Meredith avait juste le temps de rentrer se changer avant de revenir au bureau.

Une fois chez elle, elle composa, pour la dixième fois au moins, le numéro de Lulu Starnes.

Enfin, une femme répondit.

— Madame Starnes ?

— Oui.

— Je suis Meredith Rawson. Ma mère est Marguerite Thibadeau.

— Maggie ?

C'était la première fois que Meredith entendait quelqu'un appeler sa mère Maggie.

— Oui.

— Comment va-t-elle ?

— Elle est très malade.

— Je suis bien triste de l'apprendre.

— Elle m'a demandé de faire quelque chose pour elle. J'ai besoin d'aide. Serait-il possible de vous voir ?

— Pour Maggie, tout est possible. Je ne l'ai pas vue depuis des années, mais je lui dois beaucoup.

— Est-ce indiscret de vous demander pourquoi ?

— Elle ne vous l'a pas dit ?

— Elle est dans le coma. J'ai eu votre nom par une de vos anciennes camarades de lycée.

— Oh, je suis tellement désolée ! Je n'ai pas vu Maggie depuis plus de trente ans, mais c'était mon amie, autrefois. Sans doute la seule que j'aie eue au cours de mes études.

Meredith laissa le silence poser les questions à sa place.

— J'étais boursière, poursuivit Lulu. Mais Maggie ne tenait pas compte des différences de classe sociale. Elle m'a accueillie, m'a invitée aux fêtes de ses amis, m'a intégrée dans son groupe. Et puis, elle a arrêté ses études, et je ne l'ai plus revue. Mais je ne l'oublierai jamais.

— Pourrions-nous nous rencontrer demain ?

— Il n'y a aucun problème. Je vis seule avec Nicky, mon chien. Mais je suis enseignante, et je ne serai libre qu'à partir de 18 heures. Ça vous va ?

— Parfait.

Une fois leur conversation terminée, Meredith se changea, puis repartit au bureau. Lulu Starnes venait de lui donner une image complètement nouvelle de sa mère, celle de Maggie, une jeune fille qui prenait une marginale sous son aile et la protégeait.

Où Maggie était-elle passée ? Quand Marguerite l'avait-elle remplacée ?

Elle regarda sa montre en arrivant au bureau. 18 h 50. Sarah et Becky étaient sans doute déjà rentrées chez elles. Le bâtiment presque vide avait cette atmosphère un peu étrange qu'ont souvent les immeubles de bureaux une fois leurs occupants partis. Le monde de Meredith avait changé. Quelques jours plus tôt, s'engager dans un couloir désert ne lui aurait fait ni chaud ni froid. Mais cette fois, un frisson d'appréhension la parcourut.

« Tu ne dois pas vivre dans la peur », se rappela-t-elle en saluant le gardien et en se dirigeant vers l'ascenseur. Parvenue à son étage, elle passa d'abord aux toilettes. Quand elle en sortit, Gaynor venait à sa rencontre.

— Bonsoir.

Il était superbe, avec sa veste et sa chemise bleu clair au col déboutonné. Ses cheveux aux reflets dorés étaient soigneusement coiffés, et son regard brillait comme sous l'effet d'un sourire intérieur.

— Bonsoir. Vous êtes en avance.

Elle avait voulu dire cela d'un ton badin, mais sa phrase sonna comme une accusation.

— Désolé.

— Il n'y a pas de quoi. J'étais...

Elle allait dire « inquiète », mais se ravisa à temps.

— ... en train de me mettre du rouge à lèvres.

Il sourit, à la fois séducteur et taquin.

— Vous n'écoutez jamais ce qu'on vous dit, n'est-ce pas ?

Elle le regarda avec perplexité.

— Vous êtes seule ici, expliqua-t-il.

— Juste pour quelques instants. Et puis, je suis armée, maintenant.

— Bon. Prête ?

Elle hocha la tête.

— Votre voiture est ici ? demanda-t-il.

— Oui.

— Alors, nous dînerons dans le coin. Je vous ramènerai ici et je vous suivrai avec ma voiture jusque chez vous.

— Ce n'est pas nécessaire, protesta-t-elle.

— Si, ça l'est.

Il plaça une main au creux de ses reins pour l'inviter à entrer dans l'ascenseur. Ce simple geste de courtoisie lui fit un effet démesuré.

— Avez-vous un restaurant préféré ? demanda-t-il quand ils furent enfin sortis de l'espace clos – et bien trop étroit – de l'ascenseur.

La question la prit de court.

— Choisissez, dit-elle.

— Vous aimez la cuisine cajun ou américaine ?

— Les deux.

Il se tourna vers elle et lui adressa un regard narquois.

— Voilà que nous faisons assaut de politesses. Qui l'eût cru ?

Cette évidence la fit sourire. Ils se comportaient comme deux personnes à un premier rendez-vous, alors que c'était un simple dîner de travail. N'avait-elle pas passé les dernières heures à s'en convaincre ?

— On pourrait aller chez *Deanie*, suggéra-t-elle.

Ce petit restaurant de quartier était réputé pour ses fruits de mer. En outre, il était lumineux, aéré et pas particulièrement romantique.

— Parfait, approuva-t-il.

Dans la voiture, elle se colla quasiment contre la portière. Pour mieux l'observer, se dit-elle. Mais en réalité, c'était de la lâcheté. Elle était vraiment trop sensible à sa présence.

La nuit était en train de tomber, et la circulation était fluide. Elle jeta un coup d'œil derrière eux.

— Personne ne nous suit, lui dit aussitôt Gage.

— Je me demande si j'arrêterai jamais de regarder derrière moi, maintenant.

— Quand on aura attrapé votre agresseur, vous arrêterez.

— Vous êtes confiant à ce point ?

— Je ne suis pas chargé de l'affaire, mais oui, je suis confiant. Votre cambrioleur voulait quelque chose. Quand nous aurons compris ce qu'il cherchait, nous le coincerons.

— Vous ne pensez pas qu'il a simplement agi sous le coup de la colère ?

— Plus je repense à l'état dans lequel était votre maison, moins je crois à cette hypothèse.

— Pourquoi ?

— La destruction a été systématique, méthodique et sans passion. Il n'y avait pas d'inscriptions sur les murs ou les miroirs. Les lacérations étaient nettes, pas désordonnées comme c'est le cas dans un geste de rage. Tout cela avait un but précis.

Elle réprima un frisson.

— Et les appels anonymes ?

Il haussa les épaules.

— Quelqu'un essaie peut-être de vous faire lâcher un dossier. Traitez-vous des affaires qui soient susceptibles d'irriter quelqu'un, en ce moment ?

— Tout litige juridique irrite quelqu'un, observa-t-elle.

Il sourit.

— Question stupide, admit-il. Avez-vous une affaire plus irritante que la moyenne, alors ?

— C'est difficile à juger. Je m'occupe beaucoup de violence domestique. Je suis aussi bénévole dans un foyer pour femmes et je les informe de leurs droits. Je crois que vous savez à quel point leurs maris ou petits amis peuvent se déchaîner.

— Vous faites du bénévolat ? demanda-t-il.

Il semblait si surpris qu'elle se sentit insultée.

— Vous n'auriez pas cru ça de moi, n'est-ce pas ?

— Non. Euh... je sais que votre mère en faisait. Mais vous avez votre cabinet et... Je crois que je m'enfonce, non ?

— À peu près jusqu'en Chine, inspecteur.

— Je devrais peut-être me taire.

— Ou me dire quelque chose sur vous.

— Quoi ? demanda-t-il, soupçonneux.

— Où vivez-vous ?

— J'ai un dos de chameau dans le Garden District.

Dos de chameau. Elle sourit en l'entendant utiliser ce terme, qui désignait des habitations spécifiques à La Nouvelle-Orléans. Intriquées dans le quartier huppé du Garden District se trouvaient de plus modestes rues avec des maisonnettes surnommées « dos de chameau ». Le dos de chameau disposait d'un étage, mais seulement à l'arrière de la maison, une conception architecturale qui, à une époque, permettait aux résidents de bénéficier d'une réduction d'impôts par rapport aux propriétaires d'habitations dotées d'un étage complet.

Gage avait dû acquérir sa maison au début des années 1990, période d'effondrement du marché immobilier. Les dos de chameau étaient hors de prix, maintenant. Tout l'était dans le Garden District.

— Une famille ? demanda-t-elle.

Il ne portait pas d'alliance, mais…

Il la regarda brièvement, avant de reporter son attention sur la route.

— Je n'ai plus qu'un frère. Je suppose que vous le savez.

— Oui. Est-il toujours…

— …en prison ? Oui. Il devrait sortir en liberté conditionnelle dans quelques semaines.

Elle avait la réponse à sa question : il était célibataire. Elle ignorait juste si le fait qu'il n'ait ni femme ni enfant devait la rassurer ou non.

— Je suppose que c'est difficile pour vous.

— Surtout pour lui, répondit-il d'un ton sec, ce qui stoppa net la conversation.

Meredith ne parla plus jusqu'à leur arrivée au restaurant. Il était bondé, mais on s'empressa de leur trouver une table. Meredith était une habituée.

— C'est agréable d'être accompagné d'une personnalité influente, remarqua Gage.

— Je viens souvent.

Ils commandèrent tous les deux des gambas grillées au barbecue.

— Dites-moi ce qui s'est passé avec Rick Fuller, demanda-t-il quand on leur eut servi un verre de vin.

Elle lui raconta plus en détail ce que lui avait dit Nan.

— Je peux de nouveau mettre Fuller en garde, mais ça ne va pas lui plaire. Je crains d'aller trop loin et que ça ne se retourne contre Nan et les enfants.

Meredith avait la même peur. D'une certaine façon, elle avait espéré que Gage aurait une recette miracle pour résoudre le problème. Mais qu'il admette son impuissance était plutôt bon signe. Cela signifiait qu'il se préoccupait vraiment du sort de Nan.

— Peut-être vaut-il mieux ne rien faire pour le moment, dit-elle. Nous sommes en train de demander au tribunal de limiter le droit de visite de Fuller. Je parlerai à son avocat.

Il hocha la tête.

— Passez par lui. Ne vous adressez pas directement à Fuller.

— Pourquoi ? Vous pensez qu'il pourrait…

— Il a beaucoup de rage en lui. On ne peut pas savoir quand elle se déclenchera.

— Devrait-il continuer à travailler dans la police dans ces conditions ?

— Non.

— Alors, pourquoi y reste-il ?

— Il y a quelques années, j'avais un coéquipier chez qui j'allais souvent. J'aimais beaucoup sa femme. Je n'ai jamais vu les signes, jusqu'au jour où je lui ai rendu visite à l'hôpital parce que son mari l'avait gravement battue. J'ai mis mon supérieur au courant et j'ai conseillé à sa femme de porter plainte. Il a été suspendu. Le jour suivant, il la tuait.

Quand son regard croisa le sien, elle y vit une poignante tristesse. C'était donc pour cela qu'il était venu à l'audience.

— Vous êtes inquiet pour Nan ?

— Oui.

Elle but une gorgée de vin.

— Il doit tout de même y avoir un moyen…

— Je surveillerai Fuller. On peut peut-être le coincer sur autre chose.

Manifestement, c'était tout ce qu'il pouvait faire. Elle préféra changer de sujet. Elle le devait, avant de se perdre dans ce regard vert qui n'avait plus rien d'impénétrable ni de glacial, mais vibrait d'une intense émotion.

— Comment le dossier Prescott avance-t-il ? Avez-vous vu mon père ?

Elle comprit aussitôt ce que cette question impliquait. Elle venait d'admettre que son père et elle vivaient comme deux étrangers l'un pour l'autre.

Gage sembla ne rien remarquer.

— On m'a retiré le dossier. Je suis aux homicides, maintenant.

— Pouvez-vous me dire pourquoi ?

— Non, parce que je ne le sais pas. On m'a juste dit qu'on avait besoin de moi ailleurs.

— Pourquoi ne s'en sont-ils pas rendu compte plus tôt ?

— Excellente question, maître.

Au début, elle s'était presque sentie offusquée qu'il l'appelle ainsi. À présent, elle y voyait plutôt une marque de respect.

— Je ne comprends pas.

— Le dossier Prescott m'a été confié par un supérieur et retiré par un autre. En même temps, on m'a déplacé des affaires non élucidées aux homicides. Ce n'est pas seulement inhabituel, c'est carrément du jamais-vu. Mon passage aux affaires non élucidées doit être la plus courte mission de l'histoire du département.

— Quelqu'un vous a écarté, conclut-elle.

— On dirait.

— Qui ?

Il scruta son regard.

— Non, dit-elle. Mon père n'aurait pas fait ça.

Mais le doute dans sa propre voix n'était que trop perceptible.

— Il n'a jamais été mis en cause dans cette affaire, insista-t-elle.

— Il est la dernière personne à avoir vu Prescott. Le dossier a été classé trop rapidement. Et maintenant, on me l'enlève. Votre père pourrait-il avoir fait pression pour qu'on m'empêche de le rouvrir ?

Elle secoua la tête.

— Mon père ne couvrirait jamais un meurtre. Je vous suggère de changer de piste.

Il prit un petit pain dans la corbeille qu'on venait de poser sur leur table.

— De toute façon, je suis hors circuit. Passons à autre chose. J'aimerais en savoir plus sur Meredith Rawson.

— Il n'y a pas grand-chose à dire.

— Qu'aimez-vous faire de votre temps libre ?

— Quel temps libre ?

Un petit sourire se dessina sur les lèvres de Gage.

— Vous êtes une droguée du boulot ?

— Mon métier l'exige.

— Bon, et les rares fois où vous avez du temps ?

— Je vais au concert ou au théâtre. J'aime aussi beaucoup lire.

— Pas de partenaire ?

— C'est une question personnelle.

— J'ai peut-être un intérêt personnel.

L'atmosphère se fit pesante. Elle dut se répéter qu'il venait quasiment d'accuser son père de complot. Il voulait obtenir quelque chose d'elle, exactement comme son père avait toujours voulu obtenir quelque chose d'elle.

— Non, dit-elle enfin. Je n'ai personne.

— C'est difficile à croire. Vous êtes une femme très séduisante.

L'arrivée du serveur, qui leur apportait leurs gambas, lui évita de répondre. Ce mets exquis typique de la Louisiane exigeait une manipulation peu élégante. Les gambas étaient disposées sur une sauce au beurre. Plusieurs pochettes de serviettes rince-doigts accompagnaient les plats.

Meredith prit une gamba et commença à la savourer consciencieusement. Puis elle commit l'erreur de lever les yeux. Gage l'observait avec une expression amusée. Dans son regard brillait quelque chose qui ressemblait fort à du désir.

— Gage, dit-elle, utilisant son prénom pour la première fois et prenant malgré elle plaisir à le prononcer. D'où vient ce prénom ? Je ne le connaissais pas.

— Ma mère était cinéphile. Elle m'a dit qu'il venait d'un film, mais je n'ai jamais trouvé lequel.

— Et votre frère ?

— Il s'appelle Clint, comme la star de cinéma.

Un ange passa, puis Meredith se concentra de nouveau sur ses gambas.

— Comment va votre mère ? demanda-t-il.

— Son état est stationnaire. Je passerai la voir plus tard.

— Je vous suivrai, dit-il de sa voix grave et chaude.

Il n'y avait manifestement aucune discussion possible. Elle ne pourrait pas plus l'empêcher de la suivre aujourd'hui qu'elle ne l'avait pu lors de leur dernière rencontre.

Elle n'avait plus faim, tout à coup. Elle le regarda prendre une gamba entre ses doigts et commencer à la déguster avec une expression de plaisir qui fit battre son cœur un peu plus vite.

Elle but une gorgée de vin et prit machinalement une gamba, avant de relever les yeux vers Gage. Il souriait. Une fossette qu'elle n'avait pas encore remarquée se creusait joliment au coin de sa bouche. Meredith s'arracha à grand-peine à son charme.

Tant bien que mal, elle termina ses gambas. Aucun d'eux ne désirant de dessert, ils demandèrent l'addition, qu'il paya malgré ses protestations. Il l'apaisa d'un regard, puis tira sa chaise avec une courtoisie à laquelle elle ne s'était pas attendue. Il posa une main sur son épaule, et ils se dirigèrent vers la sortie.

Une fois dehors, il lui prit la main, et Meredith eut l'impression qu'il n'y avait jamais rien eu de plus naturel que ce geste. Ses longs doigts se lovaient parfaitement dans la grande main de Gage, et elle se surprit à se rapprocher de lui.

Ils atteignirent la voiture, mais au lieu de lui ouvrir, il l'enlaça et la pressa contre la portière. Il se pencha vers elle, et ses lèvres vinrent lentement à la rencontre des siennes. Elle accueillit sa bouche avec impatience, prise d'une avidité impossible à contrôler. Son cerveau lui lançait des avertissements, mais son corps ne voulait rien entendre.

Un éclat de rire les interrompit, telle une douche d'eau glacée. Manifestement à regret, il s'écarta légèrement et la regarda.

— Je crains que nous ne nous donnions en spectacle.

Meredith avait l'impression d'être une adolescente amoureuse pour la première fois. Elle se redressa et s'efforça de rassembler ses esprits.

— Nous ferions mieux de partir, dit-elle d'une voix rauque d'émotion.

Il effleura sa joue.

— Je pourrais...

Mais il s'interrompit et laissa retomber sa main. Quand il ouvrit la portière, elle remarqua que sa main tremblait légèrement.

— Un dernier verre chez moi ? proposa-t-il lorsque leurs regards se croisèrent à l'intérieur de la voiture.

L'invitation était trop tentante. Elle voulait en apprendre plus sur Gage Gaynor. Beaucoup plus.

— Oui, dit-elle simplement.

14

La Nouvelle-Orléans

Le trajet jusqu'à la maison de Gage ne fut pas long. Dans le jardin, à l'arrière de la maison, se trouvait un canoë, ainsi qu'un bosquet de roses qui embarrassait toujours Gage lorsqu'il recevait des amis. Gaynor et des roses... Il imaginait ce que ses visiteurs devaient en penser.

Comme Meredith sortait de la voiture, il vit son regard se poser sur les roses, puis sur le canoë.

— C'est pour ça que vous avez un porte-bagages sur le toit ?

— Oui.

Elle sourit.

— Je n'en ai jamais fait.

— J'aimerais bien vous emmener, un jour, déclara-t-il, se surprenant lui-même. D'habitude, je le range dans un endroit que je possède au bord de l'eau, mais il avait besoin d'une réparation.

— Où se trouve cet endroit ?

— Près d'un bayou, au sud d'ici. C'est très paisible.

— Et vous aimez la paix ? demanda-t-elle, incapable de cacher une pointe de surprise.

— Si vous aviez grandi là où j'ai grandi, vous l'aimeriez aussi.

Meredith ne répondit pas, et son silence sembla accentuer la différence qui les séparait. Elle avait grandi dans les quartiers huppés de La Nouvelle-Orléans, lui dans les bas-fonds. Elle avait fréquenté les meilleures écoles privées, lui les pires écoles publiques, avant d'obtenir, grâce au sport, une bourse d'études qui lui avait permis de s'en sortir.

Qu'il ait pu s'imaginer que cela le mettrait à égalité avec des gens comme Meredith Rawson n'était que pur fantasme. « Ne l'oublie surtout pas », s'ordonna-t-il.

Beast surgit soudain du fond du jardin en aboyant furieusement. Quand il vit Gage, il pila net, pencha la tête pour regarder la nouvelle venue et laissa pendre sa langue.

— Voici Beast, annonça Gage. Il ne vous fera aucun mal. En fait, il ne ferait pas de mal à une mouche, mais il terrorise tout le monde.

Meredith tendit la main. Beast la renifla, puis la lécha avec une avidité embarrassante.

— Salut, dit-elle à l'animal, en s'accroupissant devant lui.

Beast frétillait littéralement de joie.

— Je vais vous poursuivre pour détournement d'affection, dit Gage.

— Vous n'avez pas de témoin.

— Un seul regard sur Beast en train de vous baver dessus convaincrait n'importe quel jury.

Les lèvres de Meredith esquissèrent un sourire malicieux.

— Je l'aime bien. Il est charmant.

— C'est la première fois qu'on le décrit en ces termes, remarqua Gage avec amusement. Insinuez-vous qu'il est plus charmant que moi ?

Elle haussa les sourcils.

— Je ne parlerai qu'en présence de mon avocat.

Il prit une mine faussement affligée.

— C'est quand même un comble de se faire doubler par une créature pareille.

Il se tourna vers la porte, lui prenant la main dans le même mouvement. Elle ne résista pas, et ses doigts s'entrelacèrent aux siens.

Une fois à l'intérieur, il la conduisit dans le salon. C'était un espace typiquement masculin. Un grand canapé et deux confortables fauteuils en cuir étaient disposés devant une télé grand écran. Des étagères de livres encadraient une chaîne hi-fi.

— Que voulez-vous boire ? J'ai de la bière, du whisky et du vin.

— Une bière.

Il s'était attendu qu'elle choisisse le vin. Mais, comme d'habitude, elle le surprenait.

— Je vous apporte ça tout de suite.

Il se rendit dans sa cuisine, petite mais fonctionnelle. Elle le suivit. Beast lui emboîta aussitôt le pas, tel un amoureux transi. Ce fichu chien avait vraiment eu le coup de foudre.

Gage ouvrit le réfrigérateur et sortit une bouteille de bière.

— Un verre ?

— Non.

Il dut avoir l'air surpris, parce qu'elle rit et demanda :

— Vous ne pensiez pas que les avocates buvaient leur bière à la bouteille ? C'est plus frais comme ça.

— Je ne pensais pas que les filles des familles riches de La Nouvelle-Orléans buvaient leur bière à la bouteille, rectifia-t-il.

Elle grimaça.

— Ne me dites pas que vous êtes un snob inversé.

C'était probablement le cas. Mais il ne l'admettrait pas. Il prit une autre bière. En refermant le réfrigérateur, il recula.

Sur elle.

Il se retourna. Ce fut comme un coup de tonnerre dans un ciel serein. Un désir immense, d'une violence inconnue, monta en lui. Elle leva les yeux vers lui, et il se vit dans son regard, soudain plus fort, meilleur qu'il n'était. Il posa les bières de côté et tendit une main vers son visage. Elle avait la peau douce. Il fit descendre sa main dans le creux de son cou et sentit son pouls. Rapide, comme le sien.

Il pencha la tête pour s'emparer de ses lèvres. Elles l'attendaient, le désiraient autant qu'il les désirait. Leur baiser fut passionné, presque brutal. Il avait soif d'elle. Soif de ce qu'il voulait d'elle, de ce qu'il voulait lui donner.

Ses bras se refermèrent autour d'elle.

— Nous sommes comme la glace et le feu, dit-il.

Elle lui adressa un sourire en coin.

— Qui est quoi ?

Il ne répondit pas tout de suite, puis murmura comme pour lui-même :

— J'ai déjà connu ça.

— Et qu'est-il arrivé ?

— Rien de bon.

Elle ne le quittait pas des yeux.

— Moi, je n'ai jamais connu ça.

Il inspira profondément.

— La glace et le feu ?

— Pour moi, ça ressemble plus à l'impression qu'on doit avoir quand on tombe d'une falaise, répondit-elle d'une voix incertaine.

Il ne comprenait que trop bien son hésitation. Ils n'avaient rien en commun. Elle était avocate, il était flic. Chacun était un vrai poison pour l'autre. Pire que la glace et le feu.

Mais il se plongea dans l'océan de ses yeux bleus et s'y perdit. Au diable les différences… et les conséquences.

Il l'embrassa de nouveau, sentit son corps se presser contre le sien et répondit à son appel. Il enfouit ses mains dans ses cheveux courts au parfum de fleur. Ils s'enroulaient autour de ses doigts, aussi doux que de la soie.

Il la serra plus fort contre lui, tout en caressant son dos et sa nuque, puis il quitta ses lèvres pour embrasser son visage. Le désir bouillait en lui. Il s'écarta légèrement et défit les boutons de son chemisier, avant de baisser les bretelles de son soutien-gorge et de se pencher pour prendre entre ses lèvres, à travers l'étoffe, la pointe durcie d'un de ses seins.

Un petit cri lui échappa, et il sut qu'elle éprouvait le même désir impérieux que lui.

— Meredith ? souffla-t-il, cherchant son accord.

Elle hocha la tête. Il la prit par la main et la conduisit dans sa chambre.

Bien plus tard, côte à côte, haletants, alors que les vagues de plaisir quittaient peu à peu leur corps, il serra sa main dans la sienne.

Meredith avait littéralement l'impression de planer. Elle n'avait jamais compris en quoi l'amour physique pouvait être magique. Maintenant, elle savait.

Il lui caressa les cheveux, et elle se blottit contre lui sans rien dire. Elle n'éprouvait pas le besoin de parler. Elle se sentait bien dans ses bras, comme si elle y avait sa place depuis toujours.

Ce fut Beast qui interrompit ce moment de rêverie. Il vint poser sa grosse tête sur le genou de Meredith et commença à le lécher.

— Va-t'en, ordonna Gage avec un petit rire.

Beast parut blessé, mais il s'écarta docilement et s'assit, sans les quitter du regard.

— Je crois qu'il est jaloux, remarqua Gage.

Sa voix était encore chargée de sensualité. Meredith la sentit la traverser comme un courant brûlant.

À regret, elle regarda le réveil sur la table de nuit.

— Reste.

— Je ne peux pas. Je dois aller à l'hôpital et…

Et elle n'était pas prête à passer la nuit entière avec lui. Ce serait une sorte d'engagement. Elle devait d'abord réfléchir à ce qui venait de leur arriver.

Le regard de Gage sembla lui dire qu'il savait exactement ce qu'elle pensait.

— Très bien, dit-il. Tu veux que je te raccompagne à ta voiture ou tu préfères aller d'abord à l'hôpital ? Dans tous les cas, je ne te lâche pas jusqu'à ce que tu sois rentrée chez toi.

— Tu n'es pas obligé de...

— Si, Meredith. Et pas seulement à cause de ce soir.

Il hésita, puis ajouta :

— Tu ne me dois rien, et je ne te dois rien. Nous étions attirés l'un par l'autre et...

Sa phrase resta en suspens.

— ... et ?

— Tu as été soumise à beaucoup de stress.

— J'étais une cible facile, tu veux dire.

— Pas du tout.

Ils avaient succombé à une attirance physique, cela ne faisait aucun doute, songea Meredith. Mais il y avait plus que cela, et il le savait aussi bien qu'elle, même s'il refusait de l'admettre.

— Et toi ? demanda-t-elle quand il fut clair qu'il n'ajouterait rien. Quelle est ton excuse ? À quelle pression as-tu été soumis ?

Il s'assit, posa les pieds par terre et lui adressa ce sourire un peu de guingois qui lui plaisait tant.

— Cette soirée mise à part, ça n'a pas été la meilleure semaine de ma vie.

— Pourquoi ? s'enquit-elle, incapable de détacher son regard de son corps musclé qui brillait encore de sueur.

Il ne répondit pas. Mais, comme il l'avait dit, ils ne se devaient rien. C'était une aventure d'une nuit et cela le resterait, apparemment.

Avait-elle espéré autre chose ?

Elle le regarda enfiler son jean. Il était incroyablement sexy, torse nu et les cheveux emmêlés.

— Tu n'as jamais eu cette bière, remarqua-t-il.

— Non.

— Tu la veux maintenant ?

— Non.

Son sentiment de sécurité s'était envolé, noyé dans l'ostensible indifférence de Gage.

Il enfila un tee-shirt, puis rassembla ses vêtements et les lui tendit. Il était en train de la prendre au mot : elle avait dit qu'elle devait partir, et il se pliait à sa décision sans discuter.

Mais c'était ce qu'elle voulait, non ? Alors, pourquoi se sentait-elle trahie ? Elle détestait les gens qui jouaient la comédie, et voilà qu'elle était en colère parce qu'il ne le faisait pas. Non, elle n'était pas en colère. Elle était déçue. Affreusement déçue.

Bisbee

Ce jour-là, Holly parcourut la presse de La Nouvelle-Orléans sur Internet avec un intérêt particulier. C'était aujourd'hui que son mari avait prévu d'annoncer sa candidature à la Chambre des représentants des États-Unis.

Aucun journal n'en parlait. Était-ce parce que son fils et elle ne seraient pas à ses côtés ? Elle s'était toujours tenue près de lui dans les moments stratégiques. Présence silencieuse, ainsi qu'on l'exigeait d'elle. Elle était là comme un ornement vide de sens. Fille de l'un des plus puissants juges de Louisiane, elle était un atout indéniable, de même que son fils précoce et photogénique.

Randolph avait-il reporté sa déclaration de candidature de peur qu'on ne lui pose des questions sur l'absence de son épouse ?

Une chose paraissait certaine : son existence représentait une menace pour lui, désormais. Elle savait qu'il s'était débarrassé d'un cadavre, et c'était très mauvais pour sa réputation – probablement aussi pour sa liberté.

Il ne voudrait pas la voir réapparaître. Il préférerait de loin qu'elle meure dans des circonstances dramatiques. Un kidnapping qui tournerait mal, par exemple. Mais Harry ? Leur fils savait très bien qu'ils n'avaient pas été kidnappés, et il risquerait de contredire son père. Il représenterait un danger pour Randolph. Cela le condamnerait-il lui aussi ?

Randolph était-il monstrueux à ce point ?

Elle prit la décision d'écrire aux personnes en qui elle pouvait avoir confiance. Il y en avait peu, terriblement peu. Une fois qu'elle leur aurait écrit, elle s'arrangerait pour contacter Randolph et lui dire que d'autres savaient qu'elle était saine et sauve. S'il la laissait disparaître en toute tranquillité, il pourrait alors continuer sa vie, peut-être même sa carrière politique. Une tragédie familiale pouvait être un atout. Les votes de sympathie ne manqueraient pas d'affluer.

Un peu plus rassurée au sujet de son avenir, elle quitta l'ordinateur et alla retrouver Harry, plongé dans un livre illustré.

Elle reprenait sa vie en main. Lentement, mais sûrement.

15

La Nouvelle-Orléans

À 18 heures précises, Meredith frappa à la porte de Mme Starnes. Celle-ci habitait un petit pavillon bien entretenu, à la façade agrémentée de fleurs. Un chien aboya avec excitation, mais personne ne vint lui ouvrir.

Elle frappa de nouveau, puis sonna. Toujours pas de réponse.

Elle était pourtant sûre de ne pas s'être trompée d'heure ni d'adresse.

Meredith attendit un moment, puis sonna encore. L'aboiement frénétique, presque paniqué, se fit de nouveau entendre. Elle contourna la maison. Il y avait un autre jardin à l'arrière, avec une terrasse. Des chaises longues à l'allure confortable entouraient une table au plateau de verre.

Elle frappa à la porte vitrée, puis jeta un coup d'œil à l'intérieur. C'était apparemment la cuisine. Elle apercevait un réfrigérateur dont la porte était couverte de photos, mais ne pouvait pas voir grand-chose de plus.

Elle se laissa tomber dans une des chaises longues, en se demandant si elle devait attendre ou non. C'est alors que son regard tomba sur le garage indépendant. La porte était fermée, mais une fenêtre la surmontait. Elle s'y rendit et se hissa sur la pointe des pieds pour voir l'intérieur. Il y avait une voiture.

Appartenait-elle à Mme Starnes ? Celle-ci était-elle chez une voisine ou avait-elle décidé, finalement, de ne pas recevoir Meredith ? Peut-être était-elle en train de la guetter, attendant qu'elle s'en aille.

Mais Meredith avait un mauvais pressentiment. Le chien n'arrêtait pas d'aboyer, comme s'il essayait de lui dire quelque chose.

Elle décida de patienter encore quelques minutes. Mme Starnes était peut-être simplement en retard.

Elle retourna s'asseoir sur la terrasse. Sans son inquiétude qui ne cessait de grandir, elle aurait apprécié ce moment de calme. Une abeille voletait de fleur en fleur, et un magnolia embaumait l'air. Tout était paisible, hormis les aboiements.

Meredith regarda sa montre. Il s'était déjà écoulé une demi-heure depuis son arrivée. Elle se leva, retourna à la porte de devant et abaissa la poignée. À sa grande surprise, c'était ouvert.

— Madame Starnes ? appela-t-elle.

Un petit chien noir et blanc accourut. Il se mit à bondir autour d'elle, comme pour réclamer son attention, puis fila en direction d'une autre pièce, avant de revenir aussitôt. Il semblait l'inviter à le suivre.

Une terrible appréhension envahit Meredith. Elle suivit l'animal dans le couloir. Lorsqu'elle s'arrêta, le chien aboya de nouveau, jusqu'à ce qu'elle se remette à marcher dans la direction indiquée.

Le couloir conduisait à la cuisine. Meredith s'immobilisa brusquement.

Une femme gisait par terre, les vêtements tachés de sang. Ses yeux étaient grands ouverts.

Avant même de se pencher sur elle et de chercher son pouls, Meredith comprit qu'elle était morte.

Gage consultait ses notes tandis que Wagner conduisait. Ils revenaient du lieu où un sans-abri avait été retrouvé poignardé quelques nuits auparavant. Il s'agissait d'un certain Henry, un homme d'une cinquantaine d'années. L'âge d'un vétéran du Vietnam. Avait-il été dans l'armée, et était-ce la cause de sa descente aux enfers ? Gage avait vu plus d'un cas de ce genre.

Ils se trouvaient à une dizaine de minutes du bureau lorsque son téléphone portable sonna.

— Bonjour, Gaynor. C'est Cliff Morris. Mlle Rawson vient de m'appeler. Elle avait rendez-vous avec une ancienne amie de sa mère. Quand elle est arrivée, la femme était morte. Elle a appelé le 911, puis moi. C'est en dehors de mon secteur, mais j'ai pensé que vous aimeriez être au courant.

— Quelle est l'adresse ?

Morris la lui donna.

— Mlle Rawson s'y trouve toujours ?

— Je crois.

— J'y vais tout de suite.

Gage raccrocha et appela aussitôt le bureau.

— Il y a eu un meurtre dans le Garden District. Je ne suis pas loin. Est-ce que j'y vais ?

Il y eut un silence à l'autre bout du fil, le temps que le sergent aille en référer au lieutenant.

— Le lieutenant a dit OK, répondit enfin le sergent.

Quand Gage eut raccroché, Wagner l'interrogea du regard.

— On a l'accord du lieutenant.

Il donna l'adresse à son coéquipier, mais ne lui en dit pas plus. Pourquoi Meredith ne l'avait-elle pas appelé, lui, au lieu de Morris ? Et pourquoi se baladait-elle sans protection ? Que se serait-il passé si elle était arrivée plus tôt et était tombée sur l'assassin ?

Ce meurtre ne pouvait pas être une coïncidence. D'abord l'agression, puis le cambriolage, et maintenant cet assassinat... Meredith était décidément au centre d'une sale affaire.

Gage mit le gyrophare sur le toit de leur véhicule banalisé. En quelques minutes, ils parvinrent à l'adresse indiquée. Deux voitures de police les avaient devancés. Une ambulance était garée dans la rue.

Gage attendit à peine que la voiture soit à l'arrêt pour en sortir, son insigne à la main. Il passa devant deux officiers, qui l'autorisèrent à entrer d'un signe de tête. Des voix le guidèrent jusqu'à la cuisine.

Meredith était assise sur une chaise près de la table. Son visage à l'expression grave était pâle et crispé. Elle tenait dans ses bras un chien au poil touffu qui ressemblait à une miniature de colley.

Une femme gisait sur le carrelage à quelques pas de là. Deux auxiliaires médicaux discutaient avec un officier de police.

Gage leur montra son insigne.

— À quand remonte la mort ?

— Difficile à dire pour l'instant. Plus d'une heure, en tout cas.

Gage se tourna vers Meredith.

— Que s'est-il passé, Meredith ?

— Vous vous connaissez ? s'étonna l'officier.

— Mlle Rawson est une ancienne assistante du district attorney.

L'officier la regarda.

— Vous ne me l'aviez pas dit.

— Je ne...

— Quelqu'un peut-il me dire ce qui s'est passé ? fit Gage avec impatience.

L'officier haussa les épaules.

— On n'en sait pas plus que ce que vous voyez. Ça a l'air d'être une blessure par balle.

— Appelez le labo. Installez un périmètre de sécurité autour de la maison et que personne d'autre n'y entre.

Les auxiliaires médicaux s'en allèrent. Le corps ne pourrait pas être transporté tant que les techniciens de la police scientifique n'auraient pas fait leur boulot.

— Nous devrions aller dans le salon, dit Gage à Meredith.

Une fois qu'ils furent sortis de la cuisine, il lui demanda avec prévenance :

— Qui est cette femme ?

— Tu es chargé de l'enquête ?

— Je n'en suis pas encore sûr. Probablement.

— Je ne pensais pas que…

Elle était en état de choc – ce qui était compréhensible, vu les tragédies qui se succédaient dans sa vie ces derniers temps.

— Ça n'a sans doute rien à voir avec toi.

— Tu crois ? dit-elle dans une sorte d'appel à l'aide.

— Comment s'appelle-t-elle ?

— Mme Starnes. Lulu Starnes. Elle était veuve.

Des larmes brillaient dans ses yeux.

— Quelqu'un savait-il que tu devais venir ici ?

— Non, je ne crois pas. Je ne vois pas comment…

Elle s'interrompit brusquement.

— Je l'ai appelée de chez moi et de mon bureau.

— On va vérifier que tu n'es pas sur écoute. La connaissais-tu ?

— Non, murmura-t-elle.

Elle s'assit sur le bord du canapé. Le chien essaya de s'échapper de ses bras, mais elle le tint plus étroitement contre elle.

— Pourquoi lui rendais-tu visite ?

— C'était une ancienne amie de ma mère. Je voulais qu'elle sache…

Elle laissa sa phrase en suspens.

— Gage ?

Il se tourna vers Wagner, dont il avait presque oublié la présence.

— Glenn, je te présente Meredith Rawson. Meredith, voici mon nouveau coéquipier, Glenn Wagner.

Ils se saluèrent.

— Que s'est-il passé ? lui demanda Wagner d'une voix douce.

Elle lui raconta les circonstances qui l'avaient conduite à découvrir le corps.

— Vous n'avez vu personne aux alentours de la maison ?

Pendant que Wagner posait les questions de routine, Gage observa attentivement le visage de Meredith. Il avait le sentiment qu'elle lui cachait quelque chose d'important. La veille, elle avait prétendu être très occupée, entre son travail et les visites à sa mère. Pourquoi, dans ce cas, prendre le temps de venir voir une ancienne amie de sa mère ? Pourquoi ne pas se contenter de lui téléphoner ? Et pourquoi avait-on pris pour cible une femme que Marguerite Rawson avait connue autrefois ?

— Meredith, intervint-il.

Elle le regarda.

— Il nous faut plus de détails.

— J'ai dit tout ce que je savais.

— Peut-être as-tu remarqué quelque chose sans te douter que c'était important.

Elle hocha la tête. Elle connaissait le procédé.

— Tu es sûre de n'avoir vu personne près de la maison ?

— Oui.

— À quelle heure es-tu arrivée ?

— À 18 heures précises. Puis j'ai attendu... Peut-être que si j'avais ouvert tout de suite...

— D'après les auxiliaires médicaux, la mort remonte à plus d'une heure. Ça n'aurait rien changé.

Cela n'eut pas l'air de la soulager.

— Ta mère la connaissait depuis longtemps ?

— Elles étaient au lycée ensemble.

— Lequel ?

Elle cita l'école privée la plus élitiste de La Nouvelle-Orléans. Gage examina le modeste intérieur, tout en se remémorant l'apparence de la femme qui gisait dans la cuisine. Un visage ridé. Une coupe de cheveux simple et pratique. Des cheveux grisonnants qui n'avaient probablement jamais été teints. Voilà qui ne cadrait pas avec l'idée qu'il se faisait d'une femme de la bonne société.

— Et tu ne l'avais jamais rencontrée auparavant ?

— Non. Ma mère et elle ne s'étaient pas vues depuis…

— … depuis quand ?

— L'obtention de leur diplôme.

Sa façon de choisir soigneusement ses mots le conforta dans ses soupçons. Elle ne disait pas tout ce qu'elle savait.

— Quand as-tu pris rendez-vous avec elle ?

— Hier. Elle m'a dit qu'elle était enseignante et qu'elle vivait seule avec son chien.

— Avait-elle l'air inquiète ou nerveuse ?

— Non. Elle m'a paru sincèrement attristée quand je lui ai appris la maladie de ma mère. Mais c'est tout.

— Pourquoi voulais-tu la voir ?

— Je te l'ai dit…

— Non, tu ne me l'as pas dit. La plupart des gens ne se donnent pas autant de mal pour retrouver les vieux amis de leurs parents.

— Ma mère est mourante. Je voulais que ses amies soient au courant.

Il y avait plus que cela, Gage en était convaincu. Et il était tout aussi convaincu que ce que Meredith lui cachait était en rapport avec ce qui lui était arrivé ces derniers jours.

La porte s'ouvrit, et un homme et une femme de l'unité scientifique entrèrent. Wagner se leva pour les conduire sur la scène du crime, laissant Gage poursuivre son interrogatoire.

— Maintenant, dis-moi la vraie raison de ta présence ici, reprit Gage.

Meredith lui adressa un regard hostile qui se dissipa lentement, remplacé par une expression désemparée.

— Il y a beaucoup trop d'événements violents autour de toi en ce moment pour qu'il s'agisse de simples coïncidences, insista-t-il. Et maintenant, quelqu'un est mort, ajouta-t-il sans ménagement. Pourquoi tenais-tu à voir Mme Starnes ?

Meredith lui répondit enfin, d'une voix si basse qu'il dut se pencher vers elle pour l'entendre.

— Ma mère m'a appris il y a quelques jours que j'avais une demi-sœur. Une fille dont elle a été séparée. Elle m'a demandé de la retrouver. Je n'avais aucune piste. J'ai décidé de commencer par ses anciennes amies.

Ses traits étaient tirés, son regard implorant.

— C'était trop personnel pour que j'en parle à la police.

— L'agression a eu lieu après la révélation de ta mère ?

— Oui.

Gage se leva et essaya de mettre de l'ordre dans ses pensées. Malgré lui, il se sentait blessé que Meredith ne lui en eût pas parlé la nuit précédente. Mais il était vrai que le moment ne s'y prêtait pas. Et qu'ils ne se devaient rien, comme il l'avait si bien stipulé lui-même.

— As-tu parlé à d'autres des anciennes camarades de ta mère ?

— À Mme Robert Laxton. C'est elle qui m'a guidée vers Mme Starnes. J'aimerais tellement qu'elle ne l'ait pas fait !

— Nous enverrons un inspecteur l'interroger.

— Elle ne sait pas grand-chose, à part les noms de certaines amies de ma mère. Elle m'a dit que Mme Starnes était proche de ma mère à l'époque du lycée, mais je n'avais jamais entendu parler d'elle.

Le chien gémit, et elle tendit la main pour le caresser tendrement.

— J'aimerais le garder si personne ne le réclame, dit-elle.

— Rien ne t'en empêche, déclara-t-il, avant de revenir à ses questions. Qui d'autre est au courant, pour ta demi-sœur ?

— Mon père et mes assistantes.

— Que sais-tu d'elle ?

— Juste qu'elle est née à Memphis et qu'elle a été séparée de ma mère. Je ne sais ni comment, ni pourquoi, ni par qui. Je connais la date approximative de sa naissance, rien de plus.

— Il s'agirait d'une adoption informelle, alors ?

— Peut-être. Je ne sais pas. J'ai demandé à l'une de mes assistantes de chercher un acte de naissance, mais elle n'a rien trouvé.

— Lors du cambriolage, t'a-t-on volé quelque chose concernant les recherches sur ta sœur ?

— Non. Je n'avais pas encore eu le temps d'y travailler.

— C'était peut-être une façon de détourner ton attention de cette affaire.

— Mais pourquoi ? Qui se soucierait d'une adoption vieille de plus de trente ans ?

C'était la question qui venait immédiatement à l'esprit. Mais Gage savait d'expérience que les questions évidentes étaient rarement les bonnes.

— Tu vois autre chose ? demanda-t-il. Quelque chose qui aurait un rapport, même infime, avec les événements des derniers jours ?

Elle secoua la tête.

— Quelle a été la réaction de ton père quand tu lui as parlé de ta demi-sœur ?

— Il ne veut pas que cette histoire vienne au grand jour. Il serait mortifié si la réputation de ma mère en souffrait.

— Il s'inquiète plus pour ça que pour la sécurité de sa fille ?

Le visage de Meredith s'empourpra, et elle le fusilla du regard.

Il venait de toucher un point sensible.

— Est-ce que je peux rentrer ? demanda-t-elle.

— Je vais en parler à Wagner.

Il avait envie de la prendre dans ses bras, de lui dire qu'il l'aiderait, et il lui fallut toute la force de sa volonté pour rester distant et professionnel. Mais c'était ce dont elle avait besoin pour l'instant.

La personne qui avait tué Mme Starnes était prête à tout. Était-il possible que Meredith soit sa prochaine cible ?

16

La Nouvelle-Orléans

Gage suivit Meredith en voiture jusque chez elle. Elle conduisit lentement, en parlant au chien et en le touchant de temps en temps pour le rassurer. Il était assis droit comme un I sur le siège passager, les yeux rivés sur elle, comme si elle allait l'aider à comprendre ce qui lui était arrivé.

Un quart d'heure plus tard, elle se garait dans son allée. Gage descendit de voiture, laissant son coéquipier à l'intérieur. Il la rejoignit à sa porte et lui fit signe de désactiver le système d'alarme, puis il sortit son revolver. De sa main libre, il lui prit sa clé et ouvrit.

Elle le suivit, mais il lui demanda d'attendre, le temps qu'il inspecte la maison. Quelques minutes plus tard, il était de retour.

— Tout a l'air normal. Mais je préfère que tu vérifies avant que je parte.

Elle n'avait plus la force d'argumenter. Elle défit la laisse de Nicky et gagna son bureau, le chien sur ses talons. Elle alluma son ordinateur. Personne ne l'avait utilisé depuis sa dernière recherche sur Internet. Son bureau semblait intact. Elle retourna au salon, où Gage était en train d'examiner le téléphone.

— Il y a quelque chose ? demanda-t-elle.

Concentré sur sa tâche, il ne répondit pas. Il extirpa une minuscule pièce de métal de l'un des éléments du récepteur.

— C'est un micro, expliqua-t-il. Je vais vérifier les téléphones de la cuisine et de l'étage. Le cambriolage n'était peut-être qu'une couverture pour ça.

Meredith essaya de maîtriser la colère qui grandissait en elle. L'idée qu'on ait pu écouter toutes ses conversations privées la révulsait.

— Que fait-on ? demanda-t-il. Il vaut peut-être mieux qu'ils croient que tu ne t'es rendu compte de rien.

— D'accord. Remets-le en place.

— À partir de maintenant, fais très attention à ce que tu dis au téléphone.

Il tendit la main et lui caressa la joue.

— Promis ? Ça pourrait être dangereux.

— Tu crois que Mme Starnes est morte parce que j'ai voulu lui parler ?

Il haussa les épaules.

— C'est une possibilité.

Le regard de Meredith croisa le sien.

— J'ai prévu d'aller à Memphis cette semaine pour essayer d'en savoir plus, annonça-t-elle.

— Seule ?

— Oui.

— J'ai des vacances à prendre. Je t'accompagne.

Il fallait qu'elle refuse. Sa présence la troublait trop.

— Je pars jeudi. Je veux retrouver les obstétriciens qui travaillaient là-bas à l'époque de la naissance de ma sœur. Les avocats aussi. Je doute qu'ils pratiquent encore, mais…

— Le programme me convient.

— Je ne crois pas que ce soit une bonne idée que tu viennes.

— Il est hors de question que tu y ailles seule.

— Peut-être que Sarah…

Mais elle savait que ni Becky ni Sarah ne pourraient l'accompagner. Elles avaient leur famille. Et Gage avait raison. La situation était dangereuse. Mortellement dangereuse.

— Très bien, dit-elle.

— Un peu plus d'enthousiasme, s'il te plaît, fit-il d'un ton faussement léger.

— J'ai du mal à être enthousiaste. Toi et moi, c'est un cocktail plutôt explosif.

— Et tu as quelque chose contre les feux d'artifice ?

— Oui, quand ils sont incontrôlés. Pas toi ?

Il la dévisagea un moment, puis haussa les épaules.

— Je ne sais pas vraiment, admit-il.

Comme elle ne disait rien, il ajouta :

— Je n'aime pas l'idée de te laisser seule ici.

— Je ne suis pas seule. J'ai Nicky.

— Je ne suis pas sûr que Nicky soit un très bon chien de garde. Rappelle-toi Mme Starnes…

Comment aurait-elle pu l'oublier ? Chaque seconde de ces dernières heures était gravée dans sa mémoire, sans doute à tout jamais.

— Je garde mon portable et mon revolver sur moi, promit-elle. Il faut que tu retournes à ton travail.

Il se pencha vers elle, et ses lèvres se posèrent sur les siennes avec une douceur qui ne parvint néanmoins pas à masquer le désir qu'il avait d'elle. Il s'écarta à contrecœur.

— Nous allons probablement travailler toute la nuit. J'enverrai quelqu'un vérifier s'il y a d'autres micros. Il s'appelle Daniel et te montrera son insigne de l'extérieur. Ne laisse personne entrer sans…

— Je serai prudente, coupa-t-elle.

Il lui prit la main et la tint un instant, son pouce y imprimant une caresse sensuelle.

— Je t'appelle plus tard.

Elle aimait cette idée. Beaucoup plus qu'elle n'aurait dû.

Bisbee

L'acte de naissance arriva au courrier.

Holly regarda longtemps le document. C'était l'une des étapes nécessaires vers la liberté. Vers un numéro de sécurité sociale. Un permis de conduire. Et la sécurité.

Jusqu'à cet instant, elle avait vécu dans la crainte que quelqu'un ne s'aperçût qu'Elizabeth Baker était morte depuis plusieurs années.

Lors de ses visites à la bibliothèque, elle avait trouvé un livre qui expliquait la marche à suivre lorsqu'on voulait disparaître. Elle s'était rendu compte qu'elle avait fait exactement l'inverse de ce qu'il aurait fallu faire. La pire erreur, disait le livre, était de s'installer dans une petite ville. Il était beaucoup plus difficile de se cacher dans une petite agglomération où tout le monde se connaissait et nourrissait une curiosité particulière vis-à-vis des nouveaux venus.

Cela semblait logique.

Devait-elle s'enfuir de nouveau ? Cette seule idée lui donnait des frissons d'angoisse. Elle ne pensait pas être capable de recommencer un périple vers l'inconnu. Elle n'avait pas non plus le cœur de déraciner une nouvelle fois son fils. Harry aimait vivre ici. Il adorait César et ce qu'il appelait la ville « rigolote ». À Bisbee, il menait enfin une vie normale.

Et elle aussi voulait rester. Elle avait de vrais amis, maintenant. Des amis qui l'aimaient pour elle-même.

En un laps de temps très court, elle était tombée amoureuse du désert et de cette petite ville au caractère si singulier. Une ville qui refusait de mourir. Une ville qui accordait de l'importance au moindre de ses habitants. Une ville qui s'entêtait à demeurer ouverte et non conformiste.

Rester comportait un risque. Essayer d'obtenir une carte de sécurité sociale en comportait aussi. Mais où qu'elle aille, elle aurait besoin de papiers d'identité. Elle était terrifiée chaque fois qu'elle conduisait sa voiture. Si on l'arrêtait, son château de cartes pouvait s'effondrer.

Comment expliquer qu'elle n'ait pas de carte de sécurité sociale ? Elle avait tourné et retourné la question dans sa tête avant de trouver une histoire qui lui paraissait valable. La plupart des gens avaient une carte de sécurité sociale depuis leur naissance, ou presque. Le meilleur scénario, avait-elle décidé, était de se faire passer pour une fille de missionnaires qui avait vécu hors du pays la majeure partie de sa vie, s'était mariée à l'étranger et n'avait jamais travaillé.

Son regard se porta de nouveau sur l'acte de naissance. C'était un début. Mais il y avait tant de pièges à éviter. Une erreur, et elle pouvait mourir. Et que deviendrait son fils si elle disparaissait ?

La Nouvelle-Orléans

Charles Rawson prit son portable pour appeler sa fille. Son numéro aurait dû être en mémoire, mais ce n'était pas le cas. Il ne lui téléphonait pas beaucoup.

Un pincement de regret lui serra le cœur. Meredith et lui n'avaient jamais été proches. Il l'aimait, tout comme il aimait sa femme. Mais son amour n'avait jamais été suffisant pour Marguerite. Et sa fille aussi l'avait rejeté. Il n'avait jamais su comment leur parler.

Les sentiments n'étaient pas son fort. Quand il voulait quelque chose, il le prenait, tout simplement. Mais maintenant qu'il regardait en arrière, il voyait à quel point sa vie était un échec. Même sa carrière – c'est-à-dire tout ce qu'il lui restait – était en train de s'écrouler.

À l'autre bout du fil, personne ne répondait. Il raccrocha d'une main tremblante.

Un ami qui occupait une haute fonction dans la police l'avait appelé pour lui parler du meurtre. C'était sa fille qui avait découvert le corps. Charles avait reconnu le nom de la victime.

Meredith n'avait apparemment pas suivi son conseil. Il savait que sa croisade était dangereuse.

Il le savait parce qu'il avait du sang sur les mains.

Il quitta précipitamment son bureau. Malgré l'heure tardive, certains de ses associés travaillaient encore, de même que sa secrétaire.

— Rentrez chez vous, Virginia.

— Mais j'ai encore des lettres à…

— Rentrez chez vous, répéta-t-il avec une gentillesse inhabituelle.

Il lut la surprise dans ses yeux et, pour une raison obscure, sa réaction le blessa.

Ce fut dans une anxiété croissante qu'il roula jusqu'à la maison de Meredith. Rien ne semblait avoir changé dans ce lieu qui avait autrefois appartenu à sa propre mère. Comme toujours, la maison paraissait paisible, avec son jardin fleuri ombragé de magnolias.

Il se gara, franchit le portail et fut étonné d'entendre un chien aboyer.

Il sonna. Rien. Il sonna de nouveau.

Puis il vit Meredith regarder par la fenêtre avant d'ouvrir. Bon réflexe.

Mais il savait que la prudence n'était d'aucun secours face à un ennemi déterminé. Et Meredith s'était fait des ennemis. Elle était devenue une cible.

La porte s'ouvrit devant son visage surpris. La même surprise qu'il avait vue dans les yeux de sa secrétaire.

— Papa ? fit-elle.

— J'ai appris ce qui est arrivé. J'ai essayé de t'appeler.

— Je suis rentrée depuis peu. Je n'ai pas eu le temps d'écouter mes messages.

— Tu es seule ?

— Avec Nicky, dit-elle en baissant les yeux vers le chien qui se tenait près d'elle.

— Je ne savais pas…

— Il n'est pas à moi. Il appartient… enfin, il appartenait à la femme qui a été tuée.

— Je peux entrer ?

Elle s'écarta.

— Bien sûr.
Il la suivit à l'intérieur.
— Tu veux un café ? Un verre ?
— Un verre.
Il l'accompagna dans la cuisine. La maison était beaucoup plus confortable que dans son souvenir. Les meubles victoriens avaient été remplacés par des canapés aux coussins généreux. Des bouquets de fleurs jetaient des touches de couleurs vives un peu partout.
— Whisky ? demanda-t-elle, alors qu'il hésitait sur le seuil de la cuisine.
Il hocha la tête.
— Oui, merci. Sans glace.
Elle lui servit un verre.
— Tu ne bois pas de whisky, n'est-ce pas ? dit-il.
— C'est vrai. Comment se fait-il que tu le saches ?
— Tu bois rarement autre chose que du vin, si je me souviens bien.
— Et de la bière, de temps en temps.
Il se surprit à lui sourire. Malgré ce qui s'était passé ces derniers jours, elle le défiait encore.
Elle sortit une bouteille de vin du réfrigérateur et s'en servit un verre, puis se dirigea vers le salon.
— À quoi dois-je l'honneur de ta visite ?
— Je m'inquiète pour toi, dit-il en regardant son visage se crisper à ses mots. J'ai un ami dans la police. Il m'a parlé de l'agression, du cambriolage, et maintenant de cet incident.
— Ce n'était pas un incident. Une femme est morte. Probablement à cause de moi.
Sa première impulsion fut d'acquiescer. Mais il savait que cela n'aurait fait que renforcer la détermination de sa fille à poursuivre ses recherches.
— Ce n'était pas ta faute, déclara-t-il. Mais j'aimerais que tu arrêtes ce que tu es en train de faire.
— Accéder à la requête de ma mère, tu veux dire ?
— Oui.

— Je doute que mon agression ait un rapport avec ça, répliqua-t-elle. Ça peut très bien être un acte de vengeance de la part du mari d'une de mes clientes. Je travaille bénévolement dans un foyer pour femmes.

— Je sais.

De nouveau, il vit la surprise dans ses yeux.

— Je m'intéresse à ce que fait mon unique enfant, expliqua-t-il.

— Et à ta femme ? lança-t-elle d'un ton amer et accusateur.

— Elle ne me voudrait pas auprès d'elle. Je fais ce que je peux à distance.

— Pourquoi ? Pourquoi ne souhaiterait-elle pas ta présence ?

— Tu veux tous les détails ?

— Ce que je veux, c'est que tu me dises ce que tu sais sur le passé de maman.

— Je ne sais absolument rien.

Il se demanda si son regard trahissait son mensonge. Il s'était toujours félicité d'être un excellent menteur. Mais en cet instant, il n'en tirait aucune fierté.

— Sais-tu qui elle a fréquenté avant toi ?

Charles se raidit.

— C'est pour ça que tu es allée voir cette Starnes ? Pour qu'elle te raconte les sales petits secrets de ta mère ?

Il n'avait pas eu l'intention de dire cela. Mais la peur l'avait brusquement submergé. Si Meredith découvrait ce qui était arrivé plus de trente ans auparavant, elle le mépriserait, et il la perdrait complètement.

Elle but une gorgée de vin. Elle essayait manifestement de contrôler ses émotions.

— Que veux-tu au juste, papa ?

— Je veux que tu cesses de fouiller dans le passé.

— Pourquoi ?

— Pour moi, Meredith. Je veux que tu le fasses pour moi.

Elle garda un moment le silence, avant de déclarer :
— Je ne peux pas. Maman m'a demandé de le faire.
— Et moi, je ne veux pas.
À l'instant où il prononça ces mots, il sut qu'il avait perdu. Ce qu'il venait de dire était totalement stupide. Il lui demandait de choisir entre ses deux parents, l'un d'eux étant en train de mourir. C'était une demande impossible à exaucer, égoïste. Mais il avait été égoïste toute sa vie.
— Je suis désolée, dit-elle d'une voix monocorde.
— Tu peux t'attirer de gros ennuis, insista-t-il. Tu ne sais manifestement pas où tu mets les pieds.
— Mais toi, tu le sais, n'est-ce pas, papa ? rétorqua-t-elle.
— Non. Je sais seulement que tout ce qui t'est arrivé s'est produit après que tu m'as parlé ce matin-là.
— Je ne te crois pas.
Il eut l'impression de recevoir un coup de poignard dans le ventre.
— Aide-moi, supplia-t-elle.
Il ne pouvait pas. S'il le faisait, elle serait encore plus en danger.
— Je vais engager un garde du corps. Je veux que tu sois protégée vingt-quatre heures sur vingt-quatre.
— Ce n'est pas ce dont j'ai besoin.
Une vague d'impuissance le traversa.
— Il sera là dès demain.
— Non, répondit-elle.
— Il viendra, avec ou sans ton accord, dit-il entre ses dents serrées.
— S'il te plaît, dis-moi ce que tu sais, insista-t-elle. J'ai besoin que tu fasses ça pour moi.
C'était la première fois depuis des années qu'elle lui demandait quelque chose. Mais la réponse à sa question pouvait le conduire en prison et coûter la vie à sa fille.
— Je ne sais rien, dit-il. Rien qui puisse t'aider.
— Ou aider la police ?

Il lui lança un regard glacial.

— Tu n'as tout de même pas parlé aux policiers de ta demi-sœur ?

— Bien sûr que si. Ils voulaient savoir pourquoi j'étais chez Lulu Starnes.

Il se sentit pâlir. Il avait pensé qu'elle garderait cela pour elle.

— Te rends-tu compte de ce que tu as fait ?

— Non. Explique-moi.

Il termina son whisky. C'était un désastre. Il devait passer des coups de fil. Trouver un moyen de régler les choses. Faire lui-même du chantage, peut-être.

Il se leva brusquement.

— Il faut que j'y aille.

— Je t'en prie, papa, pour une fois, parle-moi.

— Il n'y a rien à dire.

Il se dirigea vers la porte, mais avant de partir il se tourna et aperçut l'expression de sa fille. Son visage était figé comme un masque. Il se rendait compte maintenant qu'il l'avait vue très souvent porter ce même masque.

Il ne se rappelait pas la dernière fois qu'il l'avait prise dans ses bras, qu'il l'avait embrassée. Il était trop tard, à présent. Il leur avait suffisamment fait de mal, à elle et à sa mère.

— Bonne nuit, dit-il.

— Tu as vu maman ? demanda-t-elle.

— Oui.

Cela parut la surprendre.

— Je sais que tu es déçue que je ne reste pas à son chevet, dit-il. Mais elle ne l'aurait pas voulu.

— Tu te trompes peut-être. Elle t'aimait…

— Jamais, coupa-t-il. Elle ne m'a jamais aimé.

Il quitta la maison, presque aveugle de douleur.

Il conduisit pendant quelques centaines de mètres, puis se gara sur le côté. Il fallait qu'il se ressaisisse. Le visage enfoui dans ses mains, il essaya de réfléchir.

Le bureau. Il devait aller au bureau. Il écrirait une lettre dans laquelle il retracerait en détail les événements des trente dernières années. Il en enverrait des copies à plusieurs avocats de sa connaissance. Cela pourrait peut-être sauver la vie de sa fille.

17

La Nouvelle-Orléans

— Gaynor ?

Gage leva les yeux des documents qu'il consultait. Le lieutenant se tenait sur le seuil de son bureau.

— Où est Wagner ? demanda-t-il.

— En mission.

— Alors, c'est vous qui irez. On a trouvé le corps d'un homme dans un bayou.

S'il y avait une chose que Gage détestait, c'étaient les morts par noyade. En général, les corps retrouvés dans l'eau se révélaient impossibles à identifier, et les enquêtes finissaient dans des impasses.

Mais il était de service, et cela ne devrait pas lui prendre trop de temps. Il examinerait le corps avant qu'on l'emporte, s'assurerait que les photos soient prises et veillerait à ce qu'on le manipule avec autant de précautions que possible. Puis il l'enverrait à l'institut médico-légal. Ensuite, il effectuerait des recherches pour déterminer si la description globale du mort – sexe, taille, âge – correspondait à celle d'une personne portée disparue.

Un simple travail de routine, mais le temps lui manquait terriblement.

Pourtant, ce cadavre était le fils, le mari, le frère de quelqu'un. Il devait à la victime d'effectuer consciencieusement sa tâche.

Holly regardait la photo parue dans le journal de La Nouvelle-Orléans.

Son père et son mari se tenaient devant le siège local du parti. Randolph annonçait sa candidature à la Chambre des représentants.

Il n'était fait aucune mention de sa femme. Comment expliquait-il son absence ? Personne n'avait-il demandé de ses nouvelles ?

Son père était sa seule famille, à l'exception de son mari et de son fils. Mais il avait toujours été plus proche de Randolph que d'elle. Randolph était le fils qu'il n'avait jamais eu, son héritier.

Holly jeta un coup d'œil à Harry. Une petite pile d'albums posée devant lui, il était plongé dans sa lecture.

Elle se força à abandonner l'article pour consulter les échos mondains. Une photo retint son attention. Randolph se tenait aux côtés de Sylvia Sams, une mondaine renommée. La légende les désignait comme les coprésidents de l'une des plus importantes associations caritatives de La Nouvelle-Orléans.

Randolph paraissait très à l'aise. Un sourire confiant s'étalait sur son visage de patricien. Son mari avait toujours veillé à patronner de bonnes causes. Sylvia Sams, lisse et impeccablement coiffée, avait une solide réputation de mangeuse d'hommes. Ils formaient un couple parfait.

Holly leur souhaitait bon vent. Si son mari pouvait l'oublier par la même occasion…

— Madame Baker ?

Elle leva les yeux de l'écran.

— Vous savez où est votre fils ? Je suis allée renseigner un client, et quand je suis revenue, il n'était plus là.

— Ô mon Dieu, souffla Holly en se levant si brusquement que sa chaise tomba.

Elle parcourut du regard la salle principale.

— Je vais voir s'il est aux toilettes, déclara la bibliothécaire.

— Je cherche ici, dit Holly, paniquée.

Le cœur battant, elle sillonna la grande salle en courant. Elle regarda partout, derrière les étagères et dans les moindres recoins. Elle pouvait à peine respirer. Et si son mari…

Louise, la bibliothécaire, revint des toilettes en secouant la tête.

— Je vais appeler la police, dit-elle.

Dehors, pensa Holly. Harry était peut-être sorti. Elle se précipita vers la porte, qu'elle ouvrit à la volée. Son regard balaya la rue, et elle se rua à l'extérieur.

La rue était vide. Elle contourna le bâtiment.

— Mikey ! appela-t-elle, sans cesser de courir.

Puis elle s'immobilisa brusquement.

Un genou posé à terre, Doug Menelo était en train de parler à son fils. Ils levèrent tous les deux les yeux, manifestement surpris par le ton terrifié de sa voix.

Elle franchit en courant la distance qui les séparait, prit son fils dans ses bras et le serra si fort qu'il protesta.

— Pourquoi es-tu sorti ? demanda-t-elle en relâchant à peine son étreinte.

— J'ai vu le shérif Doug par la fenêtre. Je voulais lui demander de m'emmener encore faire du cheval.

— Ne t'éloigne plus jamais sans me le dire. Jamais.

Les yeux de son petit garçon s'emplirent de larmes. Elle n'était presque jamais sévère avec lui. Ses propres joues étaient mouillées. Elle approcha son visage du sien, et leurs larmes se mêlèrent.

Au bout d'un moment, elle se redressa et regarda le shérif, qui semblait l'observer très attentivement. Elle avait appelé son fils « Mikey », pas « Harry », se rappela-t-elle avec horreur.

— Je suis désolée, dit-elle. Je me suis inquiétée.

Elle craignait d'en dire plus, d'attirer l'attention sur son erreur. Peut-être ne l'avait-il même pas remarquée.

— Je suis désolé, j'aurais dû le ramener immédiatement à l'intérieur. Je ne savais pas qu'il ne vous avait pas prévenue.

— Il a disparu... si rapidement. Je le surveillais, et puis...

Elle butait sur les mots, la panique faisait trembler sa voix.

— Je sais comme il est effrayant de perdre de vue un enfant, dit-il doucement.

— On raconte tant d'histoires sur...

— Oui, il y a vraiment de quoi avoir peur.

Elle serra de nouveau Harry contre elle.

— Je ferais mieux de prévenir la bibliothécaire. Elle le cherche aussi.

— Je m'en charge, proposa-t-il.

— Merci, mais j'ai des livres à prendre.

— Je peux vous raccompagner ? À moins que vous ne soyez en voiture...

Harry et elle étaient venus à pied. N'ayant pas de permis à son nouveau nom, elle n'utilisait la voiture qu'en cas d'absolue nécessité.

Avait-il remarqué sa réticence à conduire ? En tirait-il des conclusions ?

Elle sentit sa peur grandir.

Doug Menelo la regardait avec inquiétude, à présent.

— Liz ?

Elle se rendit brusquement compte qu'elle n'avait pas répondu à sa question.

— Merci, mais nous rentrerons à pied, dit-elle. Tout va bien, maintenant. J'ai juste été... secouée.

— Je peux récupérer ces livres pour vous. Louise me montrera...

— Non, merci, répondit-elle d'un ton plus sec qu'elle ne l'aurait voulu.

Entraînant son fils avec elle, elle monta les marches du perron à vive allure, poussa la porte et se précipita vers l'accueil, où Louise était en train de composer un numéro de téléphone, sans doute celui de la police.

— Je l'ai retrouvé, annonça-t-elle.

Louise poussa un soupir de soulagement. Holly la remercia de son aide. La solidarité n'était pas un vain mot pour les habitants de Bisbee.

Holly ferma brièvement les yeux et serra Harry contre elle jusqu'à ce qu'il recommence à protester. Elle ne le laisserait plus jamais échapper à sa surveillance. La peur lui nouait encore le ventre.

Perdre un enfant était le cauchemar de toutes les mères. Mais elle n'était malheureusement pas une mère comme les autres. Et ses cauchemars n'étaient que trop réels.

La Nouvelle-Orléans

Lorsque Charles Rawson retourna à son bureau, le cabinet était encore éclairé. Un des associés travaillait dans la bibliothèque. Une assistante était assise à son bureau, les yeux rivés sur l'écran de son ordinateur.

Charles passa devant eux sans un mot, entra dans son bureau et ferma la porte. Il s'assit et commença à taper sa lettre.

Quand il eut terminé, il regarda l'heure. Plus de trois heures s'étaient écoulées. Il imprima quatre copies du document et plaça chacune d'elles dans une enveloppe. Puis il inscrivit les noms et adresses des destinataires.

Il éteignit l'ordinateur, mit les enveloppes dans sa mallette et glissa la lettre originale, adressée à Meredith, dans le dossier d'une affaire en appel. Il la déposerait en lieu sûr le lendemain matin. Les autres, il les posterait en chemin.

Le lendemain, il ne lui resterait plus qu'à passer quelques coups de fil.

En quittant le cabinet, il remarqua que l'assistante était partie, ainsi que l'associé. Mais une lampe était encore allumée dans l'un des bureaux. Un travailleur zélé. Lui aussi l'avait été, à une époque. Maintenant, il était juste fatigué.

Il adressa un signe de tête au gardien de nuit et se dirigea vers le parking souterrain.

Il était sur le point d'atteindre sa voiture quand un moteur gronda derrière lui. Il se retourna et vit deux phares foncer droit sur lui. Il se prépara au choc.

La douleur le frappa, se répandit en lui, puis il ne sentit plus rien.

Des coups assenés très fort à sa porte et les aboiements de Nicky réveillèrent Meredith en sursaut. Elle avait finalement réussi à s'endormir, après plusieurs heures d'insomnie. Le collègue de Gage était venu vérifier ses autres postes téléphoniques. Il n'avait rien trouvé. Mais elle se sentait tout de même mal à l'aise. La mort de Mme Starnes et la visite de son père la hantaient.

Comme les coups devenaient insistants, elle attrapa sa vieille robe de chambre et l'enfila par-dessus le grand tee-shirt qu'elle portait pour dormir. Elle alla jusqu'à la fenêtre et regarda dehors. Une voiture de police banalisée était garée devant l'entrée. Gage ? Pourquoi serait-il revenu ?

Elle se précipita dans l'escalier, Nicky sur ses talons. Par le judas, elle vit deux hommes. Ils avaient la mine grave.

Elle connaissait l'un d'eux : Max Byers, un inspecteur. Il avait été témoin dans l'un des dossiers qu'elle avait suivis en tant qu'assistante du district attorney. L'homme qui l'accompagnait avait aussi l'allure d'un inspecteur.

Elle ouvrit la porte.

— Bonsoir, mademoiselle Rawson, dit poliment Byers en évitant son regard. Peut-on entrer ?

— Pourquoi ? demanda-t-elle, comprenant que ce devait être sérieux.

Les yeux de Byers le lui disaient. Elle savait quel message il était venu lui livrer. Son esprit le connaissait, mais son cœur ne l'acceptait pas.

Elle ne put se résoudre à poser la question.

— Peut-on entrer ? répéta Byers.

Sans un mot, elle s'écarta, puis les précéda dans le salon, où elle alluma les lampes. Quelqu'un était mort. Un de ses proches. Si cela avait été sa mère, l'hôpital aurait téléphoné. Cela ne pouvait donc être que…

Elle regarda le canapé où son père s'était assis quelques heures plus tôt. Elle revit son visage inquiet, entendit sa voix suppliante. Une supplique qu'elle avait ignorée.

Finalement, elle posa la question :

— Mon père ?

Byers hocha la tête.

— Il est mort ?

— Oui. Je suis désolé.

Elle s'affaissa contre le mur.

— Y a-t-il quelqu'un que vous puissiez appeler, mademoiselle Rawson ?

— Non. Ma mère est à l'hôpital.

Elle se dirigea d'un pas lourd vers un fauteuil et s'assit.

— Que s'est-il passé ?

— Il a été renversé dans le parking de son bureau.

— Quand ? demanda-t-elle d'une voix blanche.

Son cœur battait si fort qu'il cognait à ses tempes.

— On pense qu'il est mort entre 1 et 2 heures du matin.

— Il y a un gardien dans ce parking. Comment…

— On ne sait pas. Le gardien dit qu'il n'a rien entendu, mais il a aussi admis qu'il s'était peut-être assoupi. C'est lui qui a découvert votre père.

Meredith était assommée, trop choquée pour penser. Sauf aux paroles de son père – « Te rends-tu compte de ce que tu as fait ? ».

Elle s'en rendait compte, maintenant. Et c'était horriblement douloureux.

— Votre père avait-il des ennemis ? demanda le deuxième inspecteur.

— J'imagine qu'il en avait quelques-uns. Les avocats en ont toujours. Mais de là à ce qu'on ait pu vouloir sa mort...

— Savez-vous pourquoi il était à son bureau si tard ?

Elle voulait que les questions cessent. De toutes ses forces, elle repoussait la pensée que ce qu'elle avait fait avait peut-être coûté la vie à son père.

« Te rends-tu compte de ce que tu as fait ? »

— Mademoiselle Rawson ?

— Pardon. Quelle était votre question ?

— Savez-vous pourquoi il était à son bureau si tard ?

— Il travaillait souvent très tard.

— Savez-vous sur quoi il travaillait en ce moment ?

— Il faudra demander ça à ses associés. Je ne suis pas au courant de ses dossiers.

— Quand lui avez-vous parlé pour la dernière fois ?

C'était la question qu'elle redoutait.

— Hier soir.

— Avait-il l'air soucieux ?

Elle hésita, puis déclara :

— J'ai besoin d'un café.

Il lui fallait gagner du temps. Pour réfléchir, décider ce qu'elle allait dire.

Byers hocha la tête. Nicky, qui ne l'avait pas lâchée d'une semelle, la suivit dans la cuisine. Byers aussi.

Avec des gestes d'automate, elle prépara le café.

Le téléphone sonna, et Gage tendit la main vers sa table de nuit. Il s'était couché à 3 heures. Il regarda son réveil et poussa un grognement. Cinq heures. Il avait dormi moins de deux heures.

Il décrocha le téléphone.

— Tu es parti trop tôt, mon pote, déclara Wagner.

— Qu'est-ce que tu veux dire ?

— Charles Rawson vient d'être retrouvé mort.

Gage se redressa.

— Quoi ?

— Le très influent homme de loi Charles Rawson vient juste de mordre la poussière. Une voiture l'a renversé dans le parking de son cabinet. Bizarre, non, quand on pense que sa fille a été témoin d'un meurtre hier?

— Qui est sur le coup?

— Pas nous. Ça touche de trop hautes sphères, maintenant. J'imagine qu'on va nous retirer l'affaire Starnes. Si le capitaine n'a pas encore fait le rapprochement entre les deux meurtres, ça ne va pas tarder.

— Merci de m'avoir appelé.

— Hé, on est coéquipiers.

Il raccrocha.

Gage prit rapidement une douche froide pour se réveiller, puis s'habilla. Beast attendait impatiemment dans la cuisine, manifestement affamé. Il remplit sa gamelle de croquettes et lui donna de l'eau.

L'impact de la nouvelle faisait peu à peu son chemin dans son esprit.

Meredith était-elle déjà au courant?

Sûrement.

Il aurait voulu qu'elle l'appelle. L'accepterait-elle auprès d'elle? Y avait-il déjà quelqu'un avec elle?

Sans doute.

Il passerait quand même la voir, s'assurer que tout allait bien. Un quart d'heure après l'appel de Wagner, il prit le volant de sa voiture.

La maison de Meredith était éclairée. Un véhicule de police banalisé se trouvait devant. Il s'empressa de gagner la porte et abaissa la poignée. C'était ouvert.

Meredith était assise dans le salon, enveloppée dans une robe de chambre. Ses cheveux étaient en bataille, son visage pâle sous l'effort qu'elle faisait pour se contrôler.

Elle leva les yeux, et une expression de soulagement traversa son regard. L'inspecteur assis en face d'elle eut l'air contrarié de le voir.

— Je ne savais pas qu'on t'avait mis sur cette affaire.

— Je suis ici à titre personnel.

Max Byers secoua la tête.

— Son père vient d'être tué, Max. Elle n'a pas été témoin du meurtre.

— Mais elle a découvert un autre corps hier, n'est-ce pas ? C'est une sacrée coïncidence.

Gage l'ignora et s'assit à côté de Meredith.

— Ça va ? lui demanda-t-il doucement.

— Non.

Gage se tourna vers Byers.

— Peux-tu lui accorder un peu de temps ?

— Elle doit identifier le corps.

— Plus tard.

Byers hocha la tête.

— Appelle-moi, et j'enverrai une voiture.

— Je l'accompagnerai.

Byers haussa les sourcils, mais ne fit pas de commentaire. Il tendit sa carte à Meredith et s'en alla, suivi de son coéquipier.

Gage se tourna vers Meredith et ouvrit les bras. Elle vint s'y réfugier, son corps frissonnant contre le sien.

— Je suis tellement désolé, dit-il.

— Merci d'être venu. Je sais qu'ils font leur boulot, mais…

Il ne dit rien, se contentant de la tenir contre lui en espérant qu'il pourrait la réconforter un peu. Il se rappelait ce qu'il avait ressenti quand sa mère était morte. Elle n'avait jamais réussi à être vraiment une mère, mais elle avait essayé. De toutes ses forces. Il avait vingt-deux ans lorsqu'elle avait disparu.

— Pleure, murmura-t-il.

— Je ne peux pas, souffla-t-elle. Je n'arrive même pas à réaliser… Il était là hier soir. Il y a seulement quelques heures.

— A-t-il dit quelque chose ? Était-il inquiet ?

— Il voulait que j'arrête de rechercher ma sœur.

— Que lui as-tu répondu ?

— J'ai refusé. On s'est disputés. Je ne lui ai même pas dit au revoir.

Une larme coula sur sa joue. Son corps était tendu à l'extrême.

— Tu veux un café ? Un thé ? Autre chose ?

Elle lui adressa un pauvre sourire.

— Peut-être un peu de café. J'en ai préparé.

— Je vais t'en chercher, dit-il.

Il s'écarta doucement d'elle et se rendit dans la cuisine. Une minute plus tard, il revint et lui tendit une tasse de café.

— Il faut que je prévienne la gouvernante de papa. Elle...

Elle le regarda, les yeux brillants de larmes contenues.

— Parle-moi de lui, suggéra-t-il, espérant que cela la soulagerait.

— C'était un homme d'un caractère difficile. Distant. Exigeant. Pendant des années, j'ai tout fait pour obtenir son approbation, mais ce n'était jamais assez. Il était furieux quand j'ai quitté le bureau du district attorney. Il avait d'autres projets pour moi.

— J'ai entendu dire qu'il voulait lui-même devenir juge fédéral.

— Il le désirait depuis toujours.

— Pourquoi pas juge d'État ?

— Il visait la plus haute fonction.

Elle avait besoin de parler, mais il se sentait un peu manipulateur en l'y encourageant. Charles Rawson avait été l'un de ses suspects dans l'affaire Prescott. Sans doute aurait-il dû la prévenir... Par ailleurs, plus il trouverait de réponses, moins elle serait en danger.

Elle s'était tue. Son regard scrutait le sien comme si elle savait exactement ce qu'il était en train de penser.

— Pourquoi es-tu venu ce matin ? demanda-t-elle finalement.

— J'ai pensé que tu aurais besoin d'un ami.

— C'est ce que tu es ?

— Ça peut m'arriver.

— Ni mon père ni ma mère n'étaient des parents modèles, dit-elle d'une voix que l'émotion faisait vibrer. Mais ils étaient tout ce que j'avais. Ma seule famille. Excepté…

— … la sœur que tu essaies de retrouver.

— Oui.

— Ce qui la rend d'autant plus importante.

— Oui.

— Tout a débuté à partir du moment où tu as commencé à la chercher.

— Je sais. Seigneur, pourquoi n'ai-je pas écouté mon père quand il m'a dit de laisser tomber ? ajouta-t-elle, rongée par le regret.

— T'avait-il déjà mise en garde avant hier soir ?

Elle hocha la tête.

— Quand ma mère m'a parlé de ma sœur, je suis allée le voir. Je lui ai demandé s'il était au courant.

— Il l'était ?

— Il ne m'a pas vraiment répondu. Il m'a juste dit que si cette histoire venait à se savoir, ça détruirait la réputation de ma mère. Et la sienne. Je croyais sincèrement que c'était la seule raison…

Gage voyait la culpabilité sur son visage et trouvait Charles Rawson haïssable. Cet homme avait eu des secrets qui lui avaient valu d'être tué. Mais ces mêmes secrets mettaient en danger Meredith. Pourtant, Rawson les avait emportés avec lui. Comment pouvait-on faire cela à sa propre fille ?

— Comment était-il hier soir ?

— Agité. Il m'a demandé si j'avais parlé de ma demi-sœur à quelqu'un.

— Et tu lui as répondu que tu m'en avais parlé ?

— Pas à toi spécifiquement. À la police.

— Et alors ?

— Il m'a demandé si je me rendais compte de ce que j'avais fait. Puis il est parti.

De nouvelles larmes lui montèrent aux yeux.

— Mme Starnes, mon père… C'est ma faute. J'aurais dû laisser tomber. Pourquoi me suis-je obstinée ?

Il l'enlaça et l'embrassa sur la tempe.

— Parce que ta mère te l'avait demandé.

— C'est ma faute, répéta-t-elle.

— Non, Meredith. Tes parents ont fait des choix dont ils sont seuls responsables. C'est pour ça que ton père est mort. Pas à cause de ce que tu as fait.

Elle tremblait. Il la serra contre lui, puis posa la question qu'il devait poser.

— Y a-t-il une chance que ta mère sorte du coma ?

— Les médecins ne le pensent pas… Quand cela va-t-il s'arrêter ? demanda-t-elle d'une voix implorante.

— Je l'ignore. Cette mystérieuse sœur semble être à la source de tout. On ne peut pas garder cette histoire pour nous plus longtemps. Je dois en parler à mon coéquipier, et toi à Byers.

Elle savait qu'il avait raison. De toute façon, cela ne pourrait plus nuire à son père, maintenant. Ni à sa mère.

Elle ferma les yeux, accablée par le poids des tragédies qui s'étaient abattues sur sa famille en si peu de temps.

Elle devait démasquer l'assassin de son père et retrouver cette sœur inconnue. Les deux étaient forcément liés. C'était la seule chose qu'elle pût faire pour ses parents, désormais.

Mais cela entraînerait-il d'autres morts ?

18

Tucson

Holly entra dans le centre de sécurité sociale de Tucson en s'efforçant de masquer sa nervosité.

Une amie de Marty gardait Harry. Holly avait eu du mal à le laisser, mais elle ne pouvait plus se passer de carte de sécurité sociale. Sans elle, pas question de compte en banque ni de permis de conduire. Elle avait mis au point son histoire, l'avait répétée et modifiée jusqu'à ce qu'elle lui paraisse plausible. Le bouquin qu'elle avait lu disait d'essayer un autre bureau en cas d'échec. Certains employés posaient des questions, d'autres acceptaient simplement le montant dû et vous donnaient la carte.

Elle arrivait munie de son histoire, d'un acte de naissance, d'un certificat de baptême, d'une carte de bibliothèque et d'une quittance de loyer. Elle s'était entraînée pendant des jours à parler avec l'accent français.

— *Mademoiselle*[1], j'espère que vous pourrez m'aider, dit-elle en gagnant le guichet qui venait de se libérer.

La femme parut surprise, mais lui sourit.

— J'essaierai.

— Je viens de rentrer aux États-Unis après avoir vécu à l'étranger depuis mon enfance. Mon père était américain, mais ma mère était française. Elle l'a quitté quand j'étais petite et j'ai grandi en France, où je me

1. En français dans le texte (*N.d.T.*).

suis même mariée. Mais, comme ma mère, je n'ai pas eu de chance en amour. Mon mari a pris tout ce que nous avions et s'est enfui avec une autre femme. C'était trop triste, et j'ai décidé de rentrer chez moi. Mais maintenant, j'ai besoin d'un travail. On m'a dit qu'il me fallait absolument une carte.

La femme semblait compatir.

— Vous n'en avez jamais eu ?

— *Non*[1]. Je ne crois pas. Nous avons quitté l'Amérique quand j'étais enfant.

— Avez-vous des documents qui prouvent votre identité ?

— *Oui*[2]. J'ai un acte de naissance, un certificat de baptême et ma carte de bibliothèque. J'essaie de réapprendre l'anglais. J'espère que vous excuserez mes erreurs...

— Vous parlez très bien, dit la femme en jetant un coup d'œil aux papiers de Holly. Il nous faut un document avec une photo, mais...

— J'ai essayé d'avoir une carte bancaire et un permis de conduire, mais ils disent qu'ils ont besoin d'un numéro de sécurité sociale. Je suis dans une véritable impasse.

— Comment avez-vous atterri en Arizona ?

Holly lui adressa un sourire rayonnant.

— J'ai lu des livres sur vos cow-boys. Et les cactus. Je me suis dit que ça avait l'air agréable à vivre. Pas aussi pluvieux que la France.

La femme hésita, puis hocha la tête.

— Bon, je crois que ces papiers suffiront.

Holly poussa un soupir de gratitude.

— *Merci*[3]. Je veux dire, merci.

— *Merci*[4] me va parfaitement, répondit aimablement la femme en lui tendant des formulaires à remplir.

---

1. En français dans le texte (*N.d.T.*).
2. En français dans le texte (*N.d.T.*).
3. En français dans le texte (*N.d.T.*).
4. En français dans le texte (*N.d.T.*).

Quelques minutes plus tard, Holly repartait ravie, sa carte de sécurité sociale en poche.

Bisbee

La réaction de Liz Baker à la brève disparition de son fils avait ravivé les interrogations de Doug Menelo.

Liz ne parlait jamais de son passé ni de son mari. À leur première rencontre, elle s'était montrée timide, même méfiante vis-à-vis de lui.

Il avait mis son attitude sur le compte de son récent veuvage et de la difficulté qu'elle devait avoir à faire de nouveau face au monde. Maintenant, il avait des doutes.

Il n'était pas imbu de lui-même au point de penser que toute femme devait lui tomber dans les bras. Mais il n'était pas stupide non plus. Liz et lui étaient attirés l'un par l'autre. Cependant, quelque chose la retenait. Au début, il avait naturellement pensé que c'était la fidélité à son mari défunt.

Mais il y avait des petits détails qui avaient piqué sa curiosité, comme le silence total de Harry au sujet de son père et l'expression inquiète de Liz quand quelqu'un parlait à son fils.

Doug n'aimait pas ce qu'il était en train de penser. Liz lui plaisait vraiment beaucoup. Il avait commencé à mettre de l'eau de toilette et à s'habiller avec plus de soin. Il se surprenait plus souvent à sourire depuis qu'il l'avait rencontrée.

Liz était une très jolie femme, même si elle semblait vouloir le cacher. Elle se maquillait sans recherche et portait des chemises et des jeans si amples qu'on ne voyait pas ses formes. Mais son visage était délicieux, et son sourire timide le faisait fondre.

Il se rappelait maintenant son expression quand Marty la lui avait présentée. C'était une expression de peur. Le genre de peur qu'il avait vue si souvent chez les femmes maltraitées.

Était-il possible que Liz se cache d'un mari violent ?

Il passa en revue une pile de bulletins de disparitions de femmes et d'enlèvements d'enfants. À mesure qu'il les écartait, il se détendit. Aucun signalement ne correspondait à Liz ou à Harry.

Mais son instinct ne le trompait généralement pas. Liz vivait dans la peur. Il passerait chez elle le lendemain. Peut-être parviendrait-il à susciter ses confidences.

En tout cas, épouse fugitive ou pas, elle semblait avoir besoin d'aide, et il était bien décidé à lui offrir la sienne.

La Nouvelle-Orléans

Meredith se réveilla dans les bras de Gage. Ils n'avaient pas fait l'amour, mais il l'avait accompagnée dans sa chambre, puis il s'était couché près d'elle et l'avait gardée dans ses bras protecteurs et rassurants.

Elle avait eu froid, très froid. Elle était restée éveillée longtemps avant de glisser dans un sommeil lourd.

Elle ne savait pas combien de temps elle avait dormi, mais lorsqu'elle ouvrit les yeux, les bras de Gage étaient toujours autour d'elle. Elle se tourna et le regarda. Il avait l'air réveillé depuis un moment. Avait-il seulement dormi ?

— Salut, dit-il de cette voix indolente qui l'avait attirée depuis le début.

Il était encore habillé, et ses cheveux étaient en bataille.

— Salut, répondit-elle.

Un museau humide lui martela le bras. Nicky, se rappela-t-elle.

— Il faudra t'y habituer, commenta Gage avec amusement. Ce n'est pas de tout repos, d'avoir un chien.

Il s'écarta d'elle et se leva.

— Je vais le sortir, puis je ferai du café. Si tu en profitais pour te reposer encore un peu ?

Elle regarda le réveil. Neuf heures.

— Je ne peux pas.

— D'accord, dit-il.

Elle aimait la façon dont il respectait sa liberté. Il n'essayait ni de lui forcer la main, ni de l'infantiliser, ni de l'influencer. Elle se leva et se rendit dans la salle de bains. Ce qu'elle vit dans le miroir – des yeux rougis et gonflés, des cheveux dressés dans tous les sens, un tee-shirt qui semblait tout droit sorti du fond d'un panier à linge – la laissa de marbre. Sans doute était-elle encore en état de choc. Son univers s'écroulait autour d'elle. Comment aurait-elle pu se soucier de son apparence ?

Elle prit une douche rapide. Sous le jet d'eau chaude, elle repoussa ses idées noires en établissant mentalement la liste de ce qu'elle devait faire. D'abord, passer au commissariat. Ensuite, identifier le corps de son père et organiser ses funérailles. Cette idée la fit frissonner. Elle ne parvenait pas encore à croire à sa mort, mais elle se doutait qu'elle deviendrait terriblement réelle quand il lui faudrait l'enterrer.

Elle revint dans sa chambre et se glissa dans un tailleur en lin bleu foncé qu'elle avait acheté pour le tribunal. Elle se mit juste une touche de rouge à lèvres, puis descendit à la cuisine, où l'odeur du café frais l'accueillit. Nicky était en train de se régaler d'un morceau de toast – ce qui lui rappela qu'elle devait penser à lui acheter de la nourriture pour chiens.

Deux toasts jaillirent du grille-pain. Un verre de jus d'orange l'attendait sur la table.

— Je voulais préparer une omelette, mais ton réfrigérateur est lamentablement vide, dit Gage. On voit que tu n'as pas de garçon en pleine croissance ici.

— Es-tu un garçon en pleine croissance ?

— J'espère bien que non. Mais j'ai faim. Si on prenait un vrai petit déjeuner sur la route ?

Meredith n'avait pas faim, mais elle n'avait rien mangé depuis le déjeuner de la veille. Elle avait besoin d'avaler quelque chose si elle voulait retrouver son énergie. Elle commença par boire une gorgée de café pour s'éclaircir les idées.

— Peut-on passer chez Lulu Starnes avant d'aller au commissariat ?

Il haussa les sourcils.

— Tu es l'inspecteur chargé de l'enquête.

— Probablement pas pour longtemps. Je viens d'appeler mon coéquipier. Mes supérieurs veulent me voir, sans doute pour m'annoncer qu'ils confient l'affaire aux inspecteurs chargés d'élucider le meurtre de ton père.

— Mais on ne t'a encore rien dit.

Il lui lança un regard amusé.

— Exact.

— As-tu contacté la famille de Mme Starnes ?

— Oui, sa sœur. Elle vit à Detroit. Elle arrivera plus tard dans la journée.

— Alors, on devrait y aller tout de suite. Auras-tu des ennuis si tu m'y emmènes ?

— Comme tu l'as dit, c'est encore mon enquête. Qu'est-ce que tu recherches ?

— Des photos, des souvenirs, un journal… Tout ce qui pourrait nous indiquer l'identité du père de ma sœur.

— OK. Ensuite, nous irons voir Byers. Je lui ai dit que tu passerais dans la matinée.

Meredith se demanda ce qu'elle allait faire de Nicky. Ils décidèrent de l'emmener chez Gage. Beast adorait la compagnie des autres chiens, affirma-t-il. Et son jeune voisin s'occuperait volontiers d'un deuxième ami de l'homme en leur absence.

Cinq minutes après avoir déposé Nicky et s'être assuré que tout allait pour le mieux entre les deux chiens, Gage et Meredith arrivèrent chez Mme Starnes. Un ruban jaune délimitait la zone infranchissable. Une voiture de police était garée devant la maison.

Un frisson d'appréhension parcourut Meredith. Elle n'avait vraiment pas envie de retourner là-dedans.

— Tu es sûre que tu veux y aller ? demanda Gage avec douceur.

— Oui.

Elle sortit de la voiture et attendit qu'il aille parler aux policiers en faction et qu'il revienne. Il la précéda jusqu'à la porte et s'écarta pour la laisser entrer.

Elle prit une profonde inspiration avant de pénétrer dans la maison silencieuse. Wagner et Gage avaient déjà fouillé partout, mais elle savait précisément ce qu'elle cherchait, contrairement à eux. Dans une petite pièce qui servait apparemment de bureau, un grand calendrier était ouvert sur une table. Elle y vit son nom soigneusement inscrit à la date de la veille. Des factures étaient empilées à côté. Il n'y avait pas d'ordinateur.

Étrange. Elle s'était attendue à en trouver un. Après tout, Lulu Starnes était enseignante. Elle devait en avoir besoin pour son travail.

Elle fouilla dans les tiroirs, mais ils ne contenaient rien qui concernât sa mère ou la jeunesse de Lulu Starnes. Elle se força ensuite à retourner dans la cuisine. Une bouilloire était posée sur une des plaques de la cuisinière. Deux tasses attendaient sur le plan de travail, avec deux sachets de thé. Mme Starnes les avait-elle préparés pour leur rendez-vous ? La veille, sous le choc de sa sinistre découverte, elle ne les avait pas remarqués.

Sur la petite table en bois étaient disposés deux sets, ainsi qu'un pot à crème rempli de lait tourné. Était-ce ici que Mme Starnes avait décidé de lui parler ?

Si elle avait prévu de lui montrer quelque chose, cela se trouvait peut-être dans cette pièce.

Meredith repéra une pile de livres de cuisine sur une étagère. Elle alla prendre le volume du haut. Quand elle l'ouvrit, plusieurs photos s'en échappèrent.

Elle s'assit pour les examiner. Sa mère se trouvait sur deux d'entre elles, ainsi qu'une Lulu Starnes plus jeune. Meredith fixa la jeune fille qui était ensuite devenue sa mère. Un sourire heureux et confiant faisait rayonner son visage. On eût dit que le monde lui appartenait.

Lulu Starnes, en revanche, arborait un sourire forcé et semblait mal à l'aise. Un jeune homme se tenait entre les deux amies, le bras négligemment posé sur les épaules de sa mère. Il la regardait, de sorte qu'on ne voyait que son profil.

Ce n'était pas son père. Cet homme-là était grand, mince, et ses cheveux noirs étaient rassemblés en queue de cheval.

Meredith contempla un moment la photo. Elle n'avait jamais vu cette expression sur le visage de sa mère, pas plus que ce mouvement du menton qui semblait dire : « Peu importent les conséquences. »

De toute évidence, le jeune homme ne correspondait pas aux critères des grands-parents de Meredith.

Elle examina les autres éléments de la photo. Les trois jeunes gens se tenaient devant une sorte de bar. Le fronton signalait « *Paule's* ». Cela semblait se situer à la campagne.

— Tu as trouvé quelque chose ? demanda Gage.

— Je ne sais pas encore. Et toi ?

— Non. J'ai appelé mon coéquipier. On est toujours en piste sur l'affaire Starnes, même s'ils essaient d'étouffer les choses. Ils parlent d'accident pour la mort de ton père.

— Non !

— Byers et son partenaire n'apprécient pas non plus. Il y a quelqu'un qui tire les ficelles, et c'est forcément une personne qui a du pouvoir. Je fais confiance au chef – ce n'est pas lui.

— Qu'est-ce que je peux faire ?

— Du bruit. Exige des réponses. Publiquement, pour ne plus être une cible.

Il hésita.

— Continue tes recherches sur ta sœur, mais ne compte pas sur la coopération de la police. Quelqu'un lui impose un service minimum.

— Mais ça n'a pas de sens. Pourquoi voudrait-on m'empêcher de la trouver ?

— Réfléchis-y. Cherche les raisons.

— Peut-être que la personne qui a adopté ma sœur ne veut pas qu'on découvre qu'il s'agissait d'une adoption clandestine.

— Et ?

— D'autres actes illégaux ont dû être commis.

— Des actes assez graves pour aboutir à deux meurtres plus de trente ans après les faits.

— Je dois interrompre mon enquête jusqu'à l'enterrement de mon père.

— Je sais. Mais dès à présent, je ne te quitterai plus d'une semelle.

— Et ton travail ?

— Je me débrouillerai.

— Mais si les gens qui ont commandité les meurtres de mon père et de Mme Starnes sont aussi puissants que tu le crois, à quoi sert de continuer ?

— Personne n'est intouchable. On les coincera.

19

La Nouvelle-Orléans

Identifier le corps de son père fut la chose la plus dure que Meredith ait jamais eu à faire de sa vie.

Dans le cadre de son métier, elle avait déjà assisté à des identifications, avec toute la neutralité – du moins apparente – que sa position lui imposait.

À travers la vitre, elle regarda un technicien découvrir le visage de son père. Et elle sut qu'elle ne pourrait plus jamais suivre cette procédure d'un œil objectif.

Le visage de son père était gris, sa joue portait des marques de sa chute, mais à part cela, il paraissait… juste immobile.

Byers, qui se tenait près d'elle, gardait le silence, patient. Lui aussi avait assisté à cette scène plus d'une fois. Elle hocha la tête. Puis elle signa les papiers sans trembler, se détourna et le suivit hors de la morgue. À sa demande, Gage avait attendu à l'extérieur.

Il lui tendit la main. Elle la serra fort un instant, puis la lâcha. Ce bref contact signifiait tout, rendait le présent supportable.

Gage la conduisit ensuite à la brigade criminelle, et ils gagnèrent aussitôt la salle de réunion. Glenn Wagner s'y trouvait déjà. Byers les rejoignit quelques minutes plus tard.

— D'après Gaynor, vous pourriez avoir certaines informations, dit-il sans préambule.

Elle choisit de ne pas répondre tout de suite.

— Pourquoi la mort de mon père est-elle considérée comme un simple accident ?

— J'aimerais le savoir. Ni le capitaine ni le lieutenant ne nous ont donné d'explications.

— Un accident de ce type reste un meurtre, remarqua Meredith d'un ton sec.

Byers ne cilla pas.

— Oui, mais nous ne lui donnons pas la même importance qu'à un homicide volontaire.

— Pas même si l'on considère la position sociale de mon père ?

Il la regarda d'un air narquois.

— Mlle Rawson peut peut-être essayer de te convaincre, intervint Gage.

— C'est inutile. Je suis déjà convaincu qu'il s'agit d'un meurtre, surtout après l'agression dont Mlle Rawson a été victime, déclara Byers.

— Il n'y a pas que ça.

— Je suis au courant du meurtre de Mme Starnes.

— Comme vous le savez, mon père est venu me voir quelques heures avant sa mort, reprit Meredith. Il était inquiet. Il m'a dit... que je ne me rendais pas compte de ce que j'avais fait.

— Qu'aviez-vous fait ? demanda Byers.

— Ma mère m'a récemment appris l'existence d'une fille qu'elle a eue hors mariage. Elle m'a demandé de la retrouver. Dès que j'ai commencé mes recherches, on a essayé de me tuer, ma maison a été vandalisée, j'ai reçu des coups de fil anonymes, et des dossiers ont disparu du domicile de mon père. Il voulait que j'arrête mes recherches. Je pensais qu'il craignait seulement pour sa réputation. J'étais furieuse...

— Poursuivez, dit Byers.

— J'ai commencé par essayer de contacter les anciennes amies de ma mère. Mme Starnes en faisait partie. Elle a été tuée avant que je puisse lui parler.

— Avez-vous contacté quelqu'un d'autre ?

— Mme Robert Laxton.

— Quand ?

— Dimanche. Et je l'ai rencontrée lundi.

Byers regarda Gage.

— Est-ce que tout va bien de ce côté ?

— Oui. J'ai vérifié ce matin.

— Alors, je ne vois pas de lien.

Meredith sentit son ventre se nouer. Même si Byers croyait que son père avait été assassiné, il avait manifestement décidé de s'aligner sur la thèse soutenue par ses supérieurs. Elle décida de ne pas lui montrer les photos de sa mère et de Mme Starnes.

Elle adressa à Gage un regard d'avertissement, en priant pour qu'il ne mentionne pas les photos.

Il ne le fit pas.

— Je crois que nous pouvons y aller, déclara-t-il.

Elle se leva.

— J'ai d'autres questions, reprit Byers.

— Si vous comptez traiter la mort de mon père en simple accident, je ne vois pas quelles autres questions vous pourriez me poser.

— Je n'ai pas dit cela.

— Écoutez, je n'ai pas de temps à perdre. J'ai des funérailles à organiser, et une mère malade dont je dois m'occuper.

Rien ne l'obligeait à lui parler. Il le savait aussi bien qu'elle.

— Merci, dit-il en se levant. Nous restons en contact.

— Seulement si le dossier de mon père est classé parmi les homicides et traité comme tel, rétorqua Meredith.

Elle sortit en claquant la porte derrière elle. Jamais elle n'avait éprouvé une telle colère. La Nouvelle-Orléans était autrefois réputée pour sa corruption, mais elle avait cru cette ère révolue.

Son père avait été corrompu. Elle le savait, maintenant. Ce n'était pas seulement de la peur qu'elle avait vue dans ses yeux, ces derniers temps. C'était aussi de la culpabilité.

— Merci de ne pas avoir parlé des photos, dit-elle à Gage, alors qu'ils atteignaient sa voiture.
— Ça s'appelle de la rétention de preuves, maître.
— On ne sait pas s'il s'agit de preuves.
— Tu devrais arrêter, Meredith. Laisser tomber. Oublier.
Elle le regarda d'un air ahuri.
— Mais tu disais…
— J'avais tort. Et de toute façon, tu n'as pas de piste.
— Il y a les photos.
— Ça date de plus de trente ans. Et le père de ta sœur ne connaît probablement même pas l'existence de sa fille.
— Tu n'en sais rien. Peut-être qu'il s'est occupé d'elle. Lui ou des membres de sa famille.
— Ta mère l'aurait su.
— Je pensais que tu étais de mon côté.
Elle pesta intérieurement contre elle-même. On aurait cru entendre une enfant fatiguée qui pleurniche.
— Je le suis. Mais laisse-moi prendre les choses en main, à partir de maintenant. Je vais enquêter sur l'affaire Starnes. Je ne peux pas le faire efficacement si tu continues de ton côté. Il faut qu'on sache publiquement que tu as abandonné.
— Et comment obtenir ce résultat ?
— En arrêtant de poser des questions.
Elle leva les yeux vers lui.
— Et toi ?
— Je poursuis l'enquête. C'est mon dossier.
— Tu as dit qu'on risquait de te le retirer.
— Maintenant que la mort de ton père est classée comme un accident, il n'y a aucune raison de rapprocher les deux dossiers.
— Et s'ils s'en prennent à toi ?
— J'en doute. En s'attaquant à un flic, ils s'attireraient de gros ennuis.
— La mort de mon père aurait dû déclencher de gros ennuis.

Il ne releva pas.

— Viens, je te raccompagne.

— Comment peux-tu enquêter si tu n'arrêtes pas de t'occuper de moi ? insista-t-elle.

Le tour qu'avait pris la conversation lui déplaisait. Elle n'aimait pas être mise sur la touche. Et elle détestait devoir se reposer sur quelqu'un d'autre. Surtout maintenant, alors que tous ceux en qui elle croyait s'étaient révélés indignes de confiance.

Du temps passerait avant qu'elle se fie de nouveau à quelqu'un. Même en ce qui concernait Gage… elle ne savait plus.

Devait-elle le soupçonner, lui aussi ? Il avait été présent à chaque moment stratégique. Il faisait partie d'une brigade qui essayait de couvrir quelque chose. Il l'avait encouragée à trouver des réponses, et maintenant, il l'écartait.

Quand il avait regardé la photo de sa mère et de ses deux amis, il avait eu l'air de reconnaître quelque chose, et pourtant, il n'avait rien dit. Depuis le début, elle était celle qui donnait les informations. Lui se contentait de les utiliser.

Et, de toute façon, si sa méfiance n'était pas fondée, s'il ne la manipulait pas, elle était en train de le mettre en danger, tout comme elle avait mis son père et Mme Starnes en danger. Combien de morts supporterait-elle d'avoir sur la conscience ?

Dans les deux cas de figure, elle devait faire ce qu'elle avait toujours fait : ne compter que sur elle-même.

Elle s'appuya contre la voiture.

— Tu ne peux pas faire à la fois ton boulot et le mien.

Il la regarda d'un air interrogateur.

— Est-ce une manière polie de m'écarter ?

— Non. On s'en prend à ceux qui m'entourent. Pas à moi. On a essayé de me faire peur, c'est vrai, mais je suis toujours en vie.

— Tu ne me crois pas capable de me défendre ?

— Je ne veux pas que tu deviennes une cible par ma faute.

Il l'observa un long moment.

— Tu as peur ?

— Bien sûr que j'ai peur. Il faudrait être complètement stupide pour ne pas avoir peur.

— Je ne parlais pas de ce qui se passe autour de toi, mais de ce qui se passe entre nous.

Elle garda le silence.

— Ce n'est pas évident pour moi non plus, reprit-il. Je suis distrait. Je perds mon objectivité. Ce n'est pas bon pour un policier.

— Raison de plus pour nous séparer.

— Je crains que ça ne marche pas comme ça.

Elle maudit ces yeux verts qui semblaient lire au plus profond de son âme – même si elle savait que c'était le signe d'une grande complémentarité entre eux.

— Meredith, ne lutte pas contre moi, murmura-t-il en tendant la main pour lui toucher tendrement la joue.

Puis il se pencha et l'embrassa. Apparemment, il se moquait comme d'une guigne des passants qui les regardaient avec amusement. Quand il abandonna sa bouche, elle était ivre de sa peau, de son odeur.

Il lui fallut toute la force de sa volonté pour s'écarter de lui.

— S'il te plaît, ramène-moi chez moi. Je te suis reconnaissante, mais…

— Je ne veux pas de ta reconnaissance, Meredith.

— Qu'est-ce que tu veux, alors ?

Il la regarda droit dans les yeux.

— Je n'en sais rien, dit-il en souriant. Sauf que je veux que tu restes entière.

— Cette priorité me convient.

— Mais tu n'as pas l'intention de me laisser agir ?

— Je n'ai pas l'intention de laisser qui que ce soit se mettre en danger.

Elle ouvrit la portière.

— Et j'ai un enterrement à organiser et…

Elle ferma les yeux à la perspective des jours à venir.

Il lui caressa la joue, et elle pencha une fraction de seconde son visage contre sa main.

— Je dois y aller, dit-elle, rompant le charme.

— Je reste avec toi.

Elle secoua la tête.

— J'ai besoin d'être seule pour le moment.

— Alors, je prendrai d'autres dispositions pour ta protection.

Sa voix n'était plus chaleureuse mais sèche. Elle croisa son regard et y vit quelque chose qui ressemblait à de la peine.

Mieux valait cela qu'avoir sa mort sur la conscience.

Mais elle avait de nouveau froid.

Bisbee

Contrarié, Doug Menelo raccrocha brutalement. Ses recherches sur Elizabeth Baker n'avaient rien donné. Elle avait dit venir de Chicago, mais il n'avait trouvé ni son adresse ni le prénom de son mari défunt. Il y avait un certain nombre d'Elizabeth Baker dans l'Illinois, mais aucune ne correspondait à ce qu'il savait de Liz. Quant au mari, aucun homme du nom de Baker, décédé récemment, n'avait une épouse prénommée Elizabeth.

Le manque d'informations ne faisait que piquer davantage sa curiosité. Il avait aussi continué à compulser les annonces de disparitions d'enfants, mais n'avait rien vu qui puisse évoquer Liz et son fils au cours des deux derniers mois.

Était-il en train de se monter la tête ?

Il regarda sa montre : 17 heures. Il décida de passer voir Marty à la galerie.

— Salut, dit-elle avec son chaleureux sourire.

— Salut.

La partie ne serait pas facile. Il avait établi d'excellentes relations avec la plupart des commerçants de la ville. Marty faisait partie du conseil municipal et était l'une de ses plus ferventes supportrices. Elle croyait aussi fermement au respect de la vie privée. Elle avait protégé bon nombre de ses concitoyens les plus excentriques quand d'autres voulaient les pousser à quitter la ville parce qu'ils craignaient qu'ils ne dérangent les touristes.

Elle le regarda attentivement.

— Ce n'est pas une visite amicale.

— Pas exactement.

— Et ça te pose un problème.

— Tu ne m'avais pas dit que tu étais médium.

Elle sourit.

— Je ne te dis pas tout.

— Que sais-tu de Liz ? demanda-t-il abruptement.

Le sourire de Marty s'évanouit.

— Pas grand-chose. Juste que je l'aime bien.

— Moi aussi. T'a-t-elle parlé de son mari ?

— Non.

— Me le dirais-tu si elle l'avait fait ?

— Non.

Cela le fit sourire, mais il n'abandonna pas.

— Elle a peur de quelque chose.

Marty ne répondit pas.

— Elle pourrait avoir besoin d'aide.

— Si c'est le cas, elle en demandera.

— Tu es intraitable, Marty.

— C'est faux. Je suis une bonne pâte, et tu le sais.

Il soupira.

— Je ne lui ferai pas de mal.

— Tu peux lui en faire sans le vouloir.

— Tu as raison. Veille sur elle, d'accord ?

— Tu peux compter sur moi.

Frustré, il s'en alla et se dirigea vers un restaurant situé un peu plus bas dans la rue, où il commanda deux grandes pizzas. Il jeta un coup d'œil à sa montre.

Avec un peu de chance, Liz et son fils n'auraient pas encore dîné.

Trente minutes plus tard, il était devant leur porte et sonnait.

Harry ouvrit, regarda les deux boîtes dans ses mains et sourit.

— Des pizzas !

Liz le rejoignit, en s'essuyant les mains avec un torchon.

— Salut, dit Doug. J'avais envie d'une pizza, mais ça ne me disait rien de la manger seul. J'espère que vous allez la partager avec moi.

— Vous n'avez pas lésiné sur la quantité.

Elle ne l'accueillait pas vraiment à bras ouverts… Gêné, il cherchait quelque chose à dire quand, soudain, elle sourit. Et ce fut comme si le soleil venait d'entrer dans la pièce.

— Merci. J'ai très faim, et la pizza est le plat préféré de Harry. Enfin, après les tacos.

— J'adore les tacos, moi aussi, dit-il en regardant Harry.

Il entra et jeta un regard vers l'angle de la pièce où elle avait installé son petit atelier.

— J'espère que cela ne vous dérange pas. Je n'ai pas l'habitude de m'imposer comme ça, mais j'étais à la pizzeria et j'ai pensé à Harry. Si vous voulez, je peux…

— Vous ne me dérangez pas du tout, coupa-t-elle. C'est gentil d'avoir pensé à nous.

Un grand soulagement envahit Doug. Peut-être se trompait-il. Peut-être n'avait-elle rien à cacher, ni à craindre. Il l'espérait de tout son cœur.

Il sortit les pizzas pendant qu'elle allait chercher des serviettes en papier.

— J'ai pris une poivron-fromage et une reine.

— Elles sentent bon. Que voulez-vous boire ? Soda ? Eau ?

— Un soda, ce serait parfait.

Ils s'installèrent tous les trois autour de la petite table branlante. Harry attendit patiemment qu'on le serve, puis mangea avec précaution. Trop de précaution pour un si petit garçon.

Doug croisa le regard de Liz – un regard d'une douceur incroyable. Sa bouche semblait inviter au baiser.

— Je ne savais pas si vous aimiez la pizza…

— J'adore ça, répondit-elle, attendrissante comme une enfant gourmande avec ses lèvres tachées de sauce tomate.

Il voulait lui demander la permission d'emmener Harry faire du poney ce week-end, mais il savait à quel point les parents détestent être mis devant le fait accompli en présence de leurs enfants. Il lui poserait la question plus tard.

— Vos sculptures marchent bien ? demanda-t-il.

— Apparemment, oui. Marty m'a passé de nouvelles commandes.

— Cela veut-il dire que vous resterez avec nous un moment ?

Il la regarda, mais au lieu de répondre elle mordit dans sa pizza.

— Ou retournerez-vous à Chicago ?

— Pourquoi y retournerais-je ?

— Pour être auprès de votre famille.

— Je n'en ai plus. Mes parents sont morts.

— Je suis désolé, dit-il, gêné.

Il ne voulait pas que ce moment passé ensemble tourne à l'interrogatoire. Il s'interdit donc de poser d'autres questions et se mit à manger au même rythme qu'eux. Quand il eut terminé, il se leva.

— Merci de votre accueil.

— Je pouvais difficilement renvoyer un homme affamé muni de pizzas, dit-elle avec un demi-sourire.

Ses sourires étaient si rares que cela lui réchauffa le cœur. Il avait envie de l'inviter à sortir un soir. Il avait envie de l'embrasser…

Par-dessus tout, il voulait percer le mystère qui l'entourait. Il la suivit jusqu'à la porte tandis que Harry finissait son repas. Une fois qu'il fut sûr que l'enfant ne pouvait pas l'entendre, il demanda :

— J'emmène Jenny au ranch samedi. Voulez-vous venir avec Harry ?

Il vit sur son visage qu'elle était tentée de refuser.

— Ce sera avec plaisir, dit-elle, presque sur un ton de défi.

— Je passerai vous chercher à 9 heures. On pourrait peut-être prendre le petit déjeuner en chemin, si ça vous dit.

Elle hocha la tête.

— Merci de ne pas l'avoir demandé devant Harry.

Il comprit que cette délicatesse la touchait. Mais, en même temps que le plaisir, lui vint un sentiment de profond malaise. Elle s'ouvrait timidement à lui, et que faisait-il ? Il trahissait sa confiance en fouinant dans sa vie. Il ne s'était jamais senti aussi minable.

Il décida d'abandonner ses recherches sur elle.

La Nouvelle-Orléans

Meredith regarda l'assistance. Rien ne lui semblait réel. Son cœur était comme pris dans la glace. Elle avait l'impression d'être une spectatrice assistant au drame et à la douleur des autres.

Quelqu'un parmi ces gens était-il un assassin ?

Tout le monde était plein de sollicitude, mais elle était assise seule au premier rang de l'église bondée. Sarah et Becky étaient chez ses parents, en train d'aider aux préparatifs de la réception. Meredith avait invité Mme Edwards à prendre place près d'elle, mais la gouvernante avait décliné son offre. Elle voulait s'asseoir au fond.

Gage n'était pas venu. Elle lui avait dit qu'elle avait besoin d'être seule, et il l'avait apparemment prise au mot.

Elle essaya d'écouter l'hommage rendu à son père. Il avait été à une époque un membre actif de l'église et, même après qu'il avait cessé de pratiquer avec assiduité, il avait continué à verser des sommes importantes à la paroisse. Les qualités de son père étaient innombrables dans la bouche du prêtre.

Elle avait refusé de prendre la parole. Il était son père, et à ce titre, elle l'avait aimé. Elle l'avait même admiré. Mais elle venait de comprendre que sa vie avait été chargée de secrets. Tout comme celle de sa mère.

Des secrets suffisamment graves pour pousser au meurtre.

Elle commençait aussi à comprendre que ses parents avaient vécu dans un enfer qu'ils avaient eux-mêmes fabriqué. Mais pourquoi ?

Il y avait tant de questions, et si peu de réponses… Elle pouvait seulement pleurer son père, maintenant. Elle ne pouvait pas changer le passé.

L'assistance entonna un cantique, *La Foi de nos pères.* Elle se souvenait de la première fois qu'elle l'avait entendu, des années auparavant, à l'époque où sa mère jugeait indispensable qu'elle les accompagne à la messe le dimanche. Elle prenait place entre ses parents et sentait la tension qui les séparait.

Des images défilèrent dans sa tête. Son père plus jeune, déjà distant, exigeant d'elle la perfection. Elle se rappela son sourire quand elle lui avait annoncé son admission à l'école de droit, puis la fierté sur son visage lorsqu'elle avait obtenu son diplôme. Elle s'était réjouie de lui plaire, jusqu'au moment où elle avait compris qu'il ne faisait que planifier sa vie, sans se soucier d'elle ni de ses sentiments.

Une dernière hymne accompagna les six hommes en costume noir qui portaient le cercueil. Elle se demanda s'ils connaissaient son père mieux qu'elle.

Il lui fallait à présent endurer la cérémonie au cimetière. Elle invita Mme Edwards à partager la limousine avec elle et, cette fois, la vieille dame accepta. La gouvernante avait les larmes aux yeux. Meredith se sentit coupable de ne pas être capable de pleurer. Elle avait l'impression que ses larmes étaient bloquées au fond d'elle-même.

Il faisait beau. C'était étrange, presque indécent pour un jour d'enterrement. Quand tout le monde se rassembla autour de la tombe, Meredith regarda chaque visage. La plupart lui étaient connus. Les gens qu'avait fréquentés son père étaient tous des personnalités influentes du monde juridique et politique ou des amis de sa mère. Son ventre se noua tandis qu'elle se demandait si l'un d'eux était l'assassin. Elle essaya de sonder leurs regards, mais n'y lut que de la sympathie.

Quand la cérémonie fut terminée, elle chercha de nouveau Gage des yeux. Elle ne le vit pas et comprit à quel point elle avait besoin de lui. Plus qu'elle ne le voulait.

Vint ensuite l'épreuve de la réception. Elle dut accepter les condoléances, prononcer des paroles de remerciement. Et pendant tout ce temps, elle ne put s'empêcher d'espérer la venue de Gage.

Enfin, le dernier invité s'en alla, et ce fut avec un grand soulagement qu'elle rentra chez elle. Elle donna à manger au chien, puis le sortit. Sarah et Becky lui avaient proposé de rester avec elle, mais elle leur avait assuré qu'elle avait seulement besoin de repos.

Elle avait Nicky. Et le revolver dans son sac.

Elle avait donné un congé de quelques jours à Mme Edwards qui, sitôt après la réception, était partie chez sa sœur, où elle prévoyait de séjourner un moment.

Meredith savait qu'elle ne pourrait pas dormir. Alors, elle fit monter Nicky dans sa voiture et reprit le chemin de la maison de ses parents. Tout avait été nettoyé par les employés du traiteur, mais il lui sembla entendre les échos de voix des gens qui étaient là à peine quelques heures auparavant.

Elle ne savait pas ce qu'elle allait faire de cette maison. Elle ne voulait pas y vivre. Trop de souvenirs l'habitaient.

Elle se remémora son père et sa mère en ces lieux, toutes les fois où ils s'étaient trouvés ici en même temps. Mais pas ensemble. Rarement ensemble.

La sonnette retentit soudain. Nicky aboya.

C'était sans doute un invité qui avait oublié quelque chose. Ou un journaliste. Elle envisagea de ne pas ouvrir, mais Nicky continuait à japper, trahissant sa présence. Elle regarda dehors.

La longue silhouette de Gage Gaynor se dressait sur le seuil. Un autre homme l'accompagnait. Elle le reconnut. C'était le policier qui était venu s'assurer que sa maison n'était pas truffée de micros.

Une vague de soulagement la traversa. Elle ouvrit la porte.

Gage l'attira dans ses bras. Il la tint contre lui un moment, puis s'écarta et désigna son compagnon.

— On est venu inspecter les téléphones.

— Tu crois que…

— Ton téléphone est sur écoute. Il y a de fortes chances pour que celui de ton père le soit aussi.

Elle les invita à entrer, puis attendit qu'ils effectuent les vérifications nécessaires.

— Rien, dit Gage en revenant.

— Pourquoi moi et pas lui ? demanda-t-elle, déroutée. Pourquoi l'ont-ils tué, lui, et pas moi ?

— Peut-être a-t-il contrarié quelqu'un.

Il hésita, puis demanda :

— Plus d'appels anonymes ?

— Non. Mais le téléphone n'arrêtait pas de sonner, alors j'ai fini par le débrancher.

— As-tu vu quelqu'un te suivre ?

Elle secoua la tête.

— Bien. Un de mes amis a gardé un œil sur toi. Je suis content d'apprendre qu'il sait se faire discret.

— Tu crois qu'ils vont m'agresser de nouveau ?

— J'imagine que ça dépend de ce que tu trouveras. Avec un peu de chance, ils pensent que tu as trop la tête ailleurs ou que tu as trop peur pour continuer.

— Je n'ai pas la tête ailleurs.

— Je le sais, et c'est bien ce qui m'inquiète.

— Où étais-tu aujourd'hui ?

Elle regretta aussitôt sa question.

— On a trouvé un corps dans le bayou cette semaine. Un cadavre aux doigts sectionnés, sans tête. Il a été tué d'une balle dans le cœur. Le lieutenant a programmé une réunion sur ce cas aujourd'hui. Je n'avais pas le choix.

Son regard croisa le sien, puis se déroba, et elle eut la pénible impression qu'il lui cachait quelque chose.

Son téléphone portable sonna.

— Mademoiselle Rawson ?

C'était la voix de Nan Fuller. Elle semblait complètement paniquée.

— Nan ?

— Je suis allée à la maison chercher des affaires pour les enfants. Rick était censé travailler. Il est ici. Je crois qu'il va me tuer. Je me suis enfermée dans la salle de bains, mais…

— Avez-vous appelé le 911 ?

— Oui, mais…

Meredith entendit un grand bruit à l'autre bout de la ligne.

— J'arrive, dit-elle.

Elle regarda Gage.

— Rick Fuller est en train d'agresser Nan chez eux.

Ils se précipitèrent dehors. Tout en courant, Meredith pria pour qu'il n'arrive rien à Nan.

Elle ne le supporterait pas.

20

La Nouvelle-Orléans

Ils arrivèrent chez les Fuller en même temps que deux autres voitures de police.

— Reste ici, dit Gage à Meredith, avant de sortir rejoindre ses collègues.

Un coup de feu retentit à l'intérieur de la maison. Gage empoigna son arme et ordonna à l'un des policiers d'appeler du renfort. Au même instant, il vit Meredith descendre de voiture.

— Inspecteur ! cria l'un des policiers.

Gage fit volte-face et aperçut Fuller qui s'enfuyait. Il était en uniforme et tenait une arme.

— Arrêtez !

Fuller se retourna, leva son arme et la pointa sur Gage.

— Lâchez votre arme !

Fuller n'obtempéra pas, mais dirigea son arme sur Meredith. Lui et Gage tirèrent en même temps. Le cœur de Gage manqua un battement quand Meredith fut projetée en arrière. Il la vit tomber. À la périphérie de son champ de vision, Fuller s'effondra.

Gage courut vers Meredith. Elle tenait son bras, et ses doigts dégoulinaient de sang.

— Laisse-moi voir.

La blessure n'était heureusement pas trop profonde.

Les policiers se ruèrent vers Fuller. Ils éloignèrent son arme d'un coup de pied, avant de tâter son pouls.

— Il est mort, annonça l'un d'eux.

— Va voir Nan, dit Meredith à Gage. Ça va aller.

Gage se précipita à l'intérieur du modeste pavillon.

— Madame Fuller ! appela-t-il.

Il passa d'une pièce à l'autre. Puis il repéra une porte fermée. Une balle l'avait traversée.

Il entendit du bruit derrière lui, se retourna et vit Meredith. Le policier qui la suivait écarta les mains dans un geste d'impuissance.

Elle saignait. Gage aurait voulu la convaincre de retourner attendre dehors, mais il savait qu'elle ne céderait pas. Plus vite il trouverait Nan Fuller, plus vite il pourrait ramener Meredith à la raison.

Il tourna la poignée. La porte était verrouillée.

— Madame Fuller ? C'est la police.

Silence.

— Je suis l'inspecteur Gaynor. Meredith Rawson est avec moi. Vous l'avez appelée.

Le verrou fut tiré. La porte s'ouvrit lentement, et Nan Fuller apparut. Son visage était pâle et noyé de larmes. Du sang séché maculait sa robe.

— Mes enfants, dit-elle d'une voix paniquée. Il a dit qu'il irait les trouver. Il a dit qu'il aurait Mlle Rawson. Qu'il finirait le travail.

— Où sont les enfants ?

— Au foyer, mais il connaît l'adresse.

— Vos enfants ne craignent rien. Votre mari est mort.

— Mort ?

Il hésita, avant d'ajouter :

— Je l'ai abattu. Il menaçait Mlle Rawson.

— Ô mon Dieu, gémit Nan en s'appuyant contre le mur.

Puis son regard se posa sur Meredith et son bras ensanglanté.

— C'est… c'est ma faute.

— Vous n'avez rien à vous reprocher, dit Gage doucement. C'est votre mari qui est fautif. Lui seul. N'oubliez jamais ça.

— Il a tiré à travers la porte, mais je m'étais plaquée contre le mur. Il a essayé de défoncer la porte. Puis il a entendu les sirènes.

Elle tremblait de tout son corps.

Meredith s'approcha d'elle et l'enlaça de son bras valide.

— Il ne fera plus de mal à personne, maintenant.

Bisbee

À l'aide de sa carte de sécurité sociale, Holly ouvrit un compte en banque. Elle y déposa mille cinq cents dollars. Mille cinq cents autres dollars étaient cachés dans différents endroits de sa maison et dans sa voiture. Et ses sculptures lui rapportaient suffisamment pour faire face aux dépenses quotidiennes.

La responsable d'agence lui adressa un grand sourire.

— Nous sommes ravis de vous compter parmi nos clients. Votre carte bancaire devrait arriver dans les prochains jours. Voici des chèques de dépannage en attendant que vous receviez votre chéquier.

— Merci, dit Holly en se levant.

— Si vous avez besoin de conseils en investissement ou de quoi que ce soit d'autre, n'hésitez pas à m'appeler, dit la femme en lui tendant sa carte professionnelle.

Investissement. Ce terme impliquait la stabilité, la réussite, la permanence, l'indépendance.

Un avenir.

Le sien.

Un frisson d'excitation la parcourut, chassant les ombres qui n'avaient cessé de planer au-dessus d'elle jusqu'ici. Bien sûr, elle ne devait pas baisser la garde. Il fallait qu'elle reste prudente. Mais il y avait un réel progrès dans sa situation, et elle ne le devait qu'à elle-même.

Elle n'avait plus qu'une formalité à accomplir pour consolider sa sécurité et celle de son fils : mettre par écrit tous les événements récents qui l'avaient forcée à devenir une fugitive.

Mais qui croirait son histoire ?

Les rares personnes en qui elle avait confiance à La Nouvelle-Orléans seraient-elles disposées à recevoir de telles confidences ? Rien n'était moins sûr.

Et ses nouveaux amis ?

Les mettrait-elle en danger si elle se confiait à eux ? Elle ne voulait pas prendre ce risque.

La meilleure solution était de s'adresser à un homme de loi. Un avocat et son client étaient liés par le secret professionnel.

Avec une assurance renouvelée, elle quitta la banque en tenant fermement la main de son fils. Dans sa main libre, Harry gardait précieusement la sucette offerte par la responsable d'agence.

Elle allait rentrer à la maison, déjeuner, puis travailler.

Un jour normal dans une vie normale, en somme.

Un vrai plaisir.

La Nouvelle-Orléans

Meredith dut attendre trois heures à l'hôpital avant qu'on désinfecte sa blessure et qu'on lui fasse quelques points de suture. La douleur avait monté en intensité jusqu'à atteindre l'intolérable quand on lui injecta enfin un anesthésiant pour la soigner.

Nan avait simplement eu besoin d'un bandage et était repartie avec la conseillère du foyer, qui était venue la chercher. Tout irait bien pour elle, désormais.

Meredith était psychologiquement épuisée, trop fatiguée pour réfléchir à ce qui venait d'arriver.

Fuller avait porté des menaces contre elle, à en croire Nan. Était-il possible qu'il ait été l'instigateur de tous ses ennuis, depuis le début ? Il était de service le soir où elle avait été agressée, mais, vu son métier, rien ne lui aurait été plus facile que de s'attacher les services d'individus que la violence ne rebutait pas.

À première vue, cela semblait plus crédible qu'une conspiration dont les racines remonteraient à plus de trente ans.

Si l'hypothèse Fuller était la bonne, elle était hors de danger. C'était fini. Elle pouvait reprendre le cours normal de sa vie.

Normal ?

Parviendrait-elle jamais à retrouver une vie normale après toutes ces horreurs ?

Son regard se porta au-delà des portes vitrées de l'hôpital. Il était plus de minuit. Elle se sentait faible, déracinée, désorientée. Elle songea à sa mère, couchée dans un autre hôpital, inconsciente.

Elle n'avait même pas de moyen de transport. Sa voiture se trouvait toujours chez ses parents, où elle l'avait laissée quand Gage et elle s'étaient précipités chez Nan. Elle imagina Gage dans les locaux de la brigade criminelle, en train de subir un interrogatoire serré.

Elle envisagea d'appeler Sarah, mais y renonça. Elle ne dérangerait personne. Elle appellerait un taxi. Une fois chez elle, elle se préparerait un chocolat chaud et prendrait un long bain parfumé.

Elle laissa ses pensées retourner vers Gage, vers son expression quand son collègue avait annoncé que Fuller était mort. L'espace d'un instant, il avait été à nu. Elle avait vu l'anéantissement sur son visage. Puis le masque d'impénétrabilité avait repris sa place.

Elle avait terriblement envie de le voir. Contre toute logique, elle espérait qu'il apparaîtrait soudain à la porte de l'hôpital. Mais après ce qu'il avait fait – tuer un autre officier de police, même en état de légitime défense –, son interrogatoire durerait au moins toute la nuit.

Elle signa les papiers de sortie et accepta docilement une ordonnance pour des calmants et des antibiotiques, puis elle utilisa son téléphone portable pour appeler un taxi. Pendant une fraction de seconde, elle eut envie de pleurer. Mais elle se maîtrisa. Les larmes ne seraient d'aucune utilité.

Une seule chose pouvait l'aider. Sa famille avait été emportée par la maladie et le mal, mais elle avait encore une sœur quelque part.

Elle était déterminée à la retrouver, quoi qu'il lui en coûte.

Bisbee

Marty avait donné à Holly plusieurs noms d'avocats réputés de la région, en lui en recommandant un en particulier. Holly l'avait appelé et avait obtenu un rendez-vous deux jours plus tard. Cela lui laissait le temps de mettre au point une histoire plausible. Même si les avocats étaient tenus par l'obligation de confidentialité, elle n'osait pas trop accorder sa confiance.

Elle regarda la lettre qu'elle venait de terminer. C'était son troisième essai. Les deux autres avaient fini en miettes à la poubelle.

Bien qu'elle fût peu douée pour l'écriture, elle avait tout de même réussi à relater avec précision tout ce qui lui était arrivé la nuit où elle avait quitté La Nouvelle-Orléans. Au total, cela remplissait trois pages. Elle emmena Harry avec elle dans une papeterie où elle photocopia sa lettre en trois exemplaires, qu'elle glissa dans des enveloppes.

Puis elle se rendit chez Marty. Elle attendit qu'il n'y ait personne dans la galerie et entraîna son amie à l'abri des oreilles de son fils.

— J'ai un rendez-vous avec M. McIntyre. Je veux prendre des dispositions pour Harry au cas où...

Marty hocha la tête.

— Je n'ai personne, poursuivit Holly sans détours. Je sais que c'est beaucoup vous demander, mais accepteriez-vous d'être mon exécutrice testamentaire ?

Prendriez-vous soin des intérêts de Harry si je n'étais plus là ?

Marty scruta son visage.

— Vous n'avez personne d'autre ? Pas de famille, même du côté de votre mari ?

— Non. En tout cas, personne à qui je voudrais confier l'avenir de mon fils.

— J'ai soixante-six ans, lui rappela Marty.

— La plus jeune femme de soixante-six ans que j'aie jamais connue.

— Mais je les ai quand même.

— Je ne vous demande pas d'élever mon fils, insista Holly. Juste de vous assurer que tout se passe selon ma volonté.

Marty continuait à sonder son regard, comme pour y lire ce que Holly ne voulait pas dire.

— Il n'arrivera rien, poursuivit celle-ci. C'est seulement une précaution, une manière de me rassurer.

Elle détestait mentir à Marty. Il pouvait bel et bien lui arriver quelque chose. Si tel était le cas, la famille de son mari récupérerait sûrement Harry. Mais au moins Marty pourrait-elle essayer d'intervenir.

Marty hocha lentement la tête pour donner son accord, puis demanda d'une voix douce :

— Y a-t-il quelque chose que je devrais savoir, Liz ?

Holly rassembla son courage.

— Absolument pas, Marty, mentit-elle avec un aplomb dont elle ne se serait pas crue capable.

Elle remercia Marty pour sa compréhension et son soutien, puis lui tendit une des enveloppes cachetées.

— À n'ouvrir que s'il m'arrive quelque chose.

Manifestement inquiète, Marty eut un instant d'hésitation avant d'accepter l'enveloppe.

21

La Nouvelle-Orléans

Meredith rangea les calmants dans son armoire à pharmacie et prit de l'aspirine à la place. Elle ne voulait pas dormir trop profondément. Juste avant d'aller se coucher, elle essaya de joindre Gage sur son portable, mais son téléphone était apparemment éteint.

Elle lui laissa un message bref – « merci ». Sans lui, elle ne serait probablement pas en vie ce soir.

Elle débrancha le téléphone, afin d'éviter les appels de journalistes. Ses proches pourraient toujours la joindre sur son portable. Puis elle s'assura que son revolver se trouvait près d'elle, sur la table de nuit, et invita Nicky sur son lit. Elle avait besoin de sa présence réconfortante.

Le visage de Gage fut la dernière image qui l'accompagna avant que le sommeil ne l'emporte. Ce fut la lumière de l'aube qui la réveilla. Dès qu'elle bougea, Nicky commença à lui lécher la main. Il voulait sortir.

Meredith poussa un grognement quand elle se retourna et que son bras blessé heurta le bord du lit. Nicky la poussa du bout de son museau.

— OK, dit-elle d'un ton renfrogné.

Elle regarda son réveil. Six heures.

Puis tout lui revint d'un bloc. La mort de son père. Mme Starnes. L'enterrement. Rick Fuller qui pointait une arme sur elle. La détonation d'une arme à feu.

Elle eut envie de s'enfouir sous sa couette et de fermer les yeux. Mais elle ne pouvait pas se le permettre.

Elle devait d'abord rendre visite à sa mère et faire en sorte que les arrangements pris par son père pour elle se poursuivent. Puis elle voulait voir Gage. Sa nuit avait dû être longue.

Elle se leva avec précaution, en veillant à ne pas se cogner le bras. Par la fenêtre, elle vit une voiture garée devant sa maison. Quelqu'un était assis à la place du conducteur. Qui que ce soit, il ne faisait aucun effort pour se cacher.

Meredith passa un coup de brosse dans ses cheveux, puis enfila un jean et une chemise ample. Elle descendit, attrapant au passage la laisse de Nicky.

Une fois dehors, elle se dirigea droit vers la voiture. Le conducteur en sortit.

— Mademoiselle Rawson ?

— Oui.

— L'inspecteur Gaynor m'a demandé d'assurer votre protection. Je vous aurais prévenue plus tôt, mais il m'a dit que vous aviez eu une soirée difficile et je n'ai pas voulu vous réveiller.

— Et vous êtes…

— Mack Thomas. Détective privé. Ancien flic. Gage m'a aidé plusieurs fois. Je ne demande qu'à lui renvoyer l'ascenseur.

— Quand lui avez-vous parlé ?

— Tard hier soir. Il était coincé à la brigade.

— Êtes-vous au courant de la fusillade ?

— Ouais. C'est moche quand ça se passe entre collègues.

Mack Thomas avait la cinquantaine, mais le corps mince et musclé d'un homme qui s'entraîne quotidiennement.

— Depuis combien d'heures surveillez-vous ma maison ? Je veux payer vos honoraires.

— Pas question que je sois payé. Je lui dois trop.

— J'aimerais bien que vous me racontiez ça.

— Peut-être une autre fois. Vous allez quelque part aujourd'hui ?

— J'ai prévu de rendre visite à ma mère, puis je quitterai la ville quelques jours. J'apprécie votre aide, mais le danger est sans doute écarté, maintenant.

— Gage ne le pense pas.

Au fond d'elle, elle ne le pensait pas non plus.

— Comment puis-je le joindre ?

— J'imagine qu'il est encore coincé avec ses anciens potes de la police des polices.

Elle hocha la tête.

— Joli chien, commenta Mack avec un mouvement du menton en direction de Nicky.

— Il n'est pas à moi. Je le garde… pour une amie.

Elle se détourna pour rentrer.

— Je partirai dans environ une demi-heure. Vous pourrez partir aussi. Je suis sûre que tout ira bien.

Elle regagna sa porte avant qu'il puisse répondre.

Après avoir donné à manger à Nicky, elle alla se préparer dans la salle de bains. Elle avait une mine affreuse, et son bras lui faisait encore très mal.

Mais tout cela ne comptait pas. Elle était vivante. D'autres étaient morts.

Lorsqu'elle quitta la maison et se mit en route pour l'hôpital, elle remarqua que Mack la suivait malgré tout.

L'infirmière de sa mère parut surprise de la voir.

— Mademoiselle Rawson ! Je ne pensais pas que vous viendriez aujourd'hui.

Elle baissa les yeux sur son journal. Meredith ne l'avait pas lu. Elle n'avait même pas pensé à acheter la presse. En première page se trouvaient des photos d'elle, de Gage et de Rick Fuller.

Une avocate blessée par balle dans une dispute conjugale. Le policier forcené abattu par un officier du NOPD.

Meredith lut rapidement l'article, puis rendit le journal à l'infirmière.

— Voulez-vous rester un moment seule avec votre mère ?

— Oui. Merci.

L'infirmière se dirigea vers la porte. Avant de sortir, elle se retourna.

— Au fait, quelqu'un est passé cette nuit. Un homme. J'étais allée au bureau, et il se tenait devant la porte quand je suis revenue. Il est parti en me voyant.

Meredith sentit un frisson lui parcourir la colonne vertébrale.

— Pouvez-vous me le décrire ?

— Dans les cinquante ans. Brun, les tempes grisonnantes. En jean, mais de l'allure. J'ai à peine aperçu son visage.

— Je vous en prie, ne laissez plus ma mère seule. Même pour quelques instants. Elle est peut-être en danger.

Elle savait que ses craintes pouvaient paraître étranges. Sa mère était en train de mourir. Mais elle ne voulait pas que le peu de temps qu'il lui restait soit écourté.

— Je suis désolée… commença l'infirmière.

— Ce n'est pas votre faute. Personne ne vous avait prévenue. Mais quelqu'un semble en vouloir à ma famille. Alors, je tiens à être très prudente.

L'infirmière hocha la tête et quitta la chambre. Meredith s'assit près de sa mère et lui prit la main. Elle n'avait plus que la peau sur les os. Sa pâleur était plus prononcée que jamais.

— Papa est mort… Il a été tué. Je l'ai enterré hier. Tous tes amis étaient présents. Ils ont demandé de tes nouvelles. Tu as tant d'amis…

Elle retint un sanglot en se rappelant Lulu Starnes et la photo de trois jeunes gens qui semblaient prêts à conquérir le monde. Elle se pencha pour embrasser sa mère. Une larme tomba sur la joue inerte.

On frappa à la porte. Meredith essuya vivement ses larmes. C'était le médecin. Elle se leva pour aller à sa rencontre.

— J'ai appris, pour votre père, dit-il en la regardant tristement. J'espérais pouvoir assister à l'enterrement, mais j'ai été retenu par une urgence. Je suis vraiment navré.

— Merci.

Elle l'entraîna vers la porte.

— Où... en sommes-nous ?

— Vous devez prendre des décisions. Votre mère n'a pas exprimé de souhait particulier. Votre père nous avait ordonné de la maintenir en vie par tous les moyens.

— Combien de temps lui reste-t-il ?

— Pas plus de quelques jours, au mieux.

— Y a-t-il une chance qu'elle reprenne conscience ?

Il secoua la tête.

— Non.

— Est-ce qu'elle entend ou sent quelque chose ?

— Je ne le crois pas, dit-il avec douceur.

Meredith regarda sa mère, et sa vue se brouilla de nouveau. Elle ne devait pas peser plus de quarante kilos, maintenant.

— Alors, pas d'acharnement thérapeutique. Je ne crois pas qu'elle l'aurait voulu.

Il hocha la tête.

— Je suis désolé, mademoiselle Rawson. Votre mère était quelqu'un de bien.

Quand le médecin fut parti, Meredith retourna s'asseoir auprès de sa mère.

— Je ne t'abandonnerai pas, murmura-t-elle d'une voix brisée par le chagrin.

Bisbee

— Liz ?

Holly leva les yeux vers Doug.

— Il y a quelque chose qui ne va pas ?

— Je pensais juste au travail que j'ai à faire. Je ne devrais vraiment pas être ici, mais Harry adore le poney. Il voudrait être un cow-boy. Un shérif comme le « shérif Doug ».

— Et Liz ?

— Liz aussi aime bien monter à cheval, admit-elle.

— Marty m'a dit que vos sculptures se vendaient comme des petits pains.

Marty et lui avaient donc parlé d'elle, songea Holly, aussitôt inquiète. Jusqu'où Marty avait-elle poussé les confidences à son sujet ?

Elle se força à se concentrer sur leur conversation.

— Elle m'a dit aussi qu'une fois la saison d'été passée, les ventes baissaient considérablement. J'ai besoin de vendre le plus de sculptures possible avant.

Il ne fit pas de commentaire, mais elle remarqua sa perplexité. Il se demandait probablement pourquoi elle semblait ne disposer d'aucune sécurité financière. Une épouse ne touche-t-elle pas d'ordinaire l'argent de l'assurance à la mort de son mari ?

Une fois de plus, elle se dit qu'elle ferait mieux de rester à l'écart de Doug.

Mais elle ne s'en sentait pas capable. Elle avait besoin de sa compagnie. Et Harry peut-être encore plus qu'elle.

— Il y a un très beau film pour les enfants demain soir, dit Doug. J'ai promis à Jenny de l'emmener. Peut-être…

Sa voix s'éteignit, comme s'il connaissait d'avance la réponse.

Elle savait à quel film il faisait référence. C'était une histoire de magiciens. Elle était sûre que Harry l'adorerait, surtout s'il y allait avec Jenny, dont il semblait être tombé amoureux.

— Vous souriez, remarqua Doug.

Cela semblait le surprendre. Souriait-elle si rarement que cela ?

— Je crois que Harry serait content d'y aller, dit-elle.

— Et Liz ? demanda-t-il d'un ton badin.

— Liz aussi.

— Je crains de forcer ma chance, mais si nous dînions ensemble avant ? Je suis le roi du steak au barbecue.

La situation lui échappait inexorablement. Un jour, Doug commencerait à lui poser des questions plus personnelles. Et plus il la connaîtrait, plus il serait apte à déceler ses mensonges.

Mais malgré les risques, elle ne pouvait pas condamner son petit garçon à vivre dans l'isolement.

— Merci, ce sera avec plaisir, dit-elle.

Doug accueillit sa réponse avec un grand sourire.

Pour se rassurer, Holly songea qu'elle pourrait toujours l'appeler le lendemain et se décommander en invoquant une migraine.

Mais elle savait qu'elle ne le ferait pas.

La Nouvelle-Orléans

Gage passa voir Meredith à l'hôpital. Mack lui avait sans doute dit qu'elle s'y trouvait. Il resta un moment, mais il avait l'air épuisé.

— Je crois que tu devrais rentrer dormir un peu, lui dit-elle avec douceur.

— Je reste avec toi.

Elle ne pouvait pas accepter. Cela risquait de le mettre en danger.

— Non. Je… je préfère être seule avec elle.

— Alors, je vais demander à Mack de revenir.

— C'est peut-être terminé…

— Ou peut-être pas. Je ne veux prendre aucun risque.

— Merci de m'avoir sauvé la vie.

Il sourit. Elle aimait tant le voir sourire… Et elle avait envie qu'il reste. Sa seule présence suffisait à rendre sa vie moins sombre. Mais elle répéta :

— Rentre chez toi.

— Tu m'appelleras en cas de besoin ? Tu coopéreras avec Mack ?

— Oui.

Il lui caressa tendrement la joue. Ce geste signifiait beaucoup de la part d'un homme qui montrait si rarement ses émotions. Exactement comme elle.

Et comme sa mère, songea-t-elle avec tristesse. Marguerite Thibadeau avait réprimé ses sentiments toute sa vie, se transformant en véritable bombe à retardement pour ses proches. Était-elle en train de suivre son exemple ?

Elle ne voulait pas se montrer froide. Elle ne voulait pas garder les autres à distance. C'était pourtant ce qu'elle s'ingéniait à faire. Par mimétisme ? Ou par simple réflexe de défense ?

Elle se hissa sur la pointe des pieds et frotta sa joue contre celle de Gage. Ça piquait un peu.

— Merci d'être venu.

— Je voudrais vraiment rester.

— Je ne bougerai pas d'ici.

— Tu promets de m'appeler ?

Elle se contenta de hocher la tête. Ainsi, ce ne serait qu'un demi-mensonge, se dit-elle.

Elle le regarda partir, puis se rassit près de sa mère, dont la respiration était de plus en plus difficile.

Cinq heures plus tard, Marguerite Rawson rendit son dernier souffle.

Meredith l'embrassa sur le front.

— Je te jure que je la retrouverai, murmura-t-elle.

Elle se leva, les yeux secs, le cœur vide.

La douleur et les larmes viendraient plus tard, elle le savait. Pour l'instant, le choc étouffait le chagrin. Elle avait l'impression d'être quelqu'un d'autre, qu'elle observait à distance.

Elle avait désespérément envie d'appeler Gage, de se blottir contre lui et de puiser du courage dans sa force. Mais elle se concentra sur les formalités à accomplir, les papiers à signer, les coups de fil à donner.

L'enterrement aurait lieu quatre jours plus tard. Ce délai lui était nécessaire. Elle venait d'enterrer son père. Elle avait besoin d'un peu de temps avant d'enterrer sa mère.

Peut-être parviendrait-elle à trouver sa sœur avant.

Cette idée la réconforta un peu.

Mais elle savait que la douleur profondément tapie en elle ne tarderait pas à la submerger.

22

La Nouvelle-Orléans

Meredith appela Sarah de l'hôpital.

— Ma mère est morte cet après-midi.

— Ô mon Dieu… Qu'est-ce que je peux faire ?

— Deux choses. Pouvez-vous garder Nicky quelques jours ? C'est le chien de Mme Starnes. Je vais m'absenter et…

— Où allez-vous ?

— À Memphis. Vous pourrez me joindre sur mon portable en cas d'urgence.

— Est-ce bien prudent d'y aller seule ?

Meredith éluda la question.

— Ce qui m'importe, c'est de tenir la promesse que j'ai faite à ma mère.

— Vous m'appellerez régulièrement ?

— J'essaierai.

Sarah garda un instant le silence.

— Mes gosses adoreront avoir un chien quelques jours. Quoi d'autre ?

Meredith poussa un soupir de soulagement. Elle n'aurait vraiment pas aimé laisser Nicky dans un chenil.

— Pouvez-vous louer une voiture et la garer dans le parking du bureau ? Je veux éviter la presse et quiconque essaierait de me suivre.

— Vous devriez peut-être rester, dit Sarah avec inquiétude. Ici, au moins, l'inspecteur Gaynor vous protège.

— Je ne risque rien si personne ne sait où je suis. Et je veux que vous soyez très prudente en mon absence.

— Il n'y a sans doute plus rien à craindre. Rick Fuller était peut-être le responsable de tout ce qui vous est arrivé. Et de toute façon, je ne vois pas pourquoi on s'en prendrait à moi.

« Parce que vous êtes proche de moi », songea Meredith.

— Je veux quand même que vous fassiez attention.

— Je fais toujours attention. Je viens du bureau du district attorney, vous vous souvenez ?

— Je passerai prendre la voiture à 16 heures.

— Vous promettez de rester en contact ?

— Je ne pars que deux ou trois jours. Mais je vous appellerai tous les jours à 15 heures sur votre portable.

— Et à 7 heures tous les matins, insista Sarah.

— D'accord. À 7 heures et à 15 heures.

— Marché conclu. Et le chien ?

— Je l'amènerai au bureau.

— L'inspecteur Gaynor est-il au courant de votre départ ?

— Il a ses propres problèmes, en grande partie à cause de moi. J'estime que ça suffit comme ça.

— Bien. Et... Meredith, je suis vraiment désolée pour votre mère.

— Merci. À tout à l'heure.

Les deux hommes se retrouvèrent dans la bibliothèque du plus âgé d'entre eux. La nuit était en train de tomber.

— On a perdu sa trace, dit le plus âgé.

— Je croyais que tu avais engagé des professionnels. Ils ne sont même pas capables de retrouver la pauvre gourde que tu m'as fait épouser.

— Je me souviens d'un tout autre scénario, lui rappela son aîné. Tu la voulais.

Randolph lui lança un regard noir.

— Mets d'autres gars sur le coup.

L'autre le regarda comme s'il venait de lui pousser deux têtes.

— Tu veux que tout le monde sache que ta femme s'est enfuie parce que tu as essayé de la faire liquider ? J'ai confiance en ceux que j'ai engagés. Ce sont les meilleurs. Et ils savent se taire.

— Ils ne doivent pas être si bons que ça.

— Ils la trouveront. Et ils s'occuperont aussi de Meredith Rawson quand elle reviendra.

— Bon sang, on a déjà assez de problèmes ! Les flics ont découvert le corps de Carrick.

— Ils ne savent pas qui il est. Ils s'en désintéresseront vite.

Le plus âgé alla se servir un cognac, se rassit et savoura une gorgée.

— Si tu avais mieux surveillé ta femme, rien de tout cela ne serait nécessaire.

— C'est ta fille.

— Tu parles !

Ils se mesurèrent du regard, chacun jaugeant les failles de l'autre.

— Meredith Rawson nous conduira peut-être à Holly, dit Randolph Ames.

— Ça m'étonnerait. Charles ne peut plus l'aider, maintenant.

— On aurait dû la liquider dès le début.

— On ne pouvait pas tant que Charles était en vie. Il nous aurait tous envoyés en prison. Sa fille était notre seul moyen de pression sur lui.

— Mais maintenant…

— Maintenant, on a les coudées franches. Mais il faut que ça ait l'air d'un accident.

— Qui croira encore à un accident ?

L'homme assis derrière son bureau haussa les épaules.

— Probablement personne, mais il faudra faire en sorte qu'ils ne puissent pas prouver le contraire.

— Et si Gaynor s'entête ?

— Sa réputation est déjà bien entamée. Qu'il ait tué ce flic n'arrange rien.

— Il sera blanchi pour ça. Il y a trop de témoins.

— Mais ça alimentera les rumeurs. J'ai déjà semé quelques graines.

— Gaynor est un adversaire de taille.

— Il est un peu affaibli par ce qui s'est passé hier soir. Le coup de fil annonçant à Fuller qu'il allait être viré de la police à cause de Meredith Rawson était une de mes meilleures idées.

Randolph gloussa.

— J'espère ne jamais compter parmi tes ennemis.

— Ça n'arrivera pas. Tu m'es trop précieux. Nous ferons de grandes choses ensemble.

Ils trinquèrent à cette idée.

Memphis

Meredith passa la nuit dans un hôtel de Baton Rouge et atteignit les faubourgs de Memphis le lendemain, en milieu d'après-midi. Elle avait pris toutes les précautions d'usage pour semer un éventuel poursuivant. Cela lui avait assez occupé l'esprit pour éloigner la douleur causée par la mort de sa mère… mais pas assez pour qu'elle cesse de penser à Gage.

Elle lui avait laissé un message. Elle quittait la ville quelques jours, avait-elle expliqué. Elle ne voulait pas l'impliquer davantage dans sa quête personnelle. C'était trop dangereux pour lui.

Meredith espérait que la mort de Rick Fuller signait la fin de son cauchemar. Mais elle ne se faisait pas trop d'illusions.

Pourquoi Fuller aurait-il tué Mme Starnes ? En admettant qu'il ait espionné ses conversations téléphoniques, comment aurait-il pu savoir l'importance que cette femme avait pour elle ?

Peut-être l'avait-il supprimée afin qu'elle se trouve nez à nez avec un cadavre. Mais tuait-on dans le simple but de terrifier quelqu'un ?

Quand elle atteignit Memphis, elle se rendit directement à Germantown, le quartier où avait vécu sa grand-tante. Elle avait utilisé Internet pour le localiser précisément et avait réservé un hôtel à quelques pâtés de maisons de chez elle. Elle s'installerait, puis commencerait à interroger les voisins, dans l'improbable espoir d'en trouver un qui vivait là depuis plus de trente ans.

Elle prit sa chambre sous un faux nom. C'était le genre d'hôtel où l'on n'était pas trop regardant tant qu'on payait cash.

Dès qu'elle aurait mangé un morceau, elle se mettrait à arpenter le quartier de sa grand-tante.

La Nouvelle-Orléans

Après une nuit sans sommeil, Gage se rendit à son bureau. Il avait été suspendu, le temps que l'enquête sur la mort de Fuller soit bouclée, mais il voulait savoir s'il y avait du nouveau sur la mort de Charles Rawson.

— Ça va ? s'enquit Wagner.

— Ouais. Je me sens quand même un peu nu, sans mon insigne et mon arme.

— Il paraît que tu en as pour au moins une semaine. Profites-en pour prendre du bon temps.

Gage lui adressa un regard dégoûté.

— Ce n'est pas vraiment ce que j'ai en tête pour l'instant.

— On a un témoin pour le sans-abri. Un indic a entendu un autre clochard en parler.

— Bien. Cette affaire me tient à cœur. Quelqu'un s'est donné beaucoup de mal pour cacher l'identité de la victime.

— Aucune disparition signalée depuis moins de trois mois ne correspond à son signalement.

— Peut-être venait-il d'une autre ville.

— Possible. Un échantillon d'ADN est parti chez les fédéraux. Ils en savent peut-être plus.

Wagner sourit.

— Je serai content de te retrouver la semaine prochaine. Le boulot s'accumule.

— Je vais sûrement travailler de mon côté sur l'affaire Starnes.

— Tiens-moi au courant.

— Toi aussi, surtout pour le sans-abri. Tu peux m'appeler à n'importe quelle heure.

— Pas de problème.

Gage était sur le point de partir quand Dom l'appela sur son portable.

— J'ai vu ton frère. Je crois que je peux lui trouver un boulot.

— Tant mieux. Il en aura besoin pour l'audience.

— Je sais. Quand comptes-tu lui rendre visite ?

— J'essaierai d'y aller dimanche prochain.

— Il dit que l'audience a lieu dans deux semaines.

— Tu y seras ?

— Je l'ai prévu.

— Merci.

Gage hésita, puis demanda :

— Dom, est-ce que tu connaissais Marguerite Rawson ?

Dom ne répondit pas tout de suite.

— Comme tous les gens qui gravitent autour des œuvres sociales, je l'ai rencontrée, dit-il enfin.

— Elle vient de mourir.

Il y eut un autre silence au bout de la ligne.

— Je suis désolé de l'apprendre.

Gage nota une émotion inhabituelle dans sa voix.

— On peut boire un verre ensemble un de ces jours ?

— Avec toi, toujours, répondit Dom. Au fait, j'ai entendu parler de la fusillade. Mais j'ai appris des choses pas nettes sur Fuller.

— Ça m'intéresse.

— Je te raconterai ça quand on se verra. En parlant des Rawson, comment va Meredith Rawson ? Elle était là au moment des faits, n'est-ce pas ?

— Oui. Elle a eu plus que sa part de problèmes, ces derniers temps. Je crois que c'est en rapport avec sa mère et avec quelque chose qui s'est passé il y a longtemps.

Cette fois, le silence de Dom lui parut interminable.

— Dom ?

— Appelle-moi quand tu auras du temps, dit ce dernier.

— Merci encore pour Clint.

Quand Dom eut raccroché, Gage resta songeur un moment. Il repensa au jeune homme qui enlaçait Marguerite Rawson sur la vieille photo de Lulu Starnes. Le visage de Dom était plus rempli et marqué par une cicatrice – un souvenir de prison –, mais la ressemblance était indéniable.

Gage se promit de se pencher plus attentivement sur cette question, mais pour le moment, Meredith avait la priorité. Il composa le numéro de son portable et tomba sur le répondeur. Irrité, il chercha le numéro de Sarah et l'appela.

— Comment ça va ? lui demanda Sarah d'un ton compatissant.

Depuis vingt-quatre heures, on ne cessait de lui poser cette question sur ce ton-là.

— Parfaitement bien, mentit-il. Je cherche Mlle Rawson.

— Elle est partie pour quelques jours.

— A-t-elle dit où elle allait ?

— Si elle ne vous l'a pas dit…

— Elle s'imagine qu'elle n'est plus en danger. Je pense qu'elle se trompe.

— Selon vous, Rick Fuller n'aurait pas été impliqué dans tout ce qui vient de lui arriver ?

— S'il l'était, je ne crois pas qu'il était seul. Je connaissais Fuller. Il n'était pas imprévisible à ce point.

Sarah hésita.

— Elle m'a parlé de Memphis, dit-elle finalement.

— Où exactement à Memphis ?

Il attendit patiemment, lui laissant le temps de réfléchir.

— Je ne sais pas. Elle est à la recherche de quelqu'un qui aurait pu connaître sa grand-tante.

— L'adresse ?

Elle hésita de nouveau.

— Sarah, sa vie peut en dépendre.

Sarah lui donna l'adresse.

Bisbee

Les steaks étaient succulents. Doug les avait fait cuire au barbecue avec des épis de maïs et des légumes en brochette. Harry l'avait aidé avec un enthousiasme touchant.

— C'est agréable d'avoir un autre homme à la maison, décréta Doug alors qu'ils s'installaient à table.

Les enfants mangèrent rapidement, Jenny étant impatiente de montrer à Harry sa collection d'ours en peluche et de lui faire faire le tour du jardin.

Restés seuls, Doug et Holly terminèrent tranquillement leur repas en regardant le soleil couchant jeter sa palette de couleurs fauves sur la campagne. Il y avait longtemps que Holly ne s'était pas sentie aussi détendue. Peut-être même ne l'avait-elle jamais été autant.

Doug but une gorgée de vin. Elle remarqua qu'il buvait très modérément. Mais il était vrai qu'il devait conduire.

— Il faut y aller, annonça-t-il à regret. Le film est à 20 heures.

Quand ils arrivèrent au cinéma, il salua presque chaque personne présente. Holly reconnut quelques visages, et tout le monde la regarda avec curiosité. Apparemment, Doug était un célibataire très en vue.

Le film était excellent. Assise entre Harry et Doug,

Holly avait une conscience aiguë de la proximité de ce dernier, de sa main posée sur l'accoudoir. Elle garda les siennes sagement croisées sur ses genoux, mais à un moment donné, il lui prit la main, et leurs doigts s'enlacèrent.

Comme pour parfaire l'équilibre, Harry fit de même de son côté.

Elle se sentit alors incroyablement aimée et en sécurité. Elle aurait voulu que ce moment dure toujours.

Memphis

Aucun des voisins immédiats de la grand-tante de Meredith ne vivait dans le quartier depuis plus de quinze ans. Plusieurs d'entre eux se rappelaient la vieille dame, qui avait été tuée au cours d'un cambriolage violent quelques années auparavant. Mais aucun d'eux ne se souvenait de paroles de leur vieille voisine évoquant l'existence d'un bébé, et personne n'avait entendu parler d'une jeune fille qui aurait vécu là en 1970. Tout le monde avait été horrifié par la mort de sa grand-tante, qui était apparemment sincèrement aimée.

Un cambriolage avec homicide…

Une autre mort violente. Fallait-il y voir une simple coïncidence ?

Elle n'avait pas le moindre élément de réponse à cette question.

Le nombre d'obstétriciens qui pratiquaient dans les environs se limitait à trois. Elle prendrait contact avec eux le lendemain matin à la première heure.

Restaient les hôpitaux. Elle chercha leur adresse dans les pages jaunes de l'annuaire, puis consulta leur site Internet sur son ordinateur portable. Elle écarta d'emblée ceux qui existaient depuis moins de trente ans. La liste diminua considérablement.

De toute façon, elle avait peu de chances de trouver quoi que ce soit par ce biais. Les hôpitaux ne conservaient pas des dossiers médicaux aussi anciens. Mais un membre du personnel se souviendrait peut-être d'une jeune fille en détresse qui avait abandonné son enfant à la naissance.

Pour le dîner, Meredith décida de se rendre dans un fast-food. Après avoir commandé un hamburger et des frites, elle sortit son carnet de notes et établit la liste des événements survenus depuis qu'elle avait appris l'existence de sa sœur. Si seulement elle pouvait trouver une piste ici...

La nourriture ne la réconforta pas, contrairement à ce qu'elle avait espéré. D'ordinaire, manger seule lui était égal, mais pas ce soir. Elle se sentait terriblement isolée. Terriblement vulnérable...

« Secoue-toi ! s'ordonna-t-elle. Pense à ta sœur, qui est peut-être en danger. »

Elle se concentra résolument sur ses notes.

Bisbee

Holly s'arrêta devant la porte de Daniel McIntyre, avocat à la cour. Elle regarda sa montre pour s'assurer qu'elle n'était pas trop en avance, puis ouvrit la porte. Une femme d'âge mûr assise derrière un bureau lui sourit brièvement.

— Vous devez être Elizabeth Baker, dit-elle. Maître McIntyre vous attend. Vous pouvez entrer.

Holly se dirigea vers la porte qu'elle lui indiquait.

Un homme d'une cinquantaine d'années au physique agréable se leva pour l'accueillir. Elle serra la main qu'il lui tendait. Il avait une poignée de main franche, propre à inspirer la confiance. Elle aimait aussi sa façon de la regarder directement dans les yeux.

Il s'assit et l'invita à faire de même.

— Que puis-je pour vous, madame Baker ?

— Avant tout, je voudrais connaître le montant de vos honoraires.

— C'est cinquante dollars pour l'entretien initial. Puis je prends cent dollars de l'heure.

— Vous êtes tenu par le secret professionnel à partir de maintenant, n'est-ce pas ?

— En effet. Sauf si j'apprends qu'un crime va être commis.

Elle hocha la tête.

— Je suis venue pour deux choses. D'abord pour mon fils. Je veux prendre des dispositions pour le cas où il m'arriverait quelque chose. J'aimerais nommer Marty Miller, la propriétaire de la galerie Special Things, comme tutrice.

Il parut surpris.

— Vous n'avez aucune famille ?

— Non.

— La procédure est simple. J'établirai les documents, et vous n'aurez qu'à venir les signer toutes les deux. Quoi d'autre ?

Elle lui tendit l'enveloppe contenant la lettre qu'elle avait écrite.

— Je veux que vous gardiez ceci. À n'ouvrir que si je décédais.

Il lui adressa un regard pénétrant.

— Avez-vous une raison de croire qu'il peut vous arriver quelque chose ?

— Non. C'est une lettre pour mon fils, mentit-elle. Je serais plus rassurée si elle était en sécurité.

— Cela ne pose aucun problème.

— Combien vous dois-je ?

— Deux cents dollars pour l'ensemble.

C'était moins qu'elle ne pensait.

— Merci, dit-elle, avant de lui donner l'argent.

Elle passa les minutes suivantes à lui communiquer de faux renseignements sur la date de naissance et le nom de son fils, puis ce fut terminé.

Après l'avoir remercié encore une fois, elle s'en alla, fière d'avoir accompli un pas supplémentaire pour la protection de son petit garçon.

23

Memphis

Durant les trois jours suivants, Meredith explora chaque possibilité.

Elle vérifia de nouveau les registres publics du bureau des adoptions. Aucun dossier ne comportait le nom de sa mère. Quant aux hôpitaux, comme elle s'y était attendue, aucun ne conservait de dossiers remontant à plus de trente ans. Ses recherches auprès des obstétriciens furent tout aussi infructueuses.

Elle passa ensuite aux avocats. Ceux qui étaient installés à Germantown et aux alentours étaient pour la plupart regroupés en grands cabinets. Un avocat impliqué dans une affaire d'adoption illégale ne pouvait qu'être indépendant, le risque de mettre en péril le cabinet étant trop élevé.

Elle rechercha les avocats indépendants ayant pratiqué trente ans auparavant dans le secteur. Il y en avait trois. Le premier était spécialisé en fiscalité, le deuxième en droit familial et le troisième s'occupait d'affaires courantes, tels les testaments et les successions.

Elle appela ce dernier le lundi matin et se présenta comme une avocate de La Nouvelle-Orléans à la recherche d'un héritier dans le cadre d'une importante succession. Il y avait une commission substantielle à la clé. Elle n'était là que pour une journée. Pouvait-on la recevoir ?

La secrétaire lui passa un avocat, auquel Meredith dit qu'elle ne pouvait pas donner d'explications par téléphone. Il lui fixa finalement rendez-vous à 17 heures.

La rencontre fut plus fructueuse qu'elle ne l'aurait cru. Il s'agissait d'un cabinet familial, Hartley & Hartley. William Hartley avait plus de soixante-dix ans, mais bien des hommes plus jeunes lui auraient envié sa vivacité, tant physique qu'intellectuelle.

— Les avocates n'étaient pas aussi jolies que vous quand j'ai débuté, remarqua-t-il d'un ton badin en l'invitant à s'asseoir.

William Junior, son fils, eut un sourire un peu gêné.

— J'imagine que vous n'avez pas manqué de jolies femmes dans votre vie, répondit-elle, jouant le jeu du franc-parler.

— Pour moi, il n'y en avait qu'une.

La gaieté disparut de son regard.

— Cela fait deux ans qu'elle est morte, et je suis revenu ici tracasser mon fils. Je devenais fou tout seul.

— Je suis désolée, dit Meredith, sincèrement touchée par l'authenticité de son émotion.

Il existait donc des unions heureuses…

— Ma seule consolation est que nous avons été très heureux, déclara-t-il, comme s'il avait lu dans ses pensées. Mais assez parlé de moi. Dites-nous ce qui vous amène.

Elle leur expliqua qu'une de ses clientes venait de mourir et laissait un très gros héritage à une fille qu'elle avait abandonnée à la naissance. Elle essayait de retrouver l'avocat qui avait pu se charger de la procédure d'adoption. Comme elle l'avait déjà précisé au téléphone, il y aurait une importante commission.

Ce fut le fils qui s'enquit du montant de celle-ci.

— Cinquante mille dollars, répondit-elle.

Après mûre réflexion, elle s'était décidée pour ce chiffre. Une somme supérieure n'aurait pas été crédible, une somme inférieure pas assez attractive.

Le père haussa les sourcils.

— À combien s'élève l'héritage ?

— Plusieurs millions.

C'était une estimation. Les biens que sa grand-mère maternelle avait légués à sa mère et qui lui revenaient maintenant s'élevaient approximativement à un million. Elle présumait qu'elle hériterait davantage de son père, en comptant la maison.

Elle était prête à dépenser ce qu'il faudrait pour trouver sa sœur, puis à partager avec elle le restant. Sa propre part irait au foyer pour femmes.

L'énoncé de la somme sembla éveiller l'intérêt de William Junior, qui regarda son père d'un air interrogateur.

— Je consulterai mes vieux dossiers, déclara ce dernier. J'ai une idée assez claire des personnes qui ont pu être impliquées dans ce type d'adoption. Si vous le souhaitez, je peux charger un détective privé de suivre les pistes. À moins que vous ne préfériez le faire vous-même.

— Ce serait en sus, bien sûr, précisa aussitôt le fils.

— Bien sûr, répéta-t-elle. Combien ?

— Le détective privé à qui nous avons l'habitude de faire appel prend cent dollars de l'heure.

Elle hocha la tête.

— C'est d'accord, dit-elle en sortant son chéquier. Une avance de cinq mille dollars vous conviendrait-elle ?

— Absolument, répondit le père. J'adore les mystères. De quelles informations disposez-vous ?

— Ma cliente s'appelait Marguerite Thibadeau. Elle devait avoir dix-sept ans à l'époque de la naissance de sa fille, qui a eu lieu en février 1970. Je ne connais pas l'identité du père.

— Rien d'autre ?

— Elle habitait chez sa tante.

Elle nota le nom et l'adresse de sa grand-tante sur une feuille de son carnet.

— Cette tante est morte au cours d'un cambriolage il y a trois ans. J'ai recherché l'acte de naissance de l'enfant, mais je n'ai rien trouvé.

— Je verrai ce que je peux faire.

— Je vous rappellerai.

— Entendu.

C'est avec l'impression d'avoir enfin un peu avancé que Meredith quitta le cabinet.

Elle regarda l'heure. Elle prendrait un solide dîner et partirait tôt le lendemain matin. À la réception de son hôtel, elle demanda l'adresse d'un bon restaurant. On lui en indiqua un à cinq cents mètres de là.

Alors qu'elle retournait dans sa chambre pour prendre une douche et changer de vêtements, elle remarqua une voiture familière dans le parking. Une longue silhouette était nonchalamment appuyée contre la portière, un gros chien assis sagement à ses pieds. Il poussa un bref aboiement joyeux en voyant Meredith.

Le cœur de Meredith manqua un battement quand son regard croisa celui de Gage.

Jamais elle n'avait été aussi contente de voir quelqu'un.

Gage savoura sa réaction. Il s'était attendu à tout – surprise, colère, méfiance, résignation –, mais pas à cette expression de plaisir sur son visage.

— Je te demanderais bien comment tu m'as trouvée, mais tu me répondrais probablement que tu es policier.

— Probablement, confirma-t-il en lui souriant.

— Et si tu m'as trouvée, quelqu'un d'autre l'aurait pu ?

— Tu veux bien arrêter de lire dans mes pensées ?

— Pourquoi ?

— Ça pourrait te causer des problèmes.

— Je crois que j'ai déjà des problèmes, avoua Meredith.

Sa voix était rauque d'émotion, et la sensualité qui sous-tendait ses paroles disait clairement qu'elle ne faisait pas allusion à la violence qui la cernait depuis plusieurs jours.

Elle avait l'air épuisée, ce qui n'avait rien d'étonnant. Mais sa force intérieure la faisait tenir, vaille que vaille. Et seule.

Cette qualité plaisait terriblement à Gage.

— Tu as découvert quelque chose ? demanda-t-il.

— Je tiens peut-être une piste. Je viens de voir un vieil avocat qui semble connaître tout le monde dans la profession. Il va établir une liste des avocats douteux qui auraient pu être impliqués dans une adoption illégale.

— Elle va être longue.

— Merci ! répliqua-t-elle d'un ton faussement offensé.

— Tu es l'exception qui confirme la règle, affirma-t-il.

Il se sentit se détendre pour la première fois depuis qu'il avait quitté La Nouvelle-Orléans.

— Tu as amené Beast.

— Tu as aussi le sens de l'observation.

Elle sourit.

— On peut difficilement le rater. Où dors-tu cette nuit ?

— Ici.

— Comment as-tu trouvé l'hôtel ? Je n'avais pas dit à Sarah où je descendais.

Elle plissa les yeux.

— C'est bien elle qui t'a renseigné, n'est-ce pas ?

— Ne lui en veux pas. Je n'ai réussi à la faire parler qu'en lui disant que tu pouvais être en danger.

— Mais elle ne connaissait pas l'adresse de l'hôtel.

— Elle m'a parlé de ta grand-tante et m'a donné son adresse. Je me suis simplement mis à ta place. Je suis content que ton cerveau soit logique.

— Tu veux dire que le tien l'est ?

Il lui adressa ce qu'il espérait être un regard indigné. Elle lui sourit.

— Comment vas-tu ? s'enquit-elle d'une voix plus douce.

— Ce serait plutôt à moi de te poser la question. Ce n'est pas moi qui ai enterré mon père, perdu ma mère et reçu une balle dans le bras.

— Je suis comme anesthésiée. Que dit la police des polices sur ce qui s'est passé ?

— Ils enquêtent toujours, mais j'ai l'impression qu'un des joueurs bloque la partie. Quant à moi, je suis le mauvais garçon du département.

— Besoin d'un bon avocat ?

— Tu as assez de boulot comme ça, je crois. Mais ils ne peuvent rien contre quatre témoins oculaires. Ils font juste durer le plaisir… histoire de m'empêcher d'agir un moment.

Son expression montra à quel point il les trouvait stupides de croire que ce genre de manœuvre pouvait marcher avec lui.

— Merci d'être venu, dit-elle.

— Sarah m'a dit que tu voulais être seule. Sinon, je serais venu plus tôt.

— Je suis contente, souffla-t-elle.

Il tendit la main pour enlacer ses doigts aux siens. C'était la première fois qu'il éprouvait un tel sentiment d'évidence avec une femme. Il la laissa le guider, Beast sur leurs talons. Une fois devant la porte de sa chambre, il lui prit la clé et ouvrit. Ils pénétrèrent à l'intérieur, et Meredith fut immédiatement dans ses bras.

Quelques instants plus tard, ils roulaient sur le lit, assoiffés l'un de l'autre.

Longtemps après, frémissants et hors d'haleine, ils se sourirent. Gage lui embrassa le visage, puis le cou.

— J'adore faire l'amour avec toi, murmura-t-il.

— Moi aussi.

Il caressa ses cheveux soyeux, d'où émanait un doux parfum de rose.

— Ne refais plus jamais ça, dit-il.

— Quoi ?
— Partir sans rien me dire.
Elle le regarda.
— Je pensais que j'étais un danger pour toi. Sans moi, tu n'aurais pas tiré sur Fuller.
— Ce type était une bombe à retardement, Meredith. Tôt ou tard, ça aurait fini comme ça.
Elle frissonna entre ses bras.
— Qu'est-ce que tu dirais d'un bon dîner ? proposa-t-il en lui caressant le bras.
Elle s'assit.
— Excellente idée. Je n'ai rien mangé depuis ce matin.
— Moi non plus. Où pourrait-on aller ? Tu as une idée ?
— La réceptionniste m'a indiqué un restaurant dont la spécialité est le barbecue. Il paraît qu'on n'a rien compris à Memphis tant qu'on n'a pas mangé un barbecue.
— Elle a raison.
— Tu es déjà venu à Memphis ?
— J'aime le blues. Il y a de grands musiciens ici.
— Tu viens ici rien que pour ça ? s'étonna-t-elle, et cela lui rappela à quel point ils savaient peu de chose l'un de l'autre.
Il alla prendre une douche, et elle le rejoignit. Elle s'appuya contre la paroi pendant qu'il la savonnait, puis elle le savonna à son tour et ils laissèrent le jet d'eau les rincer. Ils restèrent dessous jusqu'à ce qu'il devienne froid, puis ils se frictionnèrent mutuellement avec une serviette.
— Il faut que je me rase, remarqua-t-il en passant une main sur sa joue.
— Surtout pas. J'aime ton air de mauvais garçon.
Il lui caressa le visage.
— Et moi, j'aime la couleur de tes joues après la douche.
Ils se rapprochèrent.

— Barbecue, lui rappela-t-il lorsque la proximité de ses lèvres menaça de lui faire tout oublier.

Elle hocha la tête.

— Je vais m'habiller, dit-elle en retournant dans la chambre.

À peine dix minutes plus tard – il n'avait jamais vu une femme se préparer aussi rapidement –, ils se trouvaient dans une salle bondée qui sentait délicieusement bon.

Il commanda des travers de porc. Elle prit un assortiment de grillades. Ils se firent goûter mutuellement leurs plats, leurs mains se touchant, leurs regards s'effleurant, se régalant autant l'un de l'autre que de la nourriture.

— Qu'est-ce que tu as prévu de faire ? lui demanda-t-il au bout d'un moment.

— Trouver l'homme de la photo.

— Il n'est pas forcément le père de ta sœur. Et même s'il l'est, il ne sait peut-être rien.

— Oui, mais il connaissait ma mère. Quelque chose s'est passé entre l'époque où la photo a été prise et la mère que j'ai connue. Il n'y avait plus de place pour le rire ensuite.

Gage se garda de parler de Dom. Si le jeune homme de la photo et Dom n'étaient qu'une seule et même personne, ce dernier n'aurait-il pas eu une réaction plus appuyée à l'annonce de la mort de Marguerite Rawson ? Pourtant, Gage ne pouvait s'empêcher de penser qu'il tenait là une véritable piste.

Il commanda un dessert.

— Comment se fait-il que tu ne sois pas deux fois plus gros ? demanda Meredith avec un petit sourire.

— Mon entraîneur n'a jamais compris non plus.

— Ton entraîneur ?

— Je jouais au football au lycée et à l'université.

— À quel poste ?

— Quarterback. Une blessure au genou a détruit mes ambitions.

— Des ambitions ?

— J'allais devenir le prochain Joe Namath[1], dit-il d'un ton exagérément défait.

— Et moi, j'aurais voulu être la nouvelle Clarence Darrow[2], répondit-elle avec un pauvre sourire.

Il aima sa façon de dire ça. Pour la première fois depuis des années, la morsure du sentiment d'échec se dissipa.

— La réalité a le don d'anéantir nos ambitions, n'est-ce pas ? reprit-il. Où as-tu fait tes études ?

— À l'université George Washington. Mon père rêvait d'un fils qui aurait suivi ses traces.

Il lui prit la main.

— Tu es une super-avocate.

— Même si je suis du côté obscur ? demanda-t-elle, reprenant l'expression qu'il avait employée au tribunal lorsqu'elle était venue défendre Nan Fuller.

— Je suis désolé d'avoir dit ça. J'ai vu ce que tu as fait pour Nan. Et j'ai entendu parler de ton travail au foyer. Seulement, tu...

Il chercha ses mots.

— Je t'irritais ?

— J'aimerais que ce soit aussi simple. Tu m'irritais, tu me défiais, tu blessais mon ego. Pire encore, tu m'attirais.

Elle rit.

Il la regarda d'un air suspicieux.

— J'aurais employé exactement les mêmes mots pour décrire l'effet que tu me faisais, avoua-t-elle.

— Les mêmes ?

— J'aurais peut-être ajouté que je te trouvais arrogant et odieux.

— C'est cruel.

— Je me trompais.

— Non. Beaucoup de gens disent ça de moi.

---

1. Joe Namath : joueur de football américain (*N.d.T.*).
2. Clarence Darrow : avocat américain (1857-1938) (*N.d.T.*).

— Ils ne te connaissent pas.

— Mais toi, si.

— J'y arrive. Lentement.

Son sourire était comme un cadeau.

Le dessert de Gage – une énorme part de tarte au citron – arriva. Il en prit une cuillerée et la lui offrit.

— Mmm, c'est bon.

Ils continuèrent à partager la tarte, leurs regards se quittant à peine. Elle fut bien trop vite finie. Gage commanda ensuite un sandwich à la viande pour Beast, ce qui lui attira un regard amusé de la part de Meredith.

— J'ai oublié ses croquettes, expliqua-t-il.

— Ça devrait le consoler.

— Ça va littéralement le plonger dans l'extase, oui. Tu le lui donneras, et il sera ton ami pour la vie.

Ils se sourirent de nouveau. Gage se demandait ce qui lui arrivait. Il se comportait comme un collégien amoureux pour la première fois.

La serveuse apporta le sandwich et l'addition. Meredith commença à protester quand Gage la prit.

— Tu paieras le petit déjeuner, dit-il.

— Promis ?

— Promis.

Pour Gage, ce fut comme un rappel brutal du caractère professionnel de leur relation. Ils étaient deux partenaires qui travaillaient à la résolution d'un même mystère. Eh bien, de quoi se plaignait-il ? N'était-ce pas exactement ce qu'il voulait ?

24

Bisbee

Holly était assise dans la véranda avec Doug Menelo. Dans le ciel nocturne brillaient des milliers d'étoiles. On n'en voyait jamais autant à La Nouvelle-Orléans. Les lumières et la pollution de la ville les cachaient. Ici, elles régnaient dans toute leur splendeur. Quelques nuages leur faisaient la cour.

Quelle idée fantaisiste, se dit-elle. Mais elle était pleine de fantaisie, ces temps-ci. En elle, l'espoir avait remplacé la peur.

Harry dormait à l'intérieur. Doug était passé réparer une fuite dans la tuyauterie de la cuisine. Elle commençait à compter de plus en plus sur lui, même si une voix intérieure lui répétait à quel point c'était dangereux.

La veille, ils étaient rentrés du cinéma sous une pluie battante, à la faveur de laquelle ils avaient découvert que le toit de la petite maison laissait passer l'eau à un endroit. Il était venu le réparer ce soir-là, ainsi que quelques marches branlantes.

Leur relation suivait sa progression naturelle, sans qu'elle puisse rien y faire. Elle aimait sa compagnie. Avec lui, elle se sentait unique. Précieuse, même. Il était drôle, gentil et extrêmement respectueux. Il était aussi très direct.

Elle aurait voulu enlever ces lunettes inutiles, soigner son maquillage, ne plus se servir de la teinture qui rendait ses cheveux ternes. Elle avait envie de briller pour lui.

Elle ne le pouvait pas. Pourtant, il appréciait la personne banale qu'elle s'efforçait de demeurer à ses yeux.

— Merci pour la réparation, dit-elle.

— Merci pour le ragoût. Il était succulent.

Holly se sentit rougir de plaisir. Elle ne cuisinait pas beaucoup à La Nouvelle-Orléans. Il y avait toujours quelqu'un pour le faire à sa place. Ici, elle découvrait une nouvelle satisfaction : chercher des recettes, les appliquer et partager avec d'autres un repas préparé de ses mains.

C'était le moins qu'elle pouvait lui offrir, alors qu'il réparait tout chez elle.

— Je donnerais cher pour connaître vos pensées, dit-il.

— Elles ne valent pas autant que ça.

— Laissez-moi en juger.

— Je me disais juste qu'ici, tout est si beau, si paisible... Je n'avais jamais vu autant d'étoiles.

— Ce pays vous va bien.

Elle le regarda.

— Vous trouvez ?

— Oui. Il faut toujours du courage pour se réimplanter quelque part, surtout seul. Il y a beaucoup de force en vous, conclut-il.

De la force ? Elle s'était toujours trouvée terriblement faible. Elle avait laissé sa mère la modeler à sa façon, puis son père et son mari l'utiliser. Elle avait été brutalisée psychologiquement pendant des années. Et elle ne s'était pas rebellée.

— J'aimerais que vous ayez raison.

Il garda le silence un moment.

— Si vous ressentez un jour le besoin de parler, je suis un excellent confident.

Leurs regards se croisèrent. Il savait qu'elle avait un problème, et il lui offrait son aide. Comme elle aurait voulu pouvoir l'accepter !

Elle se força à répondre d'un ton léger :

— C'est noté.

Il soupira et tendit les mains pour prendre les siennes.

— Je suis doué pour réparer les choses.

Il était évident qu'il ne parlait pas de plomberie ou de toiture. Mais il ne pouvait pas « réparer » son problème. Si elle se confiait à lui, elle le mettrait en danger. Son mari et son père n'hésiteraient pas à le détruire, ni à le tuer s'il se trouvait en travers de leur route, comme elle-même l'avait été.

Elle frissonna. Il l'attira à lui et l'enveloppa de ses bras. Puis il se pencha vers elle, et ses lèvres s'emparèrent des siennes. Jamais on ne l'avait embrassée ainsi. Avec douceur, tendresse, persuasion.

Mais elle ne pouvait pas s'abandonner à ce baiser. Elle n'en avait pas le droit.

Elle avait tué un homme, et elle était mariée à un assassin. Un assassin très puissant.

Elle le repoussa.

— Je suis désolée...

— Liz ?

— C'est trop tôt, balbutia-t-elle.

Ses yeux scrutèrent les siens un instant, puis il se leva.

— C'est moi qui suis désolé, dit-il. J'ai cru que ça allait de soi.

Sa voix ne contenait pas de colère, juste de la tristesse.

— Je... je...

Elle secoua la tête, se détourna et courut à l'intérieur. Elle ne voulait pas qu'il voie ses larmes.

— Liz ?

Elle avala la boule qui lui obstruait la gorge.

— Je vous en prie, partez.

Sa large silhouette se découpait sur le pas de la porte. Il lui adressa un sourire à la fois décontenancé et blessé. Elle l'avait laissé pénétrer dans son quotidien, elle avait même cuisiné pour lui. Comment s'était-elle imaginé que cela finirait ?

Malgré sa demande, il ne bougea pas. Son visage était ouvert, empreint de compassion. Il était évident qu'il se doutait de quelque chose.

— Je... j'aimais mon mari. Je ne peux pas...

Elle baissa les yeux, de crainte que son regard ne la contredise.

— Quelqu'un vous a-t-il fait du mal ? demanda-t-il avec douceur.

— Non. Je me sens juste honteuse. Infidèle.

— Harry ne parle jamais de son père.

Elle ne trouva rien à répondre.

Il se rapprocha d'elle, tendit la main vers son visage et y essuya une larme. La paume de sa main s'attarda sur sa joue. Elle s'y appuya quelques secondes, savourant toute la tendresse de ce geste.

Puis il retira sa main.

— Je serai toujours là pour vous, Liz, dit-il. Quoi qu'il arrive.

Mais il ne serait pas là pour elle s'il savait la vérité.

— Merci.

— Merci pour le dîner. Je suis fatigué de ma propre cuisine.

Sa voix avait une légèreté forcée. Il ramassa sa boîte à outils.

— On va toujours faire du cheval samedi ?

Non. Elle ferait ses valises ce soir et s'en irait avant l'aube.

Elle hocha la tête.

— Bonne nuit.

— Bonne nuit.

La porte se referma doucement derrière lui. Le bruit de ses pas résonna sur les marches du perron, puis décrut tandis qu'il s'éloignait. Elle aurait voulu courir après lui, tout lui raconter.

Au lieu de cela, elle regarda par la fenêtre sa voiture démarrer. Les étoiles avaient presque disparu derrière les nuages à présent envahissants.

Elle baissa les yeux sur ses mains serrées devant elle. Et tandis que le grondement du moteur s'éloignait, une petite voix têtue surgit dans son esprit bouleversé : « Ne t'en va pas. »

La Nouvelle-Orléans

Gage suivit Meredith sur la route du retour. Ils s'arrêtèrent dans un snack à Jackson, puis sur une aire de repos pour manger et laisser Beast se dégourdir les pattes.

La grisaille de cette journée pluvieuse semblait s'accorder par avance à l'enterrement, prévu le lendemain. Meredith avait demandé à Mme Edwards d'organiser la réception qui aurait de nouveau lieu chez ses parents. Ce serait le deuxième enterrement en l'espace d'une semaine.

Gage et elle étaient assis sur le banc de pique-nique, comme un couple ordinaire. Mais malgré la nuit précédente et la passion qui avait fait rage entre eux, ils ne formaient pas un couple.

Il avait été à la fois doux, tendre, passionné et fougueux. Il avait fait vibrer son corps comme jamais elle ne l'aurait cru possible. Et cela avait été délicieux de s'endormir dans ses bras et de s'y retrouver au réveil. Mais ils n'avaient parlé ni amour ni engagement. Le spectre du mariage de ses parents hantait Meredith, l'empêchant de s'abandonner totalement aux sentiments qu'elle éprouvait.

« Elle ne m'a jamais aimé… » Les paroles de son père résonnaient encore dans sa tête.

S'il n'y avait pas eu d'amour entre eux, pourquoi ses parents s'étaient-ils mariés ? Elle devinait que la réponse à cette question était cruciale pour comprendre tout ce qui s'était passé.

Et Gage avait sans doute ses propres fantômes, lui aussi, songea Meredith après qu'ils eurent repris la route. Elle jeta un coup d'œil dans le rétroviseur. Il était toujours derrière elle. La tête de Beast était visible sur le siège passager. Elle sourit. Quand elle avait rencontré Gage, quelques années auparavant, elle n'aurait jamais imaginé qu'il était un homme aussi complexe. Elle ne cessait de découvrir de nouvelles facettes de sa personnalité.

Le connaîtrait-elle jamais totalement ? En aurait-elle seulement l'occasion ?

Ils avaient décidé qu'elle dormirait chez lui ce soir. Elle ne voulait pas être seule, et il ne voulait pas la laisser seule.

Ils arrivèrent chez lui à 17 heures. Elle se gara dans la rue, puis le rejoignit à sa voiture. Il la prit par la main, et ils entrèrent ensemble dans la maison.

— Tu veux te reposer un peu ?

— J'ai quelques coups de fil à passer.

— Fais comme chez toi.

Elle s'isola dans la chambre d'amis et utilisa son téléphone portable pour appeler Sarah.

— Des problèmes ?

— Rien d'important, sinon que les journalistes ne nous laissent pas respirer. Le juge du dossier Keyes a repoussé la date d'audience. Il vous adresse ses condoléances.

— Le juge West ? fit Meredith, incrédule.

— Eh oui. Il a un cœur, finalement.

— Apparemment.

— Je serai à l'enterrement demain.

— Vous n'êtes pas obligée de…

— J'y tiens. Et Becky aussi. Au fait, mes gamins sont tombés amoureux de votre chien.

— Pouvez-vous le garder quelques jours de plus ?

— Sans problème. En fait, si vous n'avez pas l'intention de le garder…

— Je suis sûre que Nicky serait plus heureux avec vos enfants. Je m'absente tellement…

Mais c'était une autre perte pour elle. En peu de temps, elle s'était habituée à la présence de Nicky.

Lorsqu'elle raccrocha, une larme coula sur sa joue. Elle s'assit sur le lit. Les larmes venaient maintenant. Pas à cause du chien – ou peut-être que si. Pour une raison qu'elle ignorait, il lui était plus facile de pleurer sur lui que sur la perte de ses parents.

Les larmes coulaient à flots, à présent. Elle détestait pleurer, mais elle ne pouvait pas s'arrêter. Sa maison cambriolée, son père, sa mère... Et maintenant, ce fichu chien.

— Meredith ?

Elle se détourna de la porte, sur le seuil de laquelle se tenait Gage, et s'ordonna de cesser de pleurer.

— Il s'est passé quelque chose ? demanda-t-il, inquiet.

— Quelque chose d'autre, tu veux dire ? répondit-elle d'une voix plaintive qui lui fit horreur.

Il entra dans la chambre et la prit dans ses bras.

— Il est grand temps que tu pleures. Tu ne peux pas retenir ton chagrin éternellement.

— C'est le... le chien, murmura-t-elle.

— Il lui est arrivé quelque chose ? Je croyais qu'il était chez Sarah.

— Elle veut le garder.

Elle attendit un commentaire ironique, mais il ne vint pas. Gage se contenta de la serrer un peu plus fort contre lui.

— Il est grand temps, répéta-t-il dans un murmure. Laisse les larmes venir.

Dans le tendre abri de ses bras, elle s'abandonna aux sanglots qui lui nouaient la gorge. Les larmes semblaient ne plus vouloir s'arrêter.

Enfin, après un long moment, elles commencèrent à se tarir. Mais Gage lui essuya les joues avec une telle douceur qu'elle se remit à pleurer.

— Je ne pleure jamais, dit-elle en hoquetant. Pas comme ça... Merci.

— Tout le plaisir est pour moi, répondit-il avec une légèreté que son regard grave démentait.

— Je suis désolée, dit-elle en se redressant et en s'essuyant le visage. D'ordinaire, je ne...

Elle se sentait stupide.

— Je prendrais bien une tasse de café.

— Je suggère d'y ajouter une goutte de cognac, dit-il. Il la garda tout contre lui tandis qu'ils se dirigeaient vers la cuisine. En le regardant préparer le café, elle sentit monter en elle le désir qu'il l'embrasse, mais aussi la peur. Elle s'attachait beaucoup trop à lui. Il était comme une drogue.

Le café lui fit du bien. Être assise auprès de Gage aussi.

— Je vais devoir te laisser un moment, annonça-t-il. J'ai quelqu'un à voir.

— Pour notre enquête ?

— Oui, mais je ne peux pas t'en dire plus pour l'instant.

Elle le comprenait. Trop de gens avaient d'ores et déjà été mis en danger. L'image de Mme Starnes étendue sans vie dans sa cuisine restait gravée dans son esprit.

— Je ne peux pas t'accompagner, alors ? demanda-t-elle néanmoins.

— Je crois qu'il vaut mieux que j'y aille seul. La personne que je dois voir parlera plus librement si tu n'es pas là.

Elle faillit protester, mais quelque chose dans ses yeux lui dit que ce serait inutile.

— Je rapporterai à manger, reprit-il en souriant.

— Excellente idée.

— Des pizzas, ça te dit ?

Elle hocha la tête.

— Ne réponds pas au téléphone. Et n'ouvre à personne. Tu as ton arme ?

— Oui. Tu seras absent longtemps ?

— Pas plus de deux heures. Si ça dure plus longtemps, je t'appellerai sur ton portable.

Elle hocha de nouveau la tête.

— Tu as le numéro du mien ? demanda-t-il.

Elle l'avait mis en mémoire quelques jours plus tôt.

— Oui.

Ils se levèrent tous les deux, et il s'avança vers elle.

— Tu es belle, murmura-t-il.

Elle devait faire peur à voir après avoir pleuré autant, mais il avait l'air sincère.

— Sois prudent, dit-elle. S'ils savent que nous sommes ensemble…

— Ne t'inquiète pas pour moi.

— Trop de gens sont morts autour de moi…

— Il ne m'arrivera rien.

Il lui caressa la joue, et elle se hissa sur la pointe des pieds pour effleurer ses lèvres.

— Promets-le, ordonna-t-elle.

— Je te le promets, souffla-t-il de cette voix traînante qu'elle aimait tant.

Puis il s'en alla.

25

La Nouvelle-Orléans

Dom était assis à son bureau, le front plissé devant des factures. Lorsqu'il vit Gage, son expression se détendit aussitôt.

— Ah, enfin une excuse pour échapper à ça. Je déteste la paperasse. Et les factures encore plus.

— Comment vont les finances ?

— Ça pourrait toujours aller mieux. Certains des gamins ont vraiment besoin de vêtements dignes de ce nom. C'est déjà difficile pour eux d'aller à l'école avec des gosses plus privilégiés. Ça l'est encore plus quand ils n'ont pas de vêtements décents.

— J'enverrai un chèque.

— Tu as déjà beaucoup donné, mais j'accepterai quand même. Bon, qu'y a-t-il de si urgent ?

Gage ferma la porte.

— Je t'ai posé des questions, l'autre jour.

Dom attendit.

— Au sujet de Mme Rawson, tu te souviens ? insista Gage. Je t'ai demandé si tu la connaissais.

— Je ne suis pas encore sénile, Gage. Va droit au but.

— Ton père tenait-il un bar près de Donaldsonville ?

Dom se contenta de le regarder.

— Connaissais-tu Mme Rawson quand elle était encore Marguerite Thibadeau ?

— Pourquoi cette question ?

— Des gens sont morts, Dom. Je crois qu'ils ont été tués à cause de quelque chose qui s'est passé il y a trente-trois ans.

Dom ne réagit pas. Son expression demeura la même. Mais ses yeux le trahirent. Gage connaissait ce regard. Il l'avait vu sur le visage de son frère. En prison, on apprend à dompter son expression. Mais on ne peut pas toujours maîtriser son regard.

Gage joua sa carte maîtresse.

— Savais-tu que Marguerite Thibadeau avait eu un enfant en février 1970 ? Une fille ?

La mâchoire de Dom se crispa.

— Non, dit-il après un long silence. Je croyais qu'elle était partie en Europe.

— Que s'est-il passé à l'époque, Dom ?

Le regard de Dom se perdit dans le vide. Ses mains jouaient machinalement avec un stylo.

Gage attendit.

— Une fille ? demanda enfin Dom. Ma fille ?

— Disons que la probabilité est forte.

— Où est-elle ?

— Nous l'ignorons. Mme Rawson en a parlé à sa fille, Meredith, juste avant de sombrer dans le coma. Elle lui a demandé de retrouver l'enfant qu'elle avait abandonnée et de partager son héritage avec elle. Meredith l'a cherchée, mais il n'y a aucune trace écrite de sa naissance.

— Les salauds ! s'exclama soudain Dom.

Il se leva et se mit à arpenter la pièce. Sa fureur était presque palpable.

— Qui ? demanda finalement Gage. Qui sont les salauds ?

— Le père de Marguerite. Et Oliver Prescott.

— Prescott ?

Dom se rassit brusquement. Son visage avait la rigidité de la pierre. Il s'efforçait visiblement de se maîtriser.

— Dom, on a besoin d'aide, insista Gage. Meredith a été agressée et son appartement a été dévasté. Une amie de sa mère a été tuée après avoir accepté de lui parler. Puis c'est son père qui a été assassiné. J'ai peur qu'on n'essaie de nouveau de la tuer. Tout s'est déclenché quand elle a commencé à poser des questions sur sa demi-sœur.

Dom se mit à jouer avec un presse-papiers comme s'il voulait le projeter contre le mur.

Gage attendit. Il savait que le silence était souvent la meilleure tactique pour obtenir des réponses.

— L'amie qui a été tuée, comment s'appelait-elle ? demanda enfin Dom.

— Lulu Starnes. Starnes était son nom d'épouse.

— C'est pour ça que ça ne me disait rien. Je la connaissais sous un nom différent.

— Tu te souviens d'elle ?

— C'était la meilleure amie de Maggie. Son ombre. Elle aurait fait n'importe quoi pour elle.

Il enfouit son visage dans ses mains.

— Je l'ai chassée de ma mémoire, tout comme j'ai essayé d'en chasser Maggie.

— Pourquoi ?

— Maggie ne m'a pas cru quand je lui ai dit que je n'avais pas volé la voiture, que la drogue qu'ils y avaient trouvée n'était pas à moi.

« On pensait se marier, mais son père détestait le milieu d'où je venais. J'étais en partie cajun, et mon père tenait un bar. Je ne valais rien à ses yeux. Il a essayé de l'empêcher de me voir.

« J'avais dix-huit ans, elle dix-sept. Un soir, elle est venue avec des amis dans le bar de mon père. On y jouait de la musique cajun et on servait de bons plats typiques. Un de ses amis en avait entendu parler. Je suis tombé amoureux d'elle dès que je l'ai vue. Elle était belle. Elle avait des cheveux dorés, d'immenses yeux bleus. Quand je l'ai invitée à danser, je pensais qu'elle refuserait. Mais elle a accepté. Et je crois qu'elle aussi est tombée amoureuse de moi à ce moment-là. On a commencé à se voir. En secret. C'était encore plus excitant – en tout cas pour elle. J'étais le mauvais garçon du coin, celui qui savait se bagarrer, qu'on respectait. Un truc stupide de gosse, mais j'avais ma réputation.

Gage regrettait maintenant de ne pas avoir emmené Meredith avec lui. Mais Dom se serait-il confié aussi librement en sa présence ?

Dom ferma les yeux, comme sous l'effet d'une douleur insoutenable.

— Seules quelques personnes savaient que nous étions ensemble. Lulu en faisait partie. On se voyait principalement le samedi. Marguerite disait qu'elle allait chez une amie et me rejoignait. Parfois, Lulu venait avec elle.

Il secoua la tête.

— C'est difficile d'imaginer qu'elles sont mortes. J'aimais bien Lulu. Et elle servait souvent d'excuse aux absences de Maggie.

Il se leva de nouveau et se remit à arpenter la pièce comme un détenu sa cellule. Manifestement, il se souvenait d'un épisode très pénible.

— Puis j'ai rencontré Oliver Prescott. Il nous a vus, Maggie et moi, dans une boîte de jazz du Quartier français. Je n'aurais pas dû emmener Maggie là-bas. C'était risqué, mais un de mes amis y jouait avec d'autres musiciens, et elle voulait l'entendre. Prescott a salué Maggie et a demandé à m'être présenté.

« Un jour que Maggie était à la campagne, il m'a appelé et m'a demandé si j'aimerais essayer sa voiture de sport. Il m'avait vu l'admirer avant. Comme un idiot, j'ai sauté sur l'occasion. Je suis passé chez lui et il m'a donné les clés. Je ne saurai jamais pourquoi j'ai été aussi stupide, mais j'étais un gamin avec un amour de gamin pour les bagnoles. Et dans le milieu d'où je venais, on ne voyait pas beaucoup de voitures de sport.

Il n'avait pas besoin de continuer. Gage savait ce qui allait suivre.

— J'ai été arrêté une heure plus tard. La voiture avait été déclarée volée. Il y avait de la drogue sous le siège. Mes parents n'avaient pas beaucoup d'argent, mais ils ont rassemblé tout ce qu'ils pouvaient pour me payer un avocat. C'était ma parole contre celle de Prescott. En plus, j'avais commis un excès de vitesse un an plus tôt, si bien que j'étais considéré comme un récidiviste. Mon père a perdu son bar, et j'ai été condamné à dix ans.

Gage haussa les sourcils.

— Même à l'époque, c'était une sentence lourde.

— Je soupçonne quelqu'un d'avoir usé de son influence.

— Le père de Marguerite ?

Dom haussa les épaules.

— Je n'ai jamais pu le prouver. L'argent a filé, et mon avocat aussi.

— Et Marguerite ?

— Elle m'a envoyé une lettre dans laquelle elle me disait qu'elle ne voulait plus jamais me revoir. Après ça, je me fichais d'à peu près tout. En prison, on m'a agressé et je me suis défendu. Ça m'a valu quelques années supplémentaires. Puis j'ai rencontré le père Murphy.

— Tu n'as pas revu Marguerite après ta libération ?

— Non. Je crois qu'on a tous les deux fait de notre mieux pour l'éviter. Jamais elle ne m'a parlé de sa grossesse ni de notre enfant. Je ne me doutais pas…

Il ferma les yeux. Ses poings étaient étroitement serrés.

Une autre impasse, songea Gage. Dom n'avait manifestement aucune idée de l'endroit où se trouvait la fille de Marguerite.

Dom rouvrit les yeux.

— Je veux t'aider à la retrouver.

— C'est peut-être impossible. Il n'y a aucune trace d'elle à Memphis. Comme si elle n'avait jamais existé.

— Pourtant, elle existe bel et bien, dit pensivement Dom. Sinon, ils ne seraient pas allés jusqu'au meurtre pour qu'on ne la retrouve pas.

— Les morts n'ont peut-être aucun rapport avec elle.

— Mais tu ne le crois pas, sinon tu ne serais pas ici.
— C'est vrai, admit Gage.
— Comment as-tu fait le rapprochement avec moi ?
— Mme Starnes avait une photo de toi et Marguerite Thibadeau devant le bar de ton père. Tu as changé, bien sûr, mais j'ai cru te reconnaître à certains détails, comme ta façon de tenir ta tête. Mais je n'étais certain de rien avant d'avoir localisé le bar et découvert qu'il avait appartenu à un homme nommé Cross.
Dom le regarda d'un air perplexe.
— Je croyais qu'on t'avait retiré le dossier Starnes.
— Cette affaire m'intéresse personnellement.
— Pourquoi ?
— À cause de Meredith Rawson. Elle a mis les pieds dans un nid de vipères et elle n'arrive pas à en sortir.
— Est-ce qu'elle veut en sortir ?
— Non. Elle est déterminée à trouver sa demi-sœur. Elle a fait une promesse à sa mère et veut partager son héritage avec elle.
— Je crois qu'elle me plairait, dit Dom avec l'esquisse d'un sourire.
— Je le crois aussi. Vous êtes tous les deux des Don Quichotte.
— Est-ce qu'elle sait que je suis…
— Je ne lui ai pas parlé de toi. Je voulais d'abord être sûr que tu étais le père de sa demi-sœur.
Il hésita, puis demanda prudemment :
— Il n'aurait pas pu y avoir quelqu'un d'autre ?
— Non, répondit Dom sans hésitation. Pas si le bébé est né en février.
— Accepterais-tu de venir chez moi ? Je pense que Meredith aimerait te parler. Elle a besoin d'entendre que sa mère a été heureuse un jour.
— Je ne suis pas sûr qu'elle l'était. Mais je veux bien parler à Meredith.
— Je dois te prévenir que ça peut présenter certains risques. Si on se doute que tu es au courant, tu seras en danger.

— C'est important pour moi. Je veux savoir ce qui s'est exactement passé. Et peut-être arriver à laver mon nom. Bon sang ! Dix-huit ans de prison.

— Dix-huit ?

— Des types m'ont cherché. J'ai poignardé l'un d'eux pour me protéger. Cela m'a valu huit années de plus.

— À ton avis, pourquoi s'en sont-ils pris justement à toi ? demanda Gage.

Dom le regarda, puis il comprit le sens de sa question.

— Tu crois que c'était un coup monté, c'est ça ?

— On a pu vouloir t'empêcher de poursuivre Prescott et de découvrir l'identité de celui qui lui avait demandé de te piéger. Il n'avait aucune raison de le faire pour son propre compte.

— C'est pourquoi personne ne m'a cru. Et aussi parce que Maggie avait disparu.

— Elle n'a pas témoigné en ta faveur ?

Il haussa les épaules.

— Elle n'était pas là. Je crois que ça n'aurait servi à rien, de toute façon.

Il se sentait manifestement trahi. La douleur transparaissait dans chacun de ses mots.

— Et elle ne t'a plus jamais contacté ?

— Non. Elle n'a pas parlé de moi à Meredith ?

Gage secoua la tête, et Dom eut un rire amer.

— Silencieuse jusqu'au bout.

— Il y avait sûrement des raisons, Dom.

— Ouais, elle ne voulait pas de l'enfant d'un taulard.

— Je crois que tu te trompes.

Dom se leva.

— Allons-y, dit-il d'un ton abrupt, comme s'il ne pouvait pas supporter d'en entendre plus pour l'instant.

Gage s'inclina.

Il faisait presque nuit quand Meredith vit la voiture de Gage revenir, suivie d'un autre véhicule. Gage apparut, ainsi que l'autre conducteur. Elle regarda ce dernier et le reconnut. Dominic Cross.

Cet infatigable directeur d'un foyer pour jeunes délinquants, avocat passionné des enfants à la dérive, était légendaire à La Nouvelle-Orléans. Elle l'avait même rencontré plusieurs fois et avait été intriguée par son visage taillé à coups de serpe. Il devait avoir dans les cinquante-cinq ans et portait les cheveux très courts. S'il était le jeune homme longiligne de la photo, il avait pris du poids. Il avait un corps puissant, maintenant, et les traits d'un boxeur. Contrairement à Gage, il n'avait pas dû se casser le nez sur un terrain de foot. Tout le monde savait qu'il avait fait de la prison.

Son cœur battait à tout rompre. Se pouvait-il qu'il soit le père de sa demi-sœur ? Cela semblait irréel.

Elle leur ouvrit la porte avant qu'ils ne l'atteignent. Gage, qui marchait juste derrière Dom, lui adressa un signe de victoire.

Ainsi, Dominic Cross avait été l'amant de sa mère. Elle avait du mal à y croire. Puis elle se rappela la photo, l'expression rayonnante de sa mère, son sourire heureux sur ses lèvres. La manière possessive dont le jeune homme l'enlaçait laissait supposer qu'ils étaient intimes.

Elle lui tendit la main et se présenta :

— Meredith Rawson. Nous nous sommes déjà rencontrés au tribunal.

Il lui serra la main et la garda un instant dans la sienne.

— Gage m'a parlé de vos recherches.

Gage les précéda au salon.

— Je crois qu'un verre s'impose, déclara-t-il.

— Je veux bien une bière, dit Dom.

Meredith hocha la tête en réponse au regard interrogateur de Gage, qui disparut dans la cuisine. Quelques instants plus tard, il revint avec trois bouteilles de bière.

La conversation s'engagea tout naturellement entre Meredith et Dom. Elle lui relata les événements violents qui avaient suivi la confession de sa mère, lui répéta les paroles de cette dernière et lui expliqua où elle en était de sa quête.

— Je répugne à impliquer d'autres personnes dans cette affaire, ajouta-t-elle. Il ne fait pas bon me côtoyer ces temps-ci.

— Il s'agit de ma fille, lui rappela-t-il. Je veux tout autant que vous la retrouver.

— Racontez-moi ce qui s'est passé entre ma mère et vous.

Elle écouta attentivement le récit de Dom. Le visage de ce dernier changea rarement d'expression, mais sa voix passa de la douceur à la colère tandis que ses souvenirs l'amenaient de l'époque où il était tombé amoureux de Marguerite à celle où il avait été arrêté.

— Je sais que ma mère n'aimait pas mon père, dit Meredith quand il eut terminé. Ils vivaient comme des étrangers sous le même toit. Je n'ai jamais compris pourquoi ils restaient mariés.

— Ça a dû être difficile pour vous.

— Quand j'étais enfant, je croyais que c'était normal, que tout le monde vivait ainsi. Beaucoup de mes amies avaient des parents divorcés, et certains se faisaient la guerre. Je suppose que je m'estimais heureuse que mes parents ne se disputent pas.

— Avez-vous eu le temps de regarder les papiers de votre père ?

— Lesquels ? Il y a des milliers de documents ! C'est un avocat.

Elle se reprit intérieurement – c'était un avocat, pas « c'est ». Quand réaliserait-elle qu'il n'était plus là ?

Elle détourna le regard et croisa celui de Gage. Elle y trouva de la compassion et de la compréhension. Cette compréhension qui s'était développée entre eux et continuait à la rendre nerveuse. Elle s'était toujours méfiée des relations de couple et de l'amour.

Mais l'attirance sexuelle qui les liait avait forgé une solide complicité entre eux. Elle prenait plaisir à parler avec lui, à être simplement près de lui. Elle aimait le regarder préparer le café, elle aimait sa façon de lui prendre la main, elle aimait la chaleur qui naissait dans son ventre quand il la regardait. Dans ses yeux, elle se voyait belle.

Elle se rendit brusquement compte de la durée de son silence.

— Qu'est-ce qu'on fait à partir de tout ça ? demanda-t-elle.

Dom se leva et commença à faire les cent pas dans la pièce.

— On a peut-être pris la mauvaise direction, déclara Gage.

Dom et Meredith se tournèrent vers lui.

— On a fouillé dans le passé au lieu de commencer par le présent, poursuivit-il. Qui a quelque chose à perdre, aujourd'hui ? Quelque chose d'assez important pour aller jusqu'à tuer un personnage aussi éminent que ton père ? Et il n'a pas été le seul. La mort de Prescott a sans doute la même origine.

Il regarda Dom.

— Je veux savoir tout ce qui s'est passé il y a trente-trois ans. Puis Meredith nous dira tout ce qu'elle sait sur les événements récents. Peut-être trouverons-nous un dénominateur commun.

— Tu crois que c'est la même personne qui a tué Prescott et Charles Rawson ? demanda Dom.

— Ainsi que Lulu Starnes. Et peut-être même la grand-tante de Meredith.

— Mais pourquoi ? demanda Meredith. Quel secret pourrait justifier qu'on tue quatre personnes ?

— C'est Prescott qui a piégé Dom. Ton grand-père maternel était probablement impliqué dans cette machination, ainsi que ton père. Prescott est peut-être devenu dangereux. Les rapports de police disent qu'il était connu pour être un gros buveur. Il a peut-être essayé de les faire chanter, ou bien il a trop parlé.

— Mais comment une simple adoption aurait-elle pu devenir si dévastatrice ?

— Il n'y a aucune trace d'adoption. Cela s'est sans doute fait à travers une filière illégale, ou de relation à relation. Pour une raison que nous ignorons, la personne qui a élevé ta demi-sœur ne veut pas qu'on sache que sa fille n'est pas son enfant biologique.

— Mais pourquoi quelqu'un en viendrait-il au meurtre pour ça ?

— C'est ce que nous devons découvrir.

Meredith commençait déjà à envisager de nouvelles pistes. Lequel des amis de son grand-père avait une fille née en 1970 ?

26

La Nouvelle-Orléans

Le maire, ainsi qu'un certain nombre d'autres personnalités politiques locales, étaient assis derrière Meredith. L'église était encore plus remplie que pour l'enterrement de son père. Samuel Matthews, qui avait envoyé des fleurs à l'hôpital, était présent, de même que les juges Haywood et Johnson, qui se tenaient à côté de leurs femmes. Meredith passa mentalement en revue les noms des personnes influentes. Elle y reviendrait par la suite avec Gage et Dom.

Le prêtre rappela l'engagement de sa mère dans de nombreuses œuvres caritatives. Elle avait été le cœur de la ville, déclara-t-il. Meredith avait choisi la musique – elle avait sélectionné ses cantiques favoris, après s'être rendu compte avec désespoir qu'elle ne savait même pas lesquels sa mère préférait.

Ce fut dans une sorte de brouillard qu'elle écouta la dernière prière et regarda les porteurs transporter le cercueil à l'extérieur. Il y aurait une brève cérémonie au cimetière, puis la réception chez ses parents.

Gage l'accompagna tout le long de la cérémonie, discret, mais protecteur et rassurant. Meredith s'était d'abord opposée à sa présence à l'enterrement. En venant, il s'exposerait au danger, avait-elle déclaré. Mais il avait mis un terme définitif à la discussion en décrétant qu'il serait là, à ses côtés.

Et à présent, elle en était heureuse. Elle se sentait comme enveloppée par sa chaleur et sa force. Sa présence l'aidait à lutter contre ce vide immense qui l'habitait depuis que sa vie avait basculé dans l'horreur.

Le dernier invité venait de partir. Sarah et Becky étaient rentrées chez elles, ainsi que Mme Edwards. Meredith, visiblement épuisée, se laissa tomber dans un canapé.

Elle adressa un pâle sourire à Gage.

— Eh bien, j'ai survécu.

— Avec les honneurs. Je ne sais pas si j'aurais pu le faire.

— Moi, je n'en doute pas une seconde, dit-elle.

Il apprécia cette marque de confiance. Il avait expérimenté beaucoup d'émotions, aujourd'hui, dont l'une l'avait troublé plus que les autres.

Il était en train de tomber amoureux.

Mais ces sentiments n'avaient pas leur place pour l'instant. Meredith était trop vulnérable.

Aucun argument raisonnable ou d'ordre pratique n'aurait pu l'empêcher de rester auprès d'elle aujourd'hui. Ce n'était pas sa présence qui la mettrait en danger plus qu'elle ne l'était déjà. Quelqu'un était déterminé à préserver coûte que coûte un secret vieux de trente-trois ans.

Gage était parfaitement conscient d'être devenu lui aussi la cible de cette personne. Il acceptait volontiers cet état de fait. Il s'y était préparé.

Il savait aussi qu'il existait des moyens de destruction plus discrets que le meurtre, mais tout aussi efficaces. On pouvait par exemple introduire de la drogue chez lui. Mais il n'avait pas l'intention de parler de cette éventualité à Meredith. Pas question de lui donner une autre excuse d'échapper à sa protection.

— Tu veux boire quelque chose ? lui demanda-t-il.

— J'adorerais prendre un verre, mais je ne crois pas que ce soit raisonnable. J'ai besoin de garder les idées claires.

Il vint s'asseoir à côté d'elle.

— Tu te souviens de tous les gens présents à l'enterrement ?

— Je crois.

Il lui tendit le livre de condoléances, qu'il avait posé un peu plus tôt sur la table basse.

— Certains n'ont pas dû signer le livre. Tu penses pouvoir te les rappeler ?

— Je vais essayer.

Elle parcourut attentivement les pages, en notant quelques noms sur une feuille, puis lui rendit le livre.

— Je pense qu'on peut écarter le maire, dit-il. Il était trop jeune à l'époque.

Il passa en revue la liste complète des invités. Il barra d'emblée certains noms. Les autres, des gens qui avaient au minimum une cinquantaine d'années et une certaine influence politique, pouvaient figurer parmi les suspects.

Quand ce fut fini, il leur restait seize noms. Tous étaient des personnages en vue à La Nouvelle-Orléans.

— Maintenant, il faut découvrir si l'un d'eux a une fille née en février 1970, résuma Meredith.

— Oui.

— Et si on est sur la mauvaise piste ?

— On s'en rendra compte assez vite. Ça prendra en tout cas moins de temps que d'éplucher les archives de ton père.

Elle se leva, l'air soudain un peu perdue.

— Allons chez moi, lui proposa-t-il. Dom pourra nous y rejoindre.

Elle hocha la tête et le laissa l'entraîner vers la porte.

Dehors, elle se figea en voyant une voiture garée de l'autre côté de la rue. Gage la rassura aussitôt.

— C'est Mack Thomas, dit-il. Il surveillait la maison. Il est très vexé que tu l'aies semé, l'autre jour.

— Il ne devrait pas l'être. J'ai une longue pratique. Je connais tous les trucs.

— Lui aussi devrait les connaître, répliqua Gage d'un ton critique.

Mais il adressa quand même un petit signe à Mack alors qu'ils se dirigeaient vers sa voiture.

— Tu veux prendre la tienne ?

Elle hocha la tête.

— Je te suis.

— Et Mack te suivra ? demanda-t-elle avec une pointe d'ironie. Une vraie parade.

— Je lui ai demandé de faire une petite inspection de la maison avant que nous y entrions. Simple précaution.

— Beast ne va pas le laisser entrer.

— Détrompe-toi. Ce chien n'est qu'une bonne pâte.

— Je crois que je devrais rentrer chez moi, dit-elle soudain. Seule. Je ne veux pas que quelqu'un d'autre soit en danger à cause de moi. J'ai une arme. Je serai prudente.

— Il n'est pas question que je te laisse seule.

Elle le regarda.

— Même si je te le demande ?

— Même.

Mack leur ouvrit la porte, l'air sombre.

Gage comprit tout de suite.

— De la drogue ?

— De la cocaïne dans le tiroir du bas de ta penderie. Suffisamment pour que tu sois accusé de trafic. Je l'ai jetée dans les toilettes, mais il y en a peut-être encore ailleurs.

— Beast ?

— Il est dans les vapes. On l'a probablement drogué.

Gage se rendit dans la cuisine. Beast était couché par terre, la langue pendante, le regard vide.

— Sale journée, hein, mon pote ? murmura Gage en se penchant pour le caresser.

Beast le regarda d'un air navré, comme s'il savait qu'il avait failli à son rôle de gardien.

— Tu n'y pouvais rien, lui dit Gage. Il n'y a pas de problème.

Beast remua faiblement la queue.

Gage éprouvait un mélange de colère et de soulagement. Beast respirait normalement. Il dormirait un peu, et tout rentrerait dans l'ordre. Quant à lui, il allait passer la maison au peigne fin avec l'aide de Mack. Et vite. Il y avait toutes les chances que les gars de la brigade des stups sonnent bientôt à sa porte.

— Qu'est-ce que je peux faire ? demanda Meredith.

— Tu fouilles la cuisine, Mack le salon et moi le bureau.

Dans son bureau, il inspecta chaque tiroir et regarda derrière les livres.

— Gage ! appela Meredith, à peine cinq minutes plus tard.

Il se précipita dans la cuisine. Meredith tenait un sachet transparent rempli de poudre blanche.

— Il était dans une boîte à café.

— Pas très imaginatif, commenta-t-il.

Il alla jeter le contenu du sachet dans les toilettes, puis le sachet lui-même.

Meredith l'avait suivi.

— Gage ? dit-elle, l'air inquiet.

C'était une avocate, et il était en train de détruire une pièce à conviction. Il se rendit brusquement compte qu'il la mettait dans une position intenable.

— Meredith, s'ils trouvent ça, je me retrouverai en prison en moins de temps qu'il n'en faut pour le dire. Il y a trop de gens qui aimeraient me voir moisir derrière des barreaux.

Bien sûr, il pouvait appeler le département pour déclarer qu'il avait trouvé de la drogue chez lui, mais ses collègues avaient déjà dû être prévenus par un appel anonyme. Ses supérieurs prétendraient qu'il n'avait appelé que parce qu'un de ses amis de la brigade l'avait tuyauté.

Elle l'observa, et il devina qu'elle pesait le pour et le contre. Puis elle hocha la tête.

Ils poursuivaient encore leur fouille minutieuse quand on cogna à la porte. Tout en priant pour qu'ils aient tout trouvé, Gage alla ouvrir. Quatre agents – deux du NOPD et deux de la brigade des stupéfiants – se tenaient devant lui.

Il connaissait le sergent du NOPD.

— Qu'est-ce que tu fiches ici, Joe ?

Le sergent lui adressa un regard embarrassé mais déterminé.

— Quelqu'un a informé le département que tu cachais de la drogue.

— Quelqu'un ? Comme c'est pratique ! railla Gage.

— Vous avez un mandat de perquisition ? demanda Meredith.

Joe interrogea Gage du regard.

— Mon avocate, lui annonça ce dernier.

Joe Tipton tiqua, mais tendit le mandat à Meredith. Elle en prit connaissance. Comme elle s'y attendait, l'information provenait d'une source anonyme.

Elle s'écarta.

— Allez-y, dit-elle. Mais ne faites pas de dégâts.

Elle se tourna vers Gage.

— Tu me prépares une tasse de ton délicieux café ?

Il la regarda. Son visage avait la gravité qui convenait à sa fonction, mais quelque chose brillait dans ses yeux.

— Avec plaisir, répondit-il.

Il ouvrit en grand la porte de la cuisine, et ils y entrèrent tous. Mack était assis sur une chaise, un magazine dans les mains.

Le sergent Tipton se figea.

— Mack ?

Ce dernier se leva.

— Salut, Joe. Qu'est-ce que tu fais ici ?

Tipton parut très embarrassé.

— On a reçu un appel disant qu'il y avait de la drogue ici.

Mack fronça les sourcils.

— Ici ? Bizarre. Tout le monde sait à quel point Gage déteste la drogue. Il a passé des années à essayer d'en sortir son frère. Ils sont devenus dingues au bureau ou quoi ?

Tipton rougit.

— On est obligé de regarder.

— Eh bien, bon courage, dit Mack en se rasseyant.

Gage entreprit de préparer du café.

— Tu en voudras une tasse ? demanda-t-il à Mack.

— Non, je préférerais une bière.

Gage en sortit une du réfrigérateur et se tourna vers l'agent resté en faction dans la cuisine.

— Vous voulez l'inspecter avant que je la donne à Mack ?

L'agent ne savait visiblement plus où se mettre.

— Non. Je crois qu'on a reçu une fausse information.

— J'ai beaucoup d'ennemis, fit Gage.

L'autre hocha la tête. S'il avait pu disparaître dans un trou de souris, il l'aurait fait.

Mack avala sa bière presque d'un trait, tandis que Meredith sirotait son café, toujours imperturbable. Au bout d'une demi-heure, Tipton revint avec l'un des agents de la brigade des stupéfiants.

— Désolé, Gage. Je leur ai dit qu'ils étaient dingues, mais...

— Tu sais qui a reçu le tuyau ?

— Quelqu'un de la police des polices.

Le deuxième agent des stups apparut.

— Rien, fit-il avec un grognement dégoûté.

— N'importe qui au département vous dira que je hais la drogue, déclara Gage sans chercher à cacher sa colère. Je n'en ai jamais pris et je méprise ceux qui en vendent.

— Nous devions vérifier, dit Tipton sur un ton d'excuse, au comble de la gêne.

— Et maintenant que vous l'avez fait, vous pouvez partir, dit calmement Meredith. J'ai enterré ma mère aujourd'hui, et Gage et Mack ont eu la gentillesse de me soutenir dans cette épreuve. Un appel anonyme suffit peut-être à certains juges pour ordonner une perquisition, mais c'est à mon sens très discutable. Le département et le juge qui a signé le mandat entendront parler de moi dès demain.

— Je suis désolé, répéta Tipton.

Les policiers s'en allèrent sans demander leur reste. Dès qu'ils furent partis, Meredith se laissa tomber dans un fauteuil, exténuée.

Mack se dirigea vers la porte.

— Je serai dans ma voiture, dit-il.

Gage vint déposer un baiser sur le front de Meredith.

— Monte te coucher. Je dois encore travailler.

— Je t'attends.

— Non. Tu as l'air épuisée. Je te rejoins bientôt.

Meredith était trop fatiguée pour argumenter. Elle monta docilement se coucher, en espérant qu'il la rejoindrait vite et en s'en voulant de l'espérer si fort.

27

Bisbee

Marty téléphona alors que Holly était en train de mettre la dernière main à la sculpture d'une grenouille rieuse.

— Pouvez-vous déjeuner avec moi ?

— Oui, si ça ne vous dérange pas que je vienne avec Harry. Je n'ai pas encore de baby-sitter régulière.

— Je connais une personne très bien.

— Peut-être ne sera-t-elle pas disponible, dit Holly avec espoir.

Depuis l'épisode de la bibliothèque, elle avait du mal à s'éloigner de Harry.

— Je peux toujours l'appeler.

— Qui est-ce ?

— Une veuve, comme vous. Elle a quatre enfants et six petits-enfants. C'est la responsabilité même.

Marty hésita, puis ajouta :

— Elle a besoin d'argent.

Holly soupira. Essayer de déjouer les plans de Marty était une tâche impossible. Maintenant, si elle disait non, non seulement elle refuserait de déjeuner avec la personne qui lui assurait du travail, mais elle priverait aussi une pauvre veuve de l'argent nécessaire à sa subsistance.

— D'accord, fit-elle.

— Je lui dis d'être chez vous à 13 heures ?

— Parfait.

Elle était loin de trouver cela parfait. Mais elle ne pouvait pas rester éternellement terrée dans son petit pavillon. Doug l'avait invitée plusieurs fois à dîner depuis leur dernière rencontre, mais elle avait systématiquement refusé. Elle avait d'abord invoqué un mal de gorge, puis du travail.

La femme arriva à 12 h 50. En la voyant, Holly se rappela l'avoir déjà croisée à la bibliothèque. Grande et mince, avec un visage tanné qui révélait son plaisir à passer du temps dehors, Teresa Stevens portait un jean et une chemise à manches courtes. Son sourire mit immédiatement Holly à l'aise.

Le visage de Teresa s'éclaira quand elle vit Harry. Elle s'accroupit pour lui dire bonjour et lui montra les livres illustrés qu'elle avait apportés.

Holly l'apprécia tout de suite. Manifestement, c'était aussi le cas de Harry. Teresa respirait la sérénité et la compétence. Ce fut donc rassurée que Holly partit un peu plus tard, après avoir donné à sa nouvelle baby-sitter les consignes d'usage.

Marty l'attendait à la galerie.

— J'ai pensé qu'on pourrait déjeuner au *Copper Queen*. C'est moi qui invite.

— Je ne peux pas…

— Ne vous inquiétez pas pour l'argent. J'ai une proposition à vous faire.

Préoccupée, Holly la suivit jusqu'au restaurant légendaire situé dans un hôtel non moins légendaire. On disait que John Wayne en avait fait sa seconde demeure lorsqu'il résidait dans son ranch, de l'autre côté de la frontière mexicaine. Elle aurait apprécié ce luxe si elle n'avait pas été aussi perturbée par la mystérieuse proposition de Marty.

Dès qu'elles furent assises, son amie entra dans le vif du sujet.

— J'ai créé un site Internet pour faire connaître la galerie, et j'y ai mis plusieurs de vos œuvres. J'aimerais qu'on s'accorde sur un nombre régulier de sculptures, de manière à ce que je sois toujours en mesure de répondre à la demande. Les acheteurs déçus peuvent tuer un commerce en ligne.

— Combien en voudriez-vous ?

— Je ne sais pas exactement. Disons au moins une vingtaine par semaine, pour commencer.

— Pour commencer ? s'exclama Holly.

Marty haussa les épaules.

— Ne vous affolez pas d'avance. Elles ne se vendront peut-être pas aussi bien que je le pense.

Une serveuse vint prendre leur commande, au grand soulagement de Holly. Elle avait besoin de quelques instants pour réfléchir. Vingt sculptures par semaine représentaient un travail considérable. Elle pouvait y arriver, mais au prix de ses balades dans le désert, de ses visites à la bibliothèque et des séances de lecture avec son fils. Par ailleurs, cela lui procurerait une sécurité financière dont elle avait grand besoin.

Elle commanda une salade et des crevettes. Marty prit un cheeseburger.

— Croyez-vous pouvoir le faire ? demanda Marty dès que la serveuse se fut éloignée.

— Oui, répondit Holly sans plus hésiter.

Elle le ferait. Ce serait peut-être le seul moyen de se protéger réellement et de protéger son fils.

— Vous n'avez pas l'intention de quitter Bisbee dans les jours qui viennent ?

— Non.

— Bien. Un photographe prendra des photos de vos œuvres, et on sera prêtes à démarrer.

Elle hésita avant d'ajouter :

— Certains éléments biographiques peuvent aider. Avez-vous un diplôme d'arts plastiques ? Avez-vous fait des expositions ?

L'appréhension noua la gorge de Holly. Elle secoua la tête.

— J'ai toujours sculpté pour le plaisir. Je n'ai fait aucune exposition, et je n'ai presque rien vendu avant de m'installer ici.

— Alors, on part sur ces bases, conclut Marty avec un sourire. On gagnera peut-être assez d'argent pour réparer la maison. J'ai toujours utilisé les bénéfices de l'été pour tenir l'hiver, mais ce site Internet pourrait bien nous ouvrir de nouveaux horizons.

La serveuse revint avec leurs plats.

— Un verre de vin pour fêter ça ? proposa Marty.

Sans attendre la réponse de Holly, elle commanda du vin, puis la regarda avec un petit air conspirateur.

— J'espère que vous ne me trouverez pas indiscrète, mais comment ça se passe entre Doug et vous ?

— Il est très gentil, répondit Holly en espérant que le ton de sa voix ne trahissait pas ses véritables sentiments.

— Seulement gentil ?

— Je suis veuve depuis peu. Je ne suis pas prête à m'engager de nouveau.

Le regard de Marty semblait sonder son âme.

— Doug est vraiment un homme bien.

— Je sais.

— Il est amoureux de vous.

— Il vous l'a dit ?

— Non, mais il suffit de l'entendre parler de vous pour le comprendre. Et je vous ai vue avec lui. Vous êtes aussi amoureuse de lui qu'il l'est de vous.

Elle marqua une pause.

— J'espère que vous me pardonnez mon franc-parler, mais je vous aime bien tous les deux.

— Je ne peux pas m'engager avec lui.

— Vous avez des ennuis, n'est-ce pas ? demanda Marty tout de go.

Holly ne répondit pas.

— J'en ai eu, moi aussi, à une époque. J'ai demandé de l'aide. Vous pouvez me faire confiance. Et à Doug aussi. C'est tout ce que je peux dire.

Si seulement c'était aussi simple ! songea Holly, le ventre noué. Elle essaya de manger, mais elle ne pouvait plus rien avaler. Était-elle aussi transparente que cela ? Doug soupçonnait-il quelque chose ? Allait-il effectuer des recherches ?

L'envie de fuir revint, plus forte que jamais.

Puis elle regarda de l'autre côté de la table la femme qui lui avait offert son amitié, et son envie se dissipa un peu. Louise, la bibliothécaire, était aussi devenue une amie. Elle était en train de construire une vraie vie à Bisbee, avec un travail qu'elle aimait et qui lui apportait l'indépendance financière.

Harry avait besoin de stabilité. Il avait à présent une maison et de véritables amis.

Elle resterait. Elle était chez elle ici. Et Harry aussi.

La Nouvelle-Orléans

Le juge Matthews avait proposé une partie de golf à son beau-fils. Il avait passé sa maison au peigne fin, au cas où on l'aurait mis sur écoute. Ses recherches n'avaient rien donné. Mais il devenait de plus en plus paranoïaque. Tout allait mal.

Charles Rawson avait été le maillon faible. Il avait commis la grave erreur de ne pas l'éliminer beaucoup plus tôt.

Matthews avait soigneusement construit les bases de son immense pouvoir. Peu de choses s'accomplissaient en Louisiane sans son accord. Il avait été pressenti pour la Cour d'appel des États-Unis, mais cela ne l'intéressait pas. Les juges fédéraux étaient beaucoup plus surveillés que les juges d'État. Et il tenait à sa liberté d'action.

Il regarda Randolph arriver sur le green. Son gendre n'était pas un golfeur particulièrement doué. Il manquait de patience. C'était d'ailleurs son problème dans tous les domaines. À trente-huit ans, il s'imaginait déjà président. Son arrogance et son impatience avaient déjà eu pour effet de retourner sa femme contre lui.

Et ce problème ne pouvait tout simplement pas perdurer.

Matthews était prêt à prendre des mesures plus drastiques. Randolph avait sans doute eu raison de lui suggérer d'engager plus de moyens pour retrouver Holly. Il devait reconnaître qu'il avait sous-estimé sa fille.

Elle n'était pas de son sang. Il avait payé une somme rondelette pour l'avoir. Et elle ne lui avait jamais posé aucun problème, jusqu'au jour où elle avait hélas entendu une conversation qu'elle n'aurait jamais dû entendre.

Son absence prolongée nuisait à la carrière de Randolph. Il fallait qu'ils trouvent une explication plausible qui lui attirerait la sympathie des électeurs. C'était la raison de cette partie de golf.

Ils montèrent dans la voiturette et commencèrent immédiatement à parler de Holly – comment la retrouver, comment éliminer le problème sans que la carrière de Randolph en pâtisse.

— On cherche du côté du sud-ouest. Elle aime l'océan, et il semble qu'elle ait pris cette direction.

— Cela revient à chercher une aiguille dans une botte de foin, non ? demanda Randolph.

— Les sculptures qu'on a retrouvées dans ses affaires sont assez spéciales. Si elle les vend, on la localisera.

Il s'interrompit, puis ajouta d'un ton vif :

— Tu aurais pu nous parler plus tôt de ces sculptures, on aurait gagné du temps.

Son beau-fils le décevait de plus en plus, mais il avait trop misé sur lui pour s'en débarrasser maintenant.

— Et quand nous l'aurons retrouvée ?

— Un accident de voiture.

— Et Michael ?

— Lui aussi en sait beaucoup trop.

— Je ne…

— Tu veux passer le reste de tes jours en prison ? demanda Samuel d'un ton sans appel.

Ils atteignirent le premier tee. La discussion fut suspendue quelques minutes, le temps que Randolph envoie la balle dans les bois.

— Il va falloir faire des progrès, commenta Samuel.

Sa propre balle retomba proprement sur le green et roula un peu en direction du drapeau, avant de s'arrêter à cinquante centimètres du trou.

De retour dans la voiturette, la conversation reprit.

— Et pour la fille Rawson et le flic, que fait-on ? J'ai appris que ton petit stratagème n'avait pas fonctionné.

Samuel n'aimait pas du tout la note de satisfaction qu'il entendait dans la voix de Randolph.

— Gaynor a dû dénicher la drogue avant la descente de police. Je trouverai autre chose.

— On n'a pas quelqu'un au département de police ? Il ne peut pas être tué en service ?

— Il est suspendu.

— Annule sa suspension.

— Je ferai ce que je pourrai, dit Samuel. Il y a un autre problème.

— Nom d'un chien, il y a toujours un autre problème !

— Dominic Cross était présent à l'enterrement.

— Tu crois que...

— S'il est en relation avec Meredith Rawson et Gaynor, il faudra s'occuper des trois.

— Comment ?

— Je ne sais pas encore. Je sais seulement que je veux que tout ça s'arrête.

28

La Nouvelle-Orléans

Meredith se réveilla à côté de Gage. Il lui apporta du café au lit, ainsi qu'une omelette étonnamment bonne.

Lorsqu'il proposa qu'ils retrouvent Dom en fin de matinée dans sa cabane de pêcheur, Meredith s'étonna :

— Je ne savais pas que tu avais un chalet.

— Ce n'est pas un chalet. C'est une cabane.

— Eh bien, je ne savais pas que tu avais une cabane.

— Il y a beaucoup de choses que tu ignores sur moi, dit-il avec une pointe de défi.

— Je te l'accorde.

— J'ai juste pensé qu'on devrait voir Dom.

— Tout à fait d'accord. Et je veux voir ta cabane.

Il appela Dom sur son portable et lui indiqua la direction.

Un peu plus tard, Meredith regarda Gage transporter son canoë du jardin au toit de sa voiture. Après un trajet de deux heures au cours duquel il s'assura régulièrement qu'ils n'étaient pas suivis, ils arrivèrent à destination.

La cabane portait bien son nom. Le mobilier se composait en tout et pour tout d'un lit double, d'un gros fauteuil légèrement déchiré, d'une table branlante, de quelques chaises dépareillées, d'un petit réfrigérateur et d'une cuisinière qui fonctionnaient sur générateur. Meredith sourit.

— Tu as raison. C'est une cabane.

— Il y a tout de même une ligne de téléphone et un modem. Je viens parfois travailler ici.

Dom arriva une heure plus tard et observa l'intérieur de la petite construction en bois avec perplexité.

— Je ne savais pas que tu étais un rat des marécages, commenta-t-il.

Sans prendre la peine de répondre, Gage désigna les chaises autour de la table. Ils se mirent immédiatement au travail, en commençant par étudier ensemble la liste des personnes qui avaient assisté à l'enterrement. Dom suggéra d'écarter deux autres noms. L'un avait deux fils et aucune fille, l'autre avait perdu son unique enfant trois ans auparavant. Elle avait alors vingt-deux ans.

Gage connecta son ordinateur portable à Internet et chercha les informations disponibles sur les personnes restantes. Cela leur permit d'écarter neuf autres noms.

Restaient cinq suspects : deux éminents avocats, le directeur d'une compagnie d'assurances, le juge Samuel Matthews et le propriétaire d'un des plus fameux restaurants de La Nouvelle-Orléans.

Meredith faillit demander à Gage d'écarter le juge Matthews. Membre de la Cour suprême, il était l'un des juristes les plus compétents de Louisiane. Meredith respectait beaucoup son travail. Il avait été réélu à la majorité quasi absolue chaque fois qu'il avait brigué un nouveau mandat.

Gage et Dom avaient l'air aussi surpris qu'elle de le voir figurer dans la liste.

— Ça ne peut pas être lui, dit-elle.

— Il aurait trop à perdre, confirma Gage.

— Les autres aussi, fit-elle remarquer. N'oublions pas qu'il y a eu meurtre.

— Exact.

— Sa fille est mariée à Randolph Ames, qui se présente à la Chambre des représentants, intervint Dom. J'ai assisté récemment à une soirée de récolte de fonds pour sa campagne électorale. Je déteste ces fichues soirées, mais certains de mes mécènes m'ont conseillé d'y aller, vu que les subventions passent par son bureau.

— La fille de Matthews était-elle là ?

— Non. J'ai d'ailleurs trouvé ça un peu bizarre. C'est le genre de rassemblement où les candidats aiment exhiber leurs valeurs familiales, commenta-t-il avec ironie. Ames a précisé que sa femme regrettait de ne pas être présente, mais qu'elle avait dû quitter La Nouvelle-Orléans pour rendre visite à une parente malade.

Gage lança une recherche sur Randolph Ames. Un site de campagne électorale apparut.

Meredith regarda la photo du politicien. C'était un bel homme, mais elle le savait déjà. Il était aussi avocat, et leurs chemins s'étaient croisés à diverses occasions. Il jouissait d'une excellente réputation dans la profession.

— Essaie de trouver une photo de sa femme, demanda-t-elle à Gage.

Il cliqua sur l'une des options du menu, et une photo de Ames, de son épouse, Holly, et d'un petit garçon d'environ quatre ans apparut. Un léger sourire flottait sur le visage de la jeune femme, qui avait les yeux amoureusement baissés sur son fils.

Le ventre de Meredith se noua brusquement. Les cheveux de Holly Ames étaient d'un blond moins doré que ceux de sa mère, mais les yeux bleus et la forme du visage étaient exactement les mêmes que les siens.

Elle regarda Dom, qui fixait lui aussi intensément l'écran.

— Dom ?

Il leva les yeux.

— Ça pourrait être elle, confirma-t-il.

Tous trois en tombèrent d'accord.

— Voyons ce qu'on peut trouver d'autre, dit Meredith.

Gage fit défiler les pages jusqu'à ce qu'il tombe sur l'annonce récente de la candidature d'Ames. Son épouse brillait par son absence. Une note indiquait qu'elle avait quitté la ville pour raisons familiales.

— Ça ne colle pas, dit Meredith. En politique, la famille est essentielle, surtout en pleine campagne électorale. Elle devrait être aux côtés de son mari. Il faut la trouver.

— Je peux essayer de la contacter par le biais du foyer, suggéra Dom. Lui proposer de participer au conseil d'administration.

Gage secoua la tête.

— Tu dois rester discret pour l'instant. Personne ne sait que tu travailles avec nous, et j'aimerais que ça continue. Pense au foyer. Ces gamins ont besoin de toi.

Ils se regardèrent, ne sachant que décider.

— Alors, je… commença Meredith.

— Non, dit aussitôt Gage. Je refuse que tu prennes de nouveaux risques tant que nous n'en savons pas plus. Je crois connaître quelqu'un qui peut nous aider, ajouta-t-il, visiblement à contrecœur.

Les deux autres attendirent qu'il s'explique.

— Il s'agit d'un journaliste à qui j'ai donné quelques tuyaux à une époque. Il a su rester discret sur ses sources. Je pourrais lui suggérer de demander à interviewer Mme Ames.

— Cela ne le mettra-t-il pas en danger lui aussi ? demanda Meredith.

— Parce qu'il aura formulé une innocente requête ? Je ne crois pas. Mais il est assez tenace pour arriver à la joindre. Dans le cas contraire, il flairera l'embrouille, et alors, il fera tout pour parvenir à ses fins.

— Peux-tu nous dire qui c'est ? demanda Meredith.

Gage hésita, puis décida de jouer franc jeu.

— Sanders DeWitt.

Meredith haussa les sourcils.

Il savait pourquoi. DeWitt était le meilleur journaliste d'investigation de la ville, spécialisé dans les cas de corruption de policiers et de personnalités politiques.

— Ne risquons-nous pas de mettre Holly Ames en danger ? demanda-t-elle.

— Elle l'est probablement déjà, si elle est celle que nous croyons.

— D'accord, dit Meredith après un instant de réflexion. Appelle DeWitt.

Il prit son téléphone portable et composa un numéro.

— Sanders ?

— Ouais.

— Ici Gage.

— Tu as quelque chose pour moi ?

Pas de « bonjour » ni de « comment ça va ? ». DeWitt ne perdait jamais de temps en politesses.

— Possible. J'ai besoin d'un petit service. Et ça pourrait être intéressant pour toi aussi.

— De quoi s'agit-il ?

— Est-ce que tu sais quelque chose sur la femme du sénateur Randolph Ames ?

— Le futur membre de la Chambre des représentants ?

— Il sera forcément élu ?

— Tout porte à le croire. Que se passe-t-il avec sa femme ?

— Rien, justement. On ne la voit plus nulle part. Je voudrais que tu appelles Ames pour lui demander une interview, genre portrait de famille.

DeWitt observa un silence.

— Que dois-je chercher exactement ?

— Où elle se trouve. Un de mes amis veut la joindre sans que personne le sache.

— Y compris le mari ?

— Exact.

— Tu crois que ça peut être juteux ?

— Je vais être franc : soit il n'y a rien, soit c'est la plus grosse affaire de ta vie.

— Je vais voir ce que je peux faire.

— Merci. Je te revaudrai ça.

— Qu'est-ce qu'on fait, maintenant ? demanda Meredith quand Gage eut raccroché.

— On attend les résultats des recherches de DeWitt. Si Holly Ames est réellement avec une parente malade, on va la voir et on prélève un échantillon d'ADN.

— Et si elle refuse ?

— On trouvera un moyen.

Elle hocha la tête.

— Dom ?

Dom les regarda d'un air lugubre. Mais au bout d'un moment, il hocha aussi la tête.

— Les salauds, marmonna-t-il.

Meredith posa la main sur la sienne.

— On la retrouvera, promit-elle.

Meredith et Gage étaient seuls dans la cabane, Dom étant sorti passer quelques coups de fil, quand l'appel arriva, une heure plus tard.

— C'est quoi, ce bazar ? dit DeWitt. Je n'ai jamais entendu autant d'absurdités de ma vie.

— Tu sais où se trouve Holly Ames ?

— Non. C'est incompréhensible. N'importe quel politicien aurait sauté sur une interview pareille. Ames est « à l'extérieur », m'a-t-on dit. J'ai voulu parler à sa femme, mais on m'a répondu qu'elle n'était pas « joignable ». J'ai demandé où elle se trouvait. « Au chevet d'une parente. » J'ai voulu savoir où. « Désolé, elle a besoin d'intimité. » Tout ça débité par un porte-parole qui avait l'air de réciter un discours appris par cœur. J'ai découvert ensuite que Mme Ames n'avait pas pointé le bout de son nez en public depuis sept semaines.

— Tu ne t'es pas arrêté là ?

— Bien sûr que non. J'ai rappelé en disant que des rumeurs prétendaient que Mme Ames avait quitté son candidat de mari. Le porte-parole pouvait-il confirmer ou infirmer l'info ? Il a nié, évidemment. J'ai dit que la seule manière de m'empêcher d'enquêter était de me permettre de parler à la dame.

— Qu'a-t-il répondu ?

— Il s'est mis à bafouiller que je me trompais. Mme Ames était solidaire de son mari, mais elle avait une obligation familiale. Tu parles d'une famille ! Sa mère est morte. Elle a deux tantes, et aucune d'elles n'a entendu parler de Holly Ames depuis des mois. Son père est le juge Matthews de la Cour suprême. Injoignable, lui aussi. Je commence à flairer un sacré filon, Gage. Qui est la personne qui veut parler à Holly Ames ? J'ai rempli ma part du contrat. À ton tour, maintenant.

Gage regarda Meredith. Ils avaient discuté de la question. Elle lui avait dit de se fier à son propre jugement.

— Meredith Rawson.

— La Meredith Rawson dont le père a été renversé par une voiture ? Celle qui a été agressée, témoin d'un meurtre et blessée par un flic véreux ?

— Pertinente appréciation. Oui.

— Les flics ont-ils une piste pour son père ?

— Non. Ils ont opté pour la thèse de l'accident.

— Mais pas toi ?

— Non.

DeWitt poussa un grognement.

— Ça sent le roussi, tout ça. Tu crois que Ames est impliqué ? Ou même Matthews ?

— Continue à essayer de trouver Holly Ames. Sans impliquer Mlle Rawson. Ensuite, on en reparlera.

— Je préférerais en parler tout de suite.

— Je ne suis pas chez moi.

— Et tu ne veux pas me dire où tu es ?

— Non.

— Je peux appeler le département.

— Si tu fais ça, tu n'obtiendras plus rien de moi.

— Va te faire foutre, Gage.

— Trouve-la, dit ce dernier.

Il raccrocha sans rien ajouter. Presque aussitôt, son téléphone sonna.

— Allô ? Tu plaisantes ? Tu en es sûr ? Ne t'inquiète pas, personne ne saura d'où ça vient. Merci, mon vieux.

Meredith le regarda d'un air interrogateur, attendant une explication.

— Tu te souviens de l'homme qu'on a repêché dans le bayou ? L'analyse d'ADN correspond à un certain Carrick, un ancien militaire. Il a été accusé de viol autrefois, ce qui lui a valu d'être viré de l'armée. La victime a refusé de porter plainte, mais son ADN a été fiché.

— Ce nom te dit quelque chose ?

— Il travaillait occasionnellement pour Randolph Ames.

Il composa un numéro sur son portable.

— Sanders, c'est encore Gaynor. J'ai peut-être quelque chose pour toi.

Gage laissa un moment ce séduisant appât flotter dans l'air.

— Demande à Ames s'il connaît un certain Carrick. Accusé de viol il y a quelques années. Actuellement cadavre à la morgue. Retrouvé au fond du bayou, les mains et la tête tranchées.

Il écouta la réponse de son interlocuteur, puis annonça avec un plaisir évident :

— Carrick travaillait apparemment comme chauffeur et garde du corps.

Meredith entendit une exclamation à l'autre bout de la ligne.

— Je ne sais pas si Ames était au courant ou non. Tu dois pouvoir le découvrir. Mais je ne t'ai rien dit.

Il coupa la communication et se tourna vers Meredith.

— Ça ne me plaît pas que Holly Ames ait disparu, dit-elle.

Il lui prit la main.

— J'ai la ferme intention de parler à Ames. Quand DeWitt en aura fini avec lui, il sera en pleine panique.

La porte de la cabane s'ouvrit sur Dom. À l'expression de son visage, il était évident qu'il avait reçu une mauvaise nouvelle.

— Qu'y a-t-il ? lui demanda Gage.

— Ils ferment mon foyer.

29

Bisbee

Le téléphone sonna, et Holly décrocha.

— J'ai reçu trois commandes par Internet, lui annonça gaiement Marty. J'ai aussi eu un appel d'une galerie de Floride qui veut des renseignements sur vous. Ils demandent une dizaine de pièces et aussi des détails sur l'artiste. Apparemment, ils aiment personnaliser ce qu'ils exposent.

— Que faut-il leur dire ? demanda Holly, méfiante.

— Peut-être ce qui inspire votre travail.

— Je ne suis pas écrivain.

— Je pourrais rédiger quelque chose et vous le soumettre ensuite.

— Si vous voulez, répondit Holly sans enthousiasme. Mais rien sur ma vie privée, d'accord ?

— Entendu, promit Marty. Pouvez-vous venir dîner demain avec Harry ? Je tiens à fêter ça entre amis. Amenez Doug.

Elle raccrocha avant que Holly puisse répondre.

Holly remit lentement le combiné sur son socle. Elle savait que le shérif et elle étaient à présent perçus comme un couple. Les commentaires des personnes qu'elle croisait dans les magasins ou à la bibliothèque ne laissaient aucun doute là-dessus – « Doug et vous serez au concert ce soir ? », « Doug et vous viendrez à l'inauguration du nouveau restaurant ? ».

Elle voyait l'amour dans ses yeux ; elle le sentait dans sa manière de la toucher, dans son infinie patience. Elle se demandait si son propre regard reflétait ses sentiments pour lui. Des sentiments de plus en plus forts.

Peut-être était-il temps de tout lui dire. Mais ensuite, en tant qu'homme de loi, que serait-il obligé de faire ?

Elle ne le saurait pas tant qu'elle ne lui aurait pas parlé. Et ils ne pouvaient pas continuer ainsi. Il voulait plus. Il méritait plus.

Peut-être cette nuit...

La Nouvelle-Orléans

C'était à devenir fou. Ce fichu journaliste ne lâchait pas le morceau. Il était carrément venu au siège de la campagne électorale et avait fait brutalement irruption dans le bureau de Randolph.

Sa dernière question fut comme une dague plantée droit dans son cœur.

— Connaissez-vous un certain Carrick ?

Randolph aurait voulu répondre non. Mais cela faisait partie des rares choses qu'il ne pouvait pas cacher. Carrick était apparu sur certaines photos avec lui.

Carrick lui avait assuré qu'il pouvait se charger seul du boulot. Après tout, avait-il dit, Mme Ames était inoffensive. Elle détestait les armes. Elle avait horreur de la violence. C'était une créature fragile et timide.

Alors, que s'était-il passé ?

Randolph ne s'était certainement pas attendu à trouver en rentrant un homme mort dans la chambre de son épouse, et sa femme et son fils envolés.

Il avait immédiatement appelé son beau-père, qui l'avait calmé et lui avait indiqué ce qu'il devait faire. Il fallait que Carrick disparaisse. Ainsi que Holly... dès qu'on la retrouverait.

Mais Holly s'était révélée plus insaisissable qu'un fantôme.

Et maintenant, le corps de Carrick avait été identifié.

Randolph espérait que sa nervosité ne se voyait pas. DeWitt avait débarqué dans son bureau avec un jovial « je vous croyais à Baton Rouge » – l'équipe de Randolph avait en effet reçu la consigne de déclarer qu'il se trouvait là-bas.

— La réunion s'est terminée plus tôt que prévu.

— Et de quelle réunion s'agissait-il, sénateur ?

La meilleure défense était l'attaque, lui avait appris Samuel Matthews.

— J'ignorais que vous couvriez les élections, monsieur DeWitt.

— Ce ne sont pas les élections qui m'intéressent, mais vous, sénateur.

— Pourquoi ? ne put-il s'empêcher de demander.

— Principalement à cause de votre femme. Personne ne l'a vue depuis un moment.

— Je croyais que vous aviez abordé la question avec mon porte-parole, dit Randolph d'un ton sec. Mon épouse est auprès d'une parente malade.

— Mais pourquoi est-elle injoignable ? Plutôt étrange, non ? Je veux dire, elle est la femme d'un homme politique en pleine campagne électorale. Je suppose qu'elle connaît les obligations que cela entraîne.

— C'est moi le candidat, pas ma femme.

— Peut-être, mais les électeurs aiment connaître la situation familiale des candidats. Si elle vous a quitté, je pense qu'ils ont le droit de le savoir.

— Ma femme ne m'a pas quitté.

— Les rumeurs disent le contraire.

Randolph était évidemment au courant de ces rumeurs. Jusqu'à présent, son beau-père et lui avaient réussi à tenir la presse à distance. Mais très bientôt, cette histoire de parente malade ne suffirait plus, et il devrait fournir une explication plus plausible à l'absence de Holly.

— Un simple coup de fil pourrait tout clarifier, déclara DeWitt.

Randolph considéra la question. Il pouvait évidemment appeler le journal de DeWitt et demander pourquoi ce dernier s'occupait à présent de la vie politique, mais cela risquait d'éveiller les soupçons. Mieux valait payer quelqu'un qui se ferait passer pour sa femme au téléphone.

— J'essaierai d'organiser un rendez-vous téléphonique, dit-il.

— Pourquoi pas tout de suite ?

— Sa parente est mourante, et Holly est plongée dans le chagrin. Je ne vais pas lui imposer une interview sans la prévenir.

Il se pencha en avant.

— Je vais vous faire une confidence. Holly est timide et sensible. Elle n'aime pas la vie politique. Quant aux journalistes, elle les a toujours évités. Elle n'a accepté l'idée de ma candidature qu'à condition que je ne la pousse pas à devenir elle-même un personnage public. Je lui ai promis qu'elle pourrait continuer à vivre et à élever notre fils comme avant. Je n'ai pas l'intention de rompre ma promesse, conclut-il.

— Quand pourrai-je lui parler, alors ?

— Je vous contacterai.

Le regard de DeWitt disait clairement qu'il ne croyait pas un mot de son petit discours.

— Si je n'ai pas de nouvelles de vous d'ici demain, je commencerai à poser des questions dans ma rubrique du dimanche. Maintenant, si vous me parliez de Carrick ?

— Je ne savais pas grand-chose de lui. Il m'avait été recommandé par un ami et me servait de chauffeur, rien de plus. Puis il a disparu.

— Quand ?

— Je ne me souviens pas du jour exact.

— Le double de ses fiches de paie vous le dira peut-être.

— Je demanderai à mon comptable.

— Maintenant ?

— Il est absent pour le moment.

Le journaliste le fixa. Randolph soutint son regard sans ciller. Il était doué pour ça – il s'y était entraîné durant toute sa carrière.

— Bon, on m'attend pour une émission de radio, dit-il en se levant et en tendant la main au journaliste.

DeWitt ne la prit pas.

— Saviez-vous que Carrick était un ancien militaire et qu'il avait été renvoyé de l'armée ?

— Non. Comme je vous l'ai dit, je ne savais pas grand-chose de lui, sinon que c'était un bon chauffeur.

— Vous ne vérifiez pas le passé de vos employés ?

— Ce n'était pas vraiment mon employé. Je ne faisais appel à lui qu'en dépannage.

— Vous devriez être plus prudent, sénateur. Il a été accusé de viol. Cela me surprendrait que vous acceptiez que votre femme côtoie ce genre d'individu.

— Je me rappellerai votre conseil. Et maintenant, je dois vraiment y aller.

— Je peux vous déposer quelque part ? Comme vous n'avez plus de chauffeur…

Randolph avait envie de frapper ce fichu journaliste, d'effacer ce sourire suffisant de son visage.

— Merci, mais un de mes collaborateurs va me conduire. Je vous contacterai demain au sujet de ma femme.

Il le raccompagna à la porte. Il savait que DeWitt n'était pas satisfait, qu'il reviendrait à la charge. Le journaliste était connu pour sa ténacité.

Il se rassit à son bureau. Il n'y avait pas d'émission de radio. Tout comme il n'y avait pas de femme.

Il lui fallait une solution. Vite.

Il appela le juge Matthews. Il saurait quoi faire. Il savait toujours quoi faire.

Gage reçut un appel de DeWitt.

— On arrête de jouer, dit le journaliste. Je veux savoir ce qui se passe.

— Il y a un problème ?

— Je te répondrai quand je te verrai.

Il était évident qu'il n'en dirait pas plus.

— Retrouve-moi dans deux heures au *Calley's*, déclara Gage.

— OK.

Gage coupa la communication et regarda ses deux compagnons.

— Vous voulez le rencontrer ?

— Plus il en saura, plus il sera efficace, déclara Meredith. Je n'ai plus rien ni personne à protéger. Mais vous, oui, ajouta-t-elle à l'intention de Dom.

— Ils ont avancé leur pion, rétorqua Dom. Ma seule façon de contre-attaquer est de porter l'affaire au grand jour.

Il avait déjà contacté son avocat et obtenu que l'ordre de fermeture du foyer soit suspendu pour dix jours. Il allait tout faire pour en savoir plus sur les agents d'inspection qui lui avaient déclaré la guerre.

DeWitt entra au *Calley's* à l'heure dite. Une lueur d'intérêt s'éclaira dans son regard lorsqu'il vit les trois personnes qui l'attendaient.

— Quelle surprenante assemblée, observa-t-il en s'asseyant.

Gage n'était pas d'humeur à bavarder. Il avait le désagréable pressentiment qu'un drame allait bientôt se produire.

— Comment s'est passé ton entretien avec le sénateur ?

— Je n'ai absolument rien appris, sauf que ce monsieur est un menteur de première classe. Il aurait promis à sa timide épouse allergique aux journalistes de ne pas lui infliger la présence d'individus de mon espèce. Il m'a dit qu'il essaierait d'organiser un rendez-vous téléphonique avec elle demain.

— Ça ne sera pas elle, dit Gage.

— Qu'est-ce qui te fait penser ça ? demanda DeWitt. Apparemment, il y a une foule de choses que j'ignore.

Quelqu'un aurait-il l'amabilité de me mettre au parfum ?

Gage regarda Meredith.

— Ça commence avec Meredith. Comme tu le sais, elle a été agressée dans un parking…

Il résuma les faits, ses deux compagnons l'aidant à compléter leur part de l'histoire. Quand ils eurent terminé, DeWitt s'adossa à son siège et les considéra d'un œil songeur.

— Vous pensez que Ames tire les ficelles.

— Et surtout le juge Matthews.

DeWitt haussa un sourcil sceptique.

— Cette affaire remonte à des faits qui ont eu lieu il y a trente-trois ans, lui rappela Gage. Ames avait cinq ans à l'époque.

— Mais pourquoi Matthews serait-il prêt à commanditer des meurtres pour dissimuler une adoption ?

— Je ne sais pas, avoua Gage. Peut-être par fierté. Peut-être à cause d'un héritage.

Le regard de DeWitt se mit à briller.

— Si c'est une histoire d'héritage, il doit y avoir un testament quelque part. Je ferai des recherches.

— Pour l'instant, c'est Holly Ames qui me préoccupe, intervint Meredith. Et si elle était…

Elle ne put pas terminer sa phrase.

— Si elle était morte, Matthews et Ames auraient déjà trouvé une meilleure explication à sa disparition, reprit DeWitt. Un accident quelconque. Plus son absence durera, plus il leur sera difficile de se justifier.

— J'aimerais juste savoir si elle a disparu de son plein gré ou si on l'a emmenée… quelque part, dit Gage.

Il n'ajouta pas « vivante ou morte ». Meredith n'avait pas besoin de l'entendre énoncer ses pires craintes.

— Si elle est partie volontairement, il y a tout à parier que Ames la recherche, lui aussi.

— Que sais-tu d'elle ? demanda DeWitt.

— Très peu de chose. Elle a fréquenté l'université de Tulane, s'est mariée et est devenue mère au foyer.

DeWitt réfléchit un instant et parut brusquement avoir une idée.

— Les politiciens utilisent souvent les petits journaux locaux pour faire leur publicité. Il y a peut-être eu des articles sur Ames et sa famille dans le canard de son fief sénatorial. Je vais me renseigner.

— Combien de temps cela prendra-t-il ?

— Cinq minutes.

Il sourit en voyant leur surprise.

— J'entretiens d'excellentes relations avec les feuilles de chou locales. C'est fou tout ce qu'elles peuvent savoir.

Il prit son téléphone portable et composa un numéro. Au deuxième appel, il trouva une journaliste qui avait interviewé Mme Ames.

DeWitt paraissait pleinement satisfait quand il raccrocha.

— Carol Ellis a fait un portrait de Mme Ames il y a deux ans. Elle dit que c'est une femme réservée mais très douce, qui s'est efforcée de répondre de son mieux à ses questions.

— A-t-elle une idée de l'endroit où elle a pu aller ?

— Non, mais Holly Ames a un hobby. Elle fait de la sculpture sur métal. Elle a même montré à Carol une de ses œuvres, un cochon dansant. Elle a prétendu que ce n'était qu'un passe-temps « stupide », mais Carol a senti que cela signifiait beaucoup plus que ça pour elle.

Il s'interrompit – pour ménager son effet, comprit Gage. Comme nombre de journalistes, DeWitt avait un sens du suspense très poussé.

— Et ? demanda-t-il.

— Carol lui a suggéré de les mettre en vente dans une boutique de cadeaux. Mme Ames n'a pas eu l'air intéressée, mais elle a pris la carte de la boutique.

— Et Ames ?

— Il n'était pas là.

— As-tu le nom de la boutique ?

— Mary's Crafts and Gifts. Sur Magazine Street.

— Allons-y, dit Meredith. Ils savent peut-être quelque chose sur Holly.

DeWitt secoua la tête.

— Je vais au greffe du tribunal, voir si je peux trouver les testaments des parents du juge Matthews. À part l'argent, je ne vois pas ce qui pourrait le pousser à prendre tant de risques. Ensuite, je consulterai toutes les archives du journal sur lui et le sénateur Ames.

Dom se leva.

— Moi, je dois aller au foyer m'assurer que les gamins comprennent ce qui se passe. Je vous rejoindrai plus tard.

— Je propose qu'on se retrouve tous ce soir à 21 heures, intervint Gage.

DeWitt hocha la tête.

— Où ?

— Dans une cabane que je possède à la campagne.

Il lui nota les indications sur un papier.

— Klaxonne en arrivant. On est un peu méfiants, en ce moment.

DeWitt acquiesça, puis s'en alla sans ajouter un mot.

Gage et Meredith arrivèrent au Mary's Crafts and Gifts juste avant la fermeture.

— Êtes-vous Mary ? demanda Meredith à la femme d'âge mûr qui tenait la boutique.

— Oui. Mary Sartain. Je peux vous aider ?

— Il y a quelque temps, j'ai vu une sculpture en métal chez vous, un cochon dansant. J'espérais que vous en auriez encore.

— Ce doit être le travail de Holly. Je n'en ai pas en stock, malheureusement.

Meredith n'eut pas besoin de feindre la déception.

— Savez-vous s'il y a un autre endroit où je pourrais en trouver ?

La femme eut l'air de fouiller dans sa mémoire, puis elle haussa les épaules.

— Je n'ai pas vu Holly récemment. Mais je crois avoir reconnu ses œuvres sur un site Internet. Si vous me donnez votre nom, je peux en commander une pour vous.

— Cela vous ennuierait-il de m'indiquer l'adresse du site ? Je vous dédommagerai pour votre peine, bien sûr.

— Ce n'est pas ça. C'est que…

— Quoi ? demanda Meredith.

— Quelqu'un d'autre est venu ici…

— Qui ?

— Un homme que je ne connaissais pas. Il cherchait Holly aussi.

— Savez-vous où elle est ? intervint Gage.

Il commença à sortir son portefeuille, puis interrompit son geste. Meredith comprit qu'il avait été sur le point de montrer son insigne. Mais il ne l'avait plus pour l'instant. À cause d'elle.

La femme secoua la tête.

— Non.

— Avez-vous parlé du site à cet homme ?

— Non. Il ne m'inspirait pas confiance.

Meredith décida de dire la vérité. C'était le seul moyen de parvenir à quelque chose.

— Holly est ma sœur. Je suis à sa recherche. J'ai des raisons de croire qu'elle est en danger.

— Mais son mari va sûrement…

— Il fait partie du problème, déclara Meredith sans détours.

La femme les regarda tour à tour, indécise. Meredith sortit une carte de visite de son sac et la lui tendit.

— Je suis Meredith Rawson. Et voici l'inspecteur Gage Gaynor. Nous avons vraiment besoin de votre aide.

— Vous avez les mêmes yeux que Holly, constata Mary.

Mais elle hésitait encore. Finalement, elle sembla se décider et pianota sur le clavier de son ordinateur.

— Je consulte régulièrement les nouveaux sites artistiques. Je recherche toujours des œuvres uniques, originales. Celles de Holly l'étaient. Fantasques et drôles. Je ne peux pas être sûre que ces sculptures soient d'elle, mais ça lui ressemble beaucoup.

Elle tourna l'écran pour que Meredith puisse le voir. Le site était celui de Special Things, une galerie d'art située à Bisbee, en Arizona. Elle regarda les photos des œuvres présentées.

— Y a-t-il quelques mots sur l'artiste ? demanda-t-elle.

— Non.

Meredith et Gage se regardèrent.

— Merci infiniment, dit Meredith à Mary, avant de sortir de la boutique.

Elle se sentait soudain impatiente et pleine d'espoir. Ils tenaient enfin une piste.

— On peut prendre un vol ce soir, dit-elle.

— Pas question qu'on décolle de La Nouvelle-Orléans.

— Tu crois que…

— Je ne sais plus que croire. Si le juge Matthews est impliqué, on doit se méfier de tout. Il fait la pluie et le beau temps ici.

— Alors, d'où proposes-tu qu'on parte ?

— On pourrait aller en voiture jusqu'à Birmingham et prendre ensuite l'avion.

— Un vrai voyage d'agrément, plaisanta-t-elle, alors même que l'angoisse commençait à la ronger.

Et si Holly était en danger ? Et si, en voulant l'aider, ils conduisaient ses ennemis jusqu'à elle ?

Dom était déjà à la cabane quand ils arrivèrent, à 21 heures. Beast était couché à ses pieds. Le chien se leva paresseusement et vint saluer son maître et Meredith.

— Je fais faire des recherches sur le passé des inspecteurs qui ont ordonné la fermeture du foyer, déclara Dom en se levant, une bière à la main. Ça n'a pas de sens. On a toujours respecté scrupuleusement les normes.

— Et les gamins ?

— Ça va aller. Ils ne comprennent pas trop ce qui se passe, mais ils me font confiance. Je leur ai dit que j'allais trouver une solution.

Il les regarda attentivement.

— Vous avez découvert quelque chose, n'est-ce pas ? devina-t-il.

— Holly est peut-être à Bisbee, en Arizona.

— Où est-ce ?

— Au nord de la frontière mexicaine, dit Meredith. Au sud-est de Tucson.

— Et ?

— Il y a un vol de Birmingham à Phoenix, puis de Phoenix à Tucson.

— Réservez trois billets, dit Dom.

— Tu abandonnerais le foyer ? demanda Gage.

— Paul Simonson gère l'aspect juridique. Mes deux assistants peuvent me remplacer quelque temps. Et il vaut sûrement mieux que je ne reste pas là en ce moment. J'ai des envies de meurtre.

Ils attendirent DeWitt. Une demi-heure s'écoula. Meredith commençait à s'inquiéter. Ils devraient bientôt partir, s'ils voulaient attraper le vol du matin.

Enfin, Beast aboya tandis qu'une voiture klaxonnait depuis la route en contrebas. Deux minutes plus tard, DeWitt entra dans la cabane. Beast se rua sur lui comme s'il allait lui mordre la jambe. Juste avant de l'atteindre, il pila net, s'assit et haleta impatiemment.

— Tu as toujours ce monstre ? demanda DeWitt à Gage. Seigneur, cet endroit est introuvable !

— C'est le but, dit Gage.

DeWitt choisit une chaise à peu près stable.

— J'ai trouvé un testament.

— On t'écoute.

— Le juge Matthews héritait seulement de la moitié de la fortune de son père s'il n'avait pas d'héritier ou d'héritière. Et il fallait impérativement que ce soit un enfant de son sang. Complètement archaïque, n'est-ce pas ?

Il haussa les épaules, puis poursuivit :

— Sa femme a accouché à Memphis le 15 février 1970, quatre mois après la mort du père du juge Matthews.

Un lourd silence s'abattit sur la pièce.

— Des tests sanguins ont-ils été pratiqués ? demanda Gage.

— Oui, l'exécuteur testamentaire les a demandés. Mais ils ont pu être falsifiés. De même que l'acte de naissance.

— Nous n'avons pas cherché sous le nom de Matthews, remarqua Meredith.

— En tout cas, s'il y a eu fraude, ça ne se vérifiera que si on retrouve la fille de Matthews et qu'on effectue de nouveaux tests, reprit DeWitt.

— On l'a peut-être localisée, lui annonça Meredith.

— Où ?

Gage secoua la tête.

— Moins de gens seront au courant…

— Arrête ce refrain, Gaynor. Et s'il vous arrive quelque chose ? Personne ne saura jamais ce qui s'est passé.

Il avait raison. Quelqu'un devait savoir, au cas où…

— Bisbee, en Arizona.

— Je connais. Une commune d'artistes.

— Nous partons en voiture jusqu'à Birmingham et nous prendrons un vol pour Phoenix demain matin.

Le journaliste eut l'air déçu.

— J'aurais aimé venir, mais je viens de recevoir un coup de fil de Ames. Je pourrai parler à sa femme demain matin à 10 heures.

— Je peux te demander un service ? dit Gage.

— Essaie toujours.

— J'aimerais que tu gardes Beast. Je ne veux pas le laisser seul à la maison.

— Tu plaisantes ? Ma femme me tuerait.

— Elle l'adorera. Il apporte le journal au lit.

— Elle aime les chats. Les petits.

— Juste deux jours, insista Gage. Si ça ne marche pas, tu peux le laisser dans un chenil. Il ne sera pas content, mais c'est mieux que la solitude.

DeWitt le regarda comme s'il était devenu complètement fou.

— Et en plus, je dois me sentir coupable, marmonna-t-il.

— Allez, c'est pour la bonne cause, dit Gage. Tu pourras faire passer son steak en note de frais.

DeWitt faillit s'étrangler.

— Du steak ?

— Tu peux lui donner de la viande hachée, ça ira aussi.

— Va te faire voir, Gaynor.

— Tu ne diras plus ça quand tu gagneras le prix Pulitzer pour ton scoop. En plus, Beast est un bon chien de garde.

— Ouais. Sauf que je n'aurai peut-être plus de maison à garder, dit-il.

Mais il prit la laisse du chien. Beast le suivit, tout content.

Une heure plus tard, Gage, Meredith et Dom étaient sur la route de Birmingham.

30

La Nouvelle-Orléans

— Nous l'avons probablement trouvée, dit Samuel Matthews à son beau-fils.

Ils prenaient leur petit déjeuner dans un bar et parlaient à voix basse.

— Où est-elle ?

— En Arizona. Dans une petite ville près de la frontière mexicaine.

— Comment…

— On a repéré ses sculptures sur un site Internet. Bien sûr, il en existe sans doute des centaines qui sont semblables aux siennes, mais la ressemblance est vraiment nette. Une de mes équipes a pris un avion privé pour aller vérifier sur place.

— Ils savent ce qu'ils doivent faire ?

— Oui.

— Je veux mon fils.

— Impossible. Il est trop intelligent. Tu le sais.

— On peut le mettre à l'écart un moment. J'engagerai quelqu'un pour s'occuper de lui.

— La décision est déjà prise, déclara Matthews d'un ton sans appel.

Cette fichue affaire durait depuis déjà trop longtemps. Il risquait de tout perdre à cause d'un seul instant de négligence. Randolph lui avait assuré que la maison était vide lorsqu'ils avaient eu cette malencontreuse conversation téléphonique. Holly était censée être sur le chemin de l'école maternelle avec Michael. Randolph ignorait que l'enfant avait mal à la gorge, que Holly cherchait à appeler le médecin et avait décroché au moment où il téléphonait.

Il s'en était rendu compte trop tard, en entendant le déclic qui indiquait qu'on raccrochait un autre poste. La conversation tournait autour d'une très importante somme d'argent qui provenait d'intérêts du crime organisé et était destinée à la campagne électorale. Si on le soupçonnait, lui, le respectable juge Matthews, d'être impliqué là-dedans, sa carrière serait détruite.

— Nous devons commencer à réfléchir à ce que nous dirons à la presse, reprit-il.

— DeWitt sera dans mon bureau tout à l'heure. Il s'attend à parler à Holly.

— J'ai trouvé quelqu'un qui jouera parfaitement son rôle au téléphone. Ça devrait te débarrasser de lui.

— Je ne sais pas. Il est sacrément tenace.

— Eh bien, il aura très bientôt un père et un mari affligés à interviewer.

Il tendit à Randolph un bout de papier sur lequel était noté un numéro de téléphone.

— Tu lui diras d'appeler à ce numéro. C'est un portable. Mémorise-le. C'est censé être celui de ta femme. Tu dois le connaître par cœur.

— As-tu trouvé le flic et la fille Rawson ?

— Non, et Cross a aussi disparu. Il faut absolument les retrouver. Ils ne doivent pas localiser Holly et Michael avant nous. Sinon, tout est fichu.

Randolph ferma brièvement les yeux.

— Et s'ils les trouvent avant nous ?

Matthews détecta une légère note d'espoir dans sa voix.

— J'ai envisagé cette possibilité. J'ai dit à un ami avocat, sous le sceau de la confidence, que ta femme avait enlevé ton fils et qu'elle était mentalement déséquilibrée. La garde de Michael t'est accordée d'office.

C'est un atout de plus dans notre jeu. Holly ferait ou dirait n'importe quoi pour garder Michael. Nous traiterons avec elle. Ensuite, nous aurons tout notre temps pour régler le problème.

Il regarda Randolph.

— Je ne laisse jamais rien au hasard. Tu devrais le savoir maintenant.

Il n'aima pas l'expression de son gendre quand il hocha la tête. Peut-être avait-il surestimé les ambitions de Randolph Ames. Il ne s'était pas attendu à ce brusque accès de sentimentalité.

Il le surveillerait de plus près dans les quelques jours à venir.

Non, il ne laissait jamais rien au hasard.

Bisbee

Holly alla répondre au téléphone. Elle était en plein travail et avait d'abord envisagé de ne pas décrocher, mais l'insistance de la sonnerie l'inquiétait. La plupart de ses amis savaient que si elle ne répondait pas, c'était qu'elle ne le pouvait pas.

Elle décrocha.

— Liz, il faut que je vous voie tout de suite, dit Marty.

Elle avait l'air paniquée. Or Marty ne paniquait jamais.

— Où ?

— Là où Harry ne pourra pas nous entendre.

— Ma véranda. Ou votre galerie.

— J'arrive.

Holly se sentit soudain glacée. Marty ne fermait pas boutique pour un oui ou un non. Il devait vraiment y avoir urgence.

Elle arriva moins de cinq minutes plus tard.

Holly donna un verre de lait et des gâteaux à Harry, puis lui choisit une cassette vidéo qu'il n'avait pas encore vue. Elle rejoignit ensuite Marty sur les marches de la terrasse.

— Qu'y a-t-il ?

— Brusquement, on n'a pas arrêté de m'appeler au sujet de votre travail. Au début, j'ai pensé que c'était l'attrait de la nouveauté, mais je viens juste de recevoir un coup de fil d'une femme de La Nouvelle-Orléans.

Holly se figea, en espérant que son visage ne reflétait pas la terreur qu'elle éprouvait.

— Elle était affolée, poursuivit Marty. Elle espérait ne pas avoir commis une erreur. Elle a dit qu'un homme et une femme étaient venus à sa boutique et avaient demandé à voir vos sculptures. De fil en aiguille, la femme lui a dit qu'elle était votre sœur et qu'elle craignait que vous ne soyez en danger. L'homme a prétendu être inspecteur de police. La femme vous ressemblait un peu. Ils avaient l'air très inquiets.

— Et Mary… laissa échapper Holly.

— Mary Sartain, confirma Marty. Elle a vu vos sculptures sur notre site et les a montrées à ces gens.

— Mais je n'ai pas de sœur, dit Holly d'un ton désespéré.

Son joli château de cartes allait-il s'écrouler, finalement ?

— Je peux les tenir à distance, mais ils n'auront qu'à interroger les gens du coin pour vous retrouver.

— Merci de m'avoir prévenue.

Elle devait faire ses valises, partir immédiatement.

— Quand leur a-t-elle parlé ?

— Hier. Elle m'a appelée ce matin, après avoir passé la nuit à s'inquiéter.

— Merci. Je dois partir…

Sa voix se brisa. Elle avait froid, si froid… Elle ne voulait pas perdre ce qu'elle avait commencé à construire ici.

— Que se passe-t-il, Liz ? demanda doucement Marty. Vous pouvez vous confier à moi sans crainte. J'ai été impliquée dans des choses pas très nettes il y a quelques années, je ne vous jugerai pas. Il est évident que Harry et vous avez besoin d'aide.

— Je ne peux pas vous mêler à ça.

— J'y suis déjà mêlée. Je suis votre amie. Doug et Russ aussi. Laissez-moi appeler Doug.

— C'est un policier.

— Il est aussi amoureux de vous.

— Je ne peux pas lui faire ça. Je ne peux pas l'obliger à choisir entre son devoir et moi.

— Je ne vous imagine pas commettre un acte qui l'obligerait à faire ce choix.

— Si, vous pouvez imaginer le pire, dit Holly, incapable de se taire plus longtemps. Tout est dans l'enveloppe que je vous ai donnée.

— Un mari violent ?

— S'il n'était que ça !

— Alors quoi ?

— Mon mari a essayé de m'assassiner. Je me suis réveillée en entendant du bruit dans la maison. Il y avait un homme armé, qui avait les clés de la maison et le code de notre système d'alarme. J'ai utilisé le revolver de mon mari. Je l'ai tué. Harry était dans la maison et…

— Mon Dieu ! Et moi qui vous croyais fragile.

— Je l'étais. Je le suis.

— Il faut une sacrée force pour recommencer de zéro après ça. Vous n'avez pas envisagé de prévenir la police ?

— Mon mari est sénateur. Il est très puissant.

Elle hésita, puis ajouta :

— Mon père aussi.

Marty fronça les sourcils.

— Votre père ?

— Il est… il est…

Comment dire que votre propre père avait décidé de vous faire tuer ?

Marty se leva.

— Vous pourrez m'en parler plus tard. Pour l'instant, il faut que vous partiez d'ici. Allez chercher Harry. Je possède un chalet où vous pourrez vous cacher, près de la frontière. Personne n'est au courant. J'ai toujours pensé que je pourrais avoir besoin d'un refuge. Il y a toutes les provisions nécessaires pour tenir un siège. Et si les choses empiraient, je vous ferais passer la frontière.

— Je n'ai pas d'autorisation pour Harry.

— J'ai encore quelques amis de ma période douteuse. En une heure, je peux avoir une fausse autorisation de votre mari qui permettra à votre fils de franchir la frontière. Maintenant, dépêchons-nous de filer.

— Ils pourraient s'en prendre à vous.

— Une vieille activiste comme moi ? Qu'ils viennent donc s'y frotter !

La galerie Special Things était fermée.

Ils se rendirent chez les commerçants voisins, une autre galerie d'art et un petit restaurant de tacos. Les deux propriétaires exprimèrent leur surprise en apprenant que Marty avait fermé boutique.

Meredith sortit la photo de Holly, qu'ils avaient photocopiée à partir d'un article de journal.

— Reconnaissez-vous cette personne ? C'est ma sœur. Nous sommes fâchées depuis plusieurs années, et je suis à sa recherche.

Les deux propriétaires déclarèrent ne pas la connaître. Gage et Meredith insistèrent un peu. En vain.

— Je jurerais qu'ils l'ont reconnue, dit Dom quand ils furent de nouveau dehors.

— Alors, elle a des amis.

— Du genre protecteur.

— Mary Sartain les a peut-être prévenus. Au cas où.

— Et la ville entière serait dans le coup ? s'étonna Gage.

— Impensable, dit Meredith. Il n'y a pas eu assez de temps.

— Allons voir les agences immobilières, suggéra Gage.

Holly suivit Marty en voiture. Une dizaine de kilomètres après la sortie de la ville, cette dernière emprunta un chemin de terre à peine visible. Elles roulèrent dans des ornières et franchirent un ruisseau à sec avant de s'arrêter devant un chalet adossé à une colline aride.

Holly sortit de voiture, détacha Harry et rejoignit Marty.

Celle-ci ouvrit la lourde porte du chalet. Il faisait chaud à l'intérieur. Étouffant, même. Mais le mobilier semblait confortable, et Marty alluma des lampes, preuve qu'il y avait l'électricité.

— Un générateur, expliqua-t-elle en tendant un téléphone portable à Holly. Gardez-le près de vous.

Holly avait le cœur serré. Elle venait à peine d'oublier la peur, et voilà qu'elle s'abattait de nouveau sur sa vie, reprenant les commandes. Elle ne voulait pas passer le reste de ses jours à se cacher. Elle ne le voulait pas pour Harry. Elle ne le voulait pas pour elle-même.

— Je vais prévenir Doug, dit Marty.

— Non.

— Je le connais. Il est mon ami depuis des années.

— Mais son devoir…

— Il y a quelque chose de plus important pour lui que le devoir. Ça s'appelle l'intégrité. Il est au courant de mon passé. Il sait que j'ai participé à des actions illégales autrefois. Il n'en a jamais parlé à personne.

Elle s'interrompit avant d'ajouter :

— Faites-moi confiance, Holly. Faites-lui confiance.

Holly savait qu'elle n'avait plus le choix. Elle hocha la tête.

Doug entendit immédiatement parler des étrangers qui recherchaient une femme et son petit garçon.

M. Santos, du restaurant de tacos, appela le premier, puis Mme Carson, la propriétaire de la galerie d'art voisine de Special Things.

Il se rendit aussitôt chez Liz. Personne. Pas de voiture non plus.

Il s'assit sur les marches de la terrasse quelques instants, puis décida de passer voir Marty. Peut-être savait-elle quelque chose. Quant aux trois inconnus qui cherchaient une femme correspondant au signalement de Liz, il ferait bien d'aller leur dire un mot aussi.

Il les trouva au bar en face de Special Things. Ils n'avaient pas du tout l'allure de touristes et ne quittaient pas des yeux la boutique de Marty.

Doug commanda un soda, s'assit au comptoir et observa le trio. Une jeune femme séduisante, un homme d'une cinquantaine d'années qui ressemblait à un ancien boxeur et un autre qui avait tout l'air d'être un flic.

— Comment trouvez-vous notre petite ville ? leur lança-t-il après avoir terminé son soda.

La femme parut déconcertée, puis elle sourit.

— Très agréable, répondit-elle.

Il réprima un mouvement de surprise. Elle avait les mêmes yeux que Liz. Le même sourire aussi. Mais la ressemblance s'arrêtait là. Le visage de Liz était plus fin. L'inconnue était plus grande et avait des formes plus généreuses, bien qu'elle fût mince.

— Je suis le shérif du comté. Je peux quelque chose pour vous ?

Il les vit se raidir. Il ne portait pas d'insigne sur sa chemise, pas plus qu'il n'arborait ostensiblement son arme. L'homme aux allures de policier se leva et vint lui tendre la main.

— Inspecteur Gage Gaynor, de La Nouvelle-Orléans.

— Doug Menelo. Vous êtes ici pour le boulot ?

— Non. Mon amie essaie de retrouver sa sœur. La mère de Meredith vient de mourir et leur a laissé à toutes les deux un gros héritage.

— Comment s'appelle votre sœur ? demanda Doug à la jeune femme.

— Holly Ames.

Elle lui montra une photo. C'était Liz.

Il secoua la tête.

— Je ne connais personne qui réponde à ce nom.

— Il est possible qu'elle utilise un autre nom, insista la femme. Elle a un fils. Elle est peut-être en danger. Nous devons la prévenir.

— Vous pouvez m'en dire plus ?

— Ça prendrait du temps.

— Je ne suis pas pressé, répondit Doug.

Il s'installa sur un siège à côté de la fenêtre, si bien que les autres durent s'en détourner pour lui parler.

— Nous cherchons la personne qui tient la galerie d'en face, reprit Gaynor.

Doug aperçut Marty au même instant. Elle se gara et se dirigea vers sa boutique. Personne ne devait lui parler avant lui.

— Marty va parfois à la banque à cette heure-ci, deux rues plus bas.

— Elle va revenir, alors ?

— Pas sûr. Elle n'est pas à cheval sur les horaires. Elle s'en va souvent tôt.

Il regarda Marty tourner le panneau de sa porte du côté « ouvert ».

Il se leva.

— À quelle brigade appartenez-vous, inspecteur Gaynor ?

Il appellerait le NOPD dès que possible.

— Homicides.

Doug n'aimait pas du tout ça.

— Eh bien, bonne chance. Si vous voulez parler à Marty, essayez d'abord la banque et ensuite chez elle. Elle habite près d'ici. N'importe qui vous indiquera le chemin.

Il se dirigea vers le bar et paya son soda. Puis il sortit, descendit un tronçon de rue, avant de bifurquer pour se retrouver à l'arrière de la galerie de Marty. Il frappa un moment à la porte. Enfin, Marty vint lui ouvrir.

— Tu vas bientôt avoir de la compagnie. Un inspecteur de La Nouvelle-Orléans et une femme qui prétend être la sœur de Liz.

Elle n'eut pas l'air surprise.

— Où est Liz, Marty ?

— Dans un chalet à dix kilomètres d'ici.

Elle nota sur un bout de papier les indications pour s'y rendre.

— C'est un vieux chalet de mineur que j'ai retapé.

— Je crois que je le connais. C'est quoi, toute cette histoire ?

— Liz te le dira elle-même. Elle est prête, maintenant.

Après une hésitation, elle ajouta :

— Elle a besoin de toi.

Doug retourna à son bureau et appela la police de La Nouvelle-Orléans pour vérifier qu'il y avait bien un Gage Gaynor aux homicides.

— D'où êtes-vous, avez-vous dit ? demanda la voix à l'autre bout du fil.

Il raccrocha. Il voulait d'abord parler à Liz.

Doug décida de ne pas utiliser son véhicule officiel. Il sauta dans sa Jeep. Le cœur battant, il prit la direction de l'ouest.

On frappa à la porte, et Marty quitta l'arrière-boutique. Elle s'attendait à tomber sur les trois personnes que Doug lui avait décrites, mais à la place, deux hommes en costume se tenaient derrière sa porte. Ils n'auraient pas pu paraître plus déplacés s'ils avaient été habillés en diables à Disneyland.

Elle secoua la tête, en leur indiquant d'un geste le panneau qu'elle avait retourné du côté « fermé ».

Ils frappèrent avec plus d'insistance.

Elle se détourna, baissa les lumières. Puis elle entendit un déclic à la porte. Elle se dirigea vers le téléphone, mais n'eut pas le temps de l'atteindre.

Elle avait toujours su qu'elle avait besoin d'une serrure plus solide.

Ce fut sa dernière pensée avant de perdre conscience.

31

Bisbee

Gage trouva la propriétaire de Special Things étendue par terre au fond de la boutique. Elle était blessée à la tête et geignait. Dom effectua les premiers gestes de secours pendant que Meredith appelait la police et une ambulance.

— Quelqu'un l'a violemment frappée, dit Gage. Son pouls est très faible.

— On nous aurait suivis ? demanda Meredith.

— Je ne vois pas comment. J'ai pris toutes les précautions et je suis resté vigilant. Personne ne nous a filés.

— Ils l'ont peut-être retrouvée par le site Internet, suggéra Dom.

— Maintenant, quelqu'un doit savoir où est Holly, et pas nous, dit Meredith.

Gage se redressa.

— Ce shérif... Il pourrait peut-être nous aider.

Une voiture de police arriva et se gara au milieu de la rue. Deux officiers entrèrent. L'un d'eux s'accroupit devant Marty.

— Une blessure à la tête, dit Gage.

— Qui êtes-vous ?

— On l'a trouvée là. La porte était ouverte, et on est entrés.

— Je vous ai demandé votre nom.

— Gaynor. Je suis là en touriste, mais je suis aussi inspecteur de la police de La Nouvelle-Orléans.

— Vous avez des papiers d'identité ?

— Un permis de conduire. Pas d'insigne. J'ai tiré sur un homme il y a quelques jours et je suis suspendu en attendant les résultats de l'enquête.

— Il a tiré pour me sauver la vie, ne put s'empêcher de préciser Meredith.

— Et vous êtes ?

— Une avocate de La Nouvelle-Orléans.

— Bon Dieu, marmonna l'un des officiers à voix basse.

L'ambulance arriva. Deux secouristes entrèrent en courant, vérifièrent aussitôt le pouls de Marty, puis les battements de son cœur. Ils se préparèrent à l'installer sur un brancard.

Marty poussa un gémissement.

— Marty ? demanda un officier. Qu'est-ce qui s'est passé ?

— Doug, réussit-elle à articuler. Contactez Doug. Dites-lui de se dépêcher de…

Elle perdit connaissance.

L'officier sortit sa radio et demanda qu'on localise le shérif Menelo et qu'on lui dise de les rejoindre à l'hôpital.

— Je suppose que mon chef voudra vous parler, ajouta l'officier à l'intention de Meredith, Gage et Dom.

— Nous vous accompagnons à l'hôpital, dit Meredith en cherchant des yeux l'accord de ses compagnons.

Ils hochèrent la tête. Marty et le shérif Menelo étaient leurs seules chances de retrouver Holly.

Doug entendit l'appel dans sa voiture. Marty avait été agressée et le demandait.

« Liz a besoin de toi… », avait-elle dit.

Mais elle l'avait demandé, Elle était mal en point, d'après l'appel radio. Peut-être avait-elle quelque chose d'important à lui dire.

Il s'arrêta, fit demi-tour et reprit la direction de Bisbee. Il en aurait au plus pour une vingtaine de minutes aller-retour. Ensuite, il serait auprès de Liz.

Quand il arriva à l'hôpital, Marty avait été emmenée au bloc opératoire.

— Son état ? demanda-t-il à la réception.

— Critique. Elle fait une hémorragie interne.

Il monta quand même à l'étage. Quelqu'un lui donnerait peut-être d'autres informations. En passant devant la salle d'attente, il vit les trois personnes qu'il avait rencontrées au bar. Après avoir parlé à l'infirmière, qui déclara qu'il fallait attendre, il les rejoignit.

— Que savez-vous de ce qui s'est passé ?

— Nous l'avons trouvée par terre dans sa galerie. La porte était ouverte.

— Vous avez vu quelqu'un ?

— Non, mais l'endroit a apparemment été fouillé.

— Vous voulez bien me dire la véritable raison de votre présence ici ?

Ce fut Dom qui répondit.

— Comme nous vous l'avons dit, nous recherchons la sœur de Meredith Rawson, Holly. C'est ma fille. J'ignorais son existence jusqu'à ces derniers jours. C'est une longue histoire, mais plusieurs meurtres ont été commis depuis que Meredith a commencé à chercher sa sœur. Si vous connaissez une femme accompagnée d'un petit garçon et qui sculpte du métal, il se pourrait bien que ce soit Holly Ames. Et si c'est elle, il y a des gens qui sont prêts à n'importe quoi pour nous empêcher de la trouver.

— Un mari ?

— Oui, un sénateur. Et un père juge à la Cour suprême. Tous les deux sont très puissants en Louisiane.

— Et votre rôle dans tout ça ? demanda Doug à Gaynor.

— Je suis ici pour Meredith.

Doug prit rapidement sa décision. Il avait l'habitude de jauger les gens à l'instinct, et en l'occurrence son instinct lui disait que ces trois-là étaient dignes de confiance.

— Allons-y, dit-il à Gage.

— Je viens aussi, déclara Dom.

— Moi aussi, annonça Meredith.

Il n'avait pas le temps de discuter avec eux. Il se tourna vers Gage.

— Vous avez une arme ?

— Non.

— J'en ai deux autres dans la voiture.

Il se dirigea au pas de course vers la Jeep. Un mauvais pressentiment lui serrait la gorge. Quand ils furent tous entassés dans le véhicule, il plaqua le gyrophare sur le toit et démarra en trombe.

Le soir commençait à tomber, et le soleil couchant projetait des ombres impressionnantes sur le paysage désertique. Holly frissonna. Elle se sentait terriblement seule. Personne n'était venu. Ni Marty ni Doug. Ils n'avaient même pas téléphoné.

Harry était calme. Plus calme que d'ordinaire. Même César déambulait tristement, la queue entre les jambes.

Holly avait exploré la zone qui s'étendait à l'arrière du chalet. La colline grimpait en direction des montagnes. Marty lui avait dit qu'elles regorgeaient de cachettes. Des Apaches s'y étaient à une époque réfugiés pendant des mois.

Elle regarda de nouveau par la fenêtre. Une traînée de poussière s'élevait au loin.

Doug ?

Son cœur battit plus vite à cette pensée. Elle redoutait de lui dire la vérité, mais en même temps elle avait hâte de libérer enfin sa conscience.

Le véhicule se rapprochait. Ce n'était pas la vieille Jeep de Doug.

La peur qu'elle essayait de contenir se transforma instantanément en terreur.

Elle attrapa la laisse du chien et la lui passa autour du cou.

— Viens, Harry, dit-elle. On va faire une partie de cache-cache.

— Je ne veux pas, fit-il d'un ton plaintif.

Cela lui ressemblait si peu qu'elle en resta interdite un instant. Mais l'urgence de la situation la fit réagir.

— Tu ne veux pas venir avec César ?

Il la regarda d'un air buté, puis se laissa glisser du canapé.

— Je veux bien. Mais je préférerais aller faire du cheval avec le shérif Doug.

Elle le poussa vers la porte de derrière. Puis, la laisse de César dans une main et la menotte de Harry dans l'autre, elle marcha aussi vite qu'elle put en direction des montagnes. Ils atteignirent bientôt une crête. Elle confia la laisse à Harry et désigna une direction.

— Tu vas par là. Et ensuite, je dois te trouver.

Il lui adressa un regard sceptique, mais tira sur la laisse et avança. Elle regarda derrière eux. Leurs empreintes étaient gravées dans le chemin poussiéreux.

Elle arracha une branche à un buisson et brouilla tant bien que mal la piste. Puis elle rejoignit Harry, qui s'était arrêté et l'attendait.

— Doug, murmura-t-elle. J'ai besoin de toi.

Ils franchirent la crête, puis continuèrent à grimper. Des coups de feu éclatèrent au loin.

Peut-être aurait-elle dû monter dans sa voiture et foncer à Bisbee. C'était trop tard maintenant. La panique l'avait dominée. Elle la dominait encore.

— Plus vite, Harry, dit-elle d'un ton pressant. Plus vite.

Dans la voiture, Meredith, Gage et Dom résumèrent l'histoire de leur mieux. Le shérif les écouta très attentivement.

— Pourquoi Holly fuit-elle ? demanda-t-il finalement.

— Je l'ignore, dit Meredith. Quelque chose de terrible a dû se produire. Nous savons qu'un employé du sénateur a été retrouvé mort peu après qu'elle a disparu.

— Vous ne l'avez jamais rencontrée ?

— Si, je l'ai croisée dans certaines soirées mondaines.

— Et ça n'a pas fait tilt ?

— Non. On ne se ressemble pas tant que ça. Et puis, j'ignorais que j'avais une sœur.

Le shérif paraissait très inquiet. Les jointures de ses doigts crispés sur le volant étaient blanches.

— Allez-vous appeler du renfort ? demanda Meredith.

— Pas avant d'avoir évalué la situation. De toute façon, il y a une voiture de police qui patrouille dans le secteur. Elle pourra être là en cinq minutes.

Ils quittèrent la route principale et s'engagèrent dans un chemin de terre cahoteux. Malgré la poussière qui s'élevait et les enveloppait d'un nuage gris, ils aperçurent bientôt un petit chalet, puis deux voitures.

Un homme se tenait devant la porte, un fusil à la main. Le shérif prit la radio et demanda du renfort. Puis il actionna la sirène, par mesure d'intimidation.

L'homme leva son fusil et le pointa vers eux. Le pare-brise vola en éclats. Le shérif tourna brusquement le volant tandis que l'homme visait de nouveau. Le coup de feu claqua, mais la balle n'atteignit pas sa cible. L'homme disparut dans le chalet.

— Il y a un revolver dans la boîte à gants, dit le shérif en continuant à zigzaguer. J'ai aussi un fusil dans le coffre.

Il stoppa la voiture et bondit dehors tout en dégainant son revolver. Meredith sortit de l'autre côté du véhicule, derrière lequel elle s'abrita. Dom roula au sol avec le revolver qu'il avait pris dans la boîte à gants, tandis que Gage attrapait les clés que le shérif lui lançait et se ruait vers le coffre pour s'emparer du fusil.

Une vitre du chalet fut brisée, et le canon d'un fusil apparut dans l'encadrement de la fenêtre.

— Liz et son fils sont peut-être à l'intérieur, dit Doug. Liz ? appela-t-il.

Pas de réponse.

— Vous êtes cerné, cria-t-il à l'intention du tireur. Sortez les mains en l'air.

Silence. Puis le fusil bougea. Manifestement, le tireur cherchait une cible.

— On y va, dit Menelo.

Ils coururent se mettre à couvert dans un ravin peu profond. Gage suivit Meredith en lui faisant un rempart de son corps. Dom et le shérif les rejoignirent.

Une rafale de balles souleva la poussière du sol devant eux, mais le ravin les protégeait.

Menelo regarda Gage.

— Vous pouvez aller vous poster à l'arrière du chalet ? On dirait qu'il n'y a qu'un tireur.

Gage hocha la tête.

— Reste ici, dit-il à Meredith. Tu n'es pas armée.

Elle opina à contrecœur.

Il se pencha pour l'embrasser.

— Je vous aime, mademoiselle Rawson, murmura-t-il.

Puis il courut en direction du chalet en zigzaguant. Menelo le couvrit en tirant légèrement au-dessus de la fenêtre. Il ne voulait pas prendre le risque qu'une balle perdue pénètre à l'intérieur.

Meredith ferma les yeux quand Gage atteignit le chalet et disparut derrière, mais les rouvrit en entendant le mugissement d'une sirène. Les renforts arrivaient.

Mais où était Holly Ames ? Était-elle déjà morte ?

Des coups de feu éclatèrent, suivis de bruits difficilement identifiables. Puis Gage apparut à la porte d'entrée.

— Appelez une ambulance !

Elle courut vers lui, Menelo sur ses talons.

— Liz ? demanda-t-il.

— Il n'y a personne ici à part le tireur. Et il est blessé.

Holly entendit son poursuivant derrière elle. Il ne faisait aucun effort pour masquer ses mouvements.

Harry était épuisé. Le chien haletait. Ils ne pourraient plus aller bien loin.

Elle entendit une sirène dans le lointain, puis de nouveaux coups de feu. Elle s'immobilisa et tendit l'oreille. Mais un bruissement dans les buissons en contrebas lui fit comprendre que la poursuite n'était pas terminée. Elle ordonna à Harry de se remettre à courir.

Puis elle s'arrêta encore et regarda autour d'elle. Ils se trouvaient près du bord d'une falaise.

Elle s'accroupit devant son fils.

— Il faut que tu fasses quelque chose pour moi, Harry. Même si c'est difficile.

Il la regarda, les yeux écarquillés d'angoisse.

— Tu vois ces buissons là-bas ? Près de l'arbre ?

Il hocha la tête.

— Prends César avec toi. Va te cacher derrière les buissons, et si tu vois un homme, lance une pierre vers le bord de la falaise. Tu peux faire ça ?

Les lèvres de l'enfant tremblèrent.

— Je ne veux pas te quitter.

— Tu ne seras pas loin. Tu pourras me voir tout le temps.

Elle entendit une pierre rouler. Terriblement près.

— S'il te plaît, Harry.

— D'accord, dit-il.

— Ne te montre pas. Je veux seulement qu'on entende la pierre tomber, juste là-bas.

Elle pointa l'index vers le bord de la falaise.

— D'accord, dit-il.

Elle le serra contre elle.

— Je t'aime.

— Moi aussi, je t'aime.

— Vas-y, maintenant. Et trouve une bonne pierre.

Tirant le chien à sa suite, Harry alla se cacher derrière les buissons. Holly s'approcha du bord de la falaise et s'assit, comme si elle avait renoncé à fuir.

Quelques secondes plus tard, un homme à la carrure imposante apparut. Il l'aperçut aussitôt.

— Tu vas me payer ça, dit-il, essoufflé. Où est le gosse ?

— Je ne l'ai pas amené.

— Tu mens. J'ai vu le livre de coloriage et les deux assiettes sur la table.

Il se rapprocha.

— Je ne lui ferai pas de mal.

— Vous avez entendu la sirène. La police est là.

— Ces connards de flics sont probablement déjà morts, rétorqua-t-il avec arrogance. Maintenant, dis-moi où est le gosse.

Il y eut un bruit derrière lui. La pierre de Harry. L'homme se tourna vivement, et Holly fonça sur lui pour le pousser. Il trébucha, mais reprit son équilibre et essaya de l'attraper. Une boule de poils fusa alors devant elle, accompagnée d'un sourd grondement. L'homme projeta ses mains en avant pour se protéger, lâcha son arme et bascula dans le vide.

Holly s'empara de la laisse du chien et le tira en arrière alors que l'homme tombait de la falaise, son cri déchirant l'air.

32

Le hurlement retentit jusqu'au chalet.

— Occupez-vous de l'homme à l'intérieur, ordonna Doug à l'un des deux officiers qui les avaient rejoints. Vous, venez avec moi, dit-il à l'autre.

Il contourna la maison et commença à grimper la colline à grands pas. Gage le suivit, Dom sur ses talons.

Gage se tourna vers Meredith.

— Attends-nous ici, lui conseilla-t-il.

— Il n'en est pas question. C'est ma sœur.

La piste était difficile, à peine visible dans la lumière déclinante. Mais ils purent tout de même distinguer de récentes traces de pas.

— Liz ? appelait régulièrement le shérif.

À un moment donné, Meredith regarda sur le côté et aperçut un corps qui gisait au pied de la falaise, les membres disloqués.

— Shérif ! cria-t-elle.

Il s'arrêta, se tourna et dit quelque chose au policier qui l'accompagnait. Celui-ci entreprit aussitôt de descendre voir le corps. Le shérif continua à avancer, revolver au poing.

Le cœur de Meredith battait à tout rompre. Que s'était-il passé là-haut ? Était-ce le cadavre de sa sœur qu'elle venait d'apercevoir ?

Elle entendit soudain une voix. Une voix de femme étouffée, apeurée.

— Doug, je suis ici.

Meredith accéléra le pas et atteignit le sommet de la falaise à l'instant même où une adorable jeune femme se jetait dans les bras du shérif. Il la tint un moment contre lui avant de se résoudre à s'écarter d'elle.

— Y a-t-il quelqu'un d'autre ?

Elle secoua la tête.

Menelo rengaina son revolver et se pencha vers le petit garçon qui levait vers lui des yeux pleins d'admiration. Il le souleva dans ses bras comme un objet très précieux.

À l'écart, Meredith, Gage et Dom observaient respectueusement la scène.

Enfin, la jeune femme se tourna vers eux, l'air hésitant.

Meredith alla à sa rencontre.

— Je suis Meredith Rawson, déclara-t-elle. Je... je crois que je suis votre demi-sœur.

— C'est impossible, dit la jeune femme. Je n'ai pas de...

— Il y a trente-trois ans, ma mère avait dix-sept ans. Elle a eu un enfant hors mariage, une fille, à Memphis. Le bébé lui a été enlevé. Elle a essayé de le retrouver, mais en vain. À la même époque, votre mère se trouvait à Memphis pour accoucher, mais elle n'a jamais eu d'enfant. Nous pensons que vous lui avez été donnée.

La jeune femme avait l'air abasourdie.

— Mais pourquoi ?

— Nous ne savons pas exactement. Nous avons juste quelques hypothèses. Un test ADN confirmerait vos origines.

Holly fronça les sourcils, tandis que les révélations de Meredith faisaient leur chemin dans son esprit.

— Vous voulez dire que mon père... n'est pas vraiment mon père ?

— C'est possible.

— Alors, qui...

Dom s'avança, le visage imperturbable, mais le regard brillant d'émotion.

— Je crois que c'est moi, déclara-t-il. Il y a quelques jours encore, j'ignorais ton existence. Je...

Sa voix se brisa.

L'officier qui était parti voir le corps tombé de la falaise revint.

— Mort, annonça-t-il à Menelo.

— Que s'est-il passé ? demanda doucement ce dernier à Holly.

Elle lui résuma les événements depuis l'arrivée des deux hommes au chalet.

— L'autre homme est seulement blessé, lui apprit Menelo quand elle eut terminé. Il nous dira peut-être qui les a envoyés et pourquoi.

— C'est mon mari, souffla Holly. Il a voulu me faire tuer à La Nouvelle-Orléans. J'avais entendu une conversation que je n'aurais pas dû entendre.

Menelo ferma les yeux une fraction de seconde, comme s'il ressentait toute la souffrance qu'elle avait dû endurer.

— Je me doutais qu'il s'était passé quelque chose comme ça, dit-il doucement en l'enlaçant de son bras libre.

— J'ai tué l'homme qu'il avait envoyé pour me supprimer. Je savais que personne ne me croirait. Mon mari est...

Elle tremblait de tout son corps. Ses yeux brillaient de larmes.

Meredith ne put s'empêcher de tendre la main vers la sienne.

— Ils vous croiront, maintenant, lui assura-t-elle.

Quelques heures plus tard, Gage et Meredith dégustaient un verre de vin dans leur chambre de l'hôtel *Copper Queen.* Dom s'était retiré dans sa propre chambre, prétextant des coups de fil à donner. Mais Meredith savait qu'il avait en fait grand besoin de se retrouver seul après toutes ces émotions. Gage et elle aussi. Cependant, Meredith tenait à téléphoner à Sarah.

— Enfin, vous appelez ! s'exclama cette dernière avec un soulagement évident. Je me faisais un sang d'encre.

— La journée a été chargée. On a retrouvé ma sœur.

— Vous en êtes certaine ?

— Aussi certaine que si on avait fait un test ADN. Des problèmes au cabinet ?

— J'ai une patronne qui est la cible d'un dingue, mais sinon, ça va.

— Ce sera bientôt fini, lui promit Meredith.

— Oh, quelqu'un du cabinet de votre père a appelé. Ils ont trouvé une enveloppe adressée à votre nom dans ses dossiers. Ils nous l'envoient par coursier.

— Bien. Je devrais être rentrée demain.

Elle raccrocha.

Gage avait enlevé sa chemise. Il était superbe, comme toujours. Il lui adressa un regard interrogateur.

— Il y avait une enveloppe pour moi au bureau de mon père. Je me demande pourquoi il ne me l'a pas donnée en main propre.

— Je me renseignerai sur les vols. On devrait pouvoir rentrer demain après-midi.

Elle hésita. Il fallait qu'elle rentre, mais elle n'avait pas envie de laisser sa sœur. Pas maintenant.

— Nous n'aurons pas les résultats des tests sanguins avant de partir.

— Menelo nous les communiquera.

— Je l'aime bien.

— Moi aussi. Il n'a pas peur d'enfreindre les règles s'il le faut.

Il l'attira à lui. Ils n'avaient envie que d'une chose, maintenant : être dans les bras l'un de l'autre. Ils étaient tous les deux trop épuisés pour faire plus que commander un hamburger à la réception, prendre une douche et se coucher.

Mais lorsque les lèvres de Gage touchèrent les siennes, la fatigue s'envola comme par magie. Il y avait quelque chose de nouveau dans son regard. Une sorte de sérénité. Comme si quelque chose en lui avait enfin trouvé sa place.

Elle effleura sa joue et sentit sous sa main le picotement de sa barbe naissante. Puis elle enfouit ses doigts dans ses cheveux.

— Je t'aime, Meredith Rawson, dit-il contre sa bouche.

— Je t'aime aussi, murmura-t-elle à son tour. Plus que je ne l'aurais cru possible.

— Il faut que je te prévienne, reprit-il. J'ai quelques bagages assez lourds avec moi. Mon frère sort de prison la semaine prochaine. Il viendra habiter un moment chez moi.

— Besoin d'un bon avocat ?

— J'y pensais, répondit-il avec un de ces sourires qui la troublaient tant.

— D'autres bagages ?

— Oui. Beast.

— Je l'adore.

— Il essaiera de te chasser du lit.

— Je saurai défendre mon territoire.

— Je n'en doute pas, murmura-t-il.

— Il y a autre chose, devina-t-elle.

— Rien d'important.

— Qu'est-ce que c'est ?

Il haussa les épaules.

— Nous venons de milieux très différents.

Elle se redressa, l'air surpris.

— Je ne savais pas que tu étais snob.

Il sourit à ce trait d'humour.

— J'ai été fiancé à une fille de la bonne société quand j'étais à l'université. J'étais un très bon joueur de football. Une star. Puis je me suis blessé au genou, et on m'a annoncé que je ne pourrais plus jouer. Elle m'a quitté le lendemain.

— Tu l'aimais ?

— Je le pensais. Elle représentait tout ce qu'un pauvre garçon issu des bas-fonds pouvait désirer. La beauté, la classe…

— Ce qu'elle a fait n'est pas très classe, je trouve.

— Ça m'a blessé, en tout cas, et j'ai mis du temps à faire de nouveau confiance aux femmes. Ensuite, mon boulot a pris le pas sur tout. C'est difficile d'être la femme d'un flic, ajouta-t-il sans transition.

Son regard ne quitta pas le sien une seconde.

— C'est difficile d'être la femme ou le mari de quiconque, observa-t-elle. Mais je n'ai jamais pensé que l'amour consistait à changer la nature des gens. Et toi, mon amour, tu es un flic dans l'âme.

— C'est un oui ?

— C'était une demande ?

— Je crois.

— Tu peux recommencer en y mettant un peu plus de sentiments ?

Il hésita.

— Je veux juste que tu saches où tu mets les pieds. Clint, mon boulot… Je peux essayer d'en trouver un autre, si tu veux.

— Oui, je sais où je mets les pieds. Et non, tu ne vas pas changer de métier. Alors, oui, je t'épouserai, malgré cette demande absolument dénuée de romantisme.

Il fit la grimace.

— Je ne suis pas doué pour le romantisme, je l'avoue.

Mais il l'était. Il l'était au vrai sens du terme. Quand elle avait besoin de lui, il répondait présent. Il l'acceptait telle qu'elle était. Il la faisait rire. Et surtout, il comblait ce vide qui l'habitait depuis toujours.

Elle chercha ses lèvres. Il lui répondit avec passion. Et ils devinrent très, très romantiques.

— Je suis désolée d'avoir dû te mentir.

Le regard de Holly croisa celui de Doug.

Elle l'avait accompagné à l'hôpital, où elle s'était assuré que Marty, plongée dans un profond sommeil, allait bien. Puis elle l'avait attendu pendant qu'il allait prendre des nouvelles de l'homme qui leur avait tiré dessus. Il vivrait, lui avait-il annoncé. Et il avait déjà commencé à parler.

À présent, ils se trouvaient chez Doug, où ils avaient couché Harry dans la chambre qu'occupait Jenny quand elle dormait chez son oncle. Doug leur avait préparé un chocolat chaud, et ils s'étaient installés au salon.

— Tu avais une bonne raison de le faire, répondit-il en écartant une courte boucle de son front. Tu devais être terrifiée.

— Bien plus que ça.

— Il faudra probablement que tu retournes à La Nouvelle-Orléans pour témoigner. Mais pas avant que nous soyons certains de pouvoir assurer ta protection. Si le test ADN confirme la thèse de Gaynor et Meredith, le juge Matthews perdra toute crédibilité.

— Je sais.

Elle frissonna. Elle ne voulait plus jamais revoir Randolph, ni son père. Enfin, plus exactement, l'homme qu'elle avait toujours considéré comme son père, mais qui ne s'était jamais comporté en tant que tel. Elle comprenait pourquoi, maintenant.

— Quand tout sera fini, voudras-tu retourner vivre à La Nouvelle-Orléans ? demanda-t-il avec appréhension.

— Non. C'est ici chez moi.

Il lui toucha le visage avec tant de douceur qu'elle eut envie de pleurer.

Elle lui tendit ses lèvres, et il se pencha vers elle.

Ce même soir, Samuel Matthews reçut des nouvelles des deux hommes qu'il avait envoyés à Bisbee.

— L'un est mort. L'autre est en train de passer à table. Je quitte le pays tant que c'est possible. Vous devriez en faire autant.

Samuel raccrocha lentement. Tout allait s'écrouler.

DeWitt avait fourré son nez dans le testament de son père. Holly était vivante et le test ADN prouverait qu'elle n'était pas sa fille.

Et tout cela par la faute de Randolph. S'il n'avait pas engagé quelqu'un d'incompétent pour éliminer Holly, ils n'en seraient pas là aujourd'hui. Maintenant, tout ce que Samuel s'était efforcé de cacher pendant des années allait apparaître au grand jour.

Une chose était sûre. Il n'irait pas en prison.

Il gagna son bureau et en sortit quelques documents qu'il brûla dans la cheminée. Il en laissa deux, qui détruiraient à coup sûr Randolph Ames.

Il but un verre de son excellent cognac, fuma un cigare et regarda les photos accrochées aux murs. Le juge Matthews avec le président. Le juge Matthews avec trois gouverneurs. Le juge Matthews, respecté, influent, honorable.

Il avala un autre verre, se rendit dans la salle de bains et redressa sa cravate.

Puis il descendit au rez-de-chaussée et prit ses clés.

Il ne préviendrait pas Randolph, ne laisserait pas de mot d'adieu. Il ne voulait pas qu'on croie à un suicide.

Il monta dans sa voiture et démarra.

Il savait exactement où il devait faire sortir son véhicule de la route pour que la police conclue à un tragique accident.

L'enterrement serait grandiose.

Gage et Meredith apprirent la nouvelle quand ils atterrirent à La Nouvelle-Orléans. Dom avait décidé de rester quelques jours de plus à Bisbee. Il voulait faire connaissance avec sa fille et son petit-fils.

Le juge Samuel Matthews se tue dans un accident de voiture, annonçaient les gros titres des journaux.

Ils échangèrent un regard, puis Gage sortit son téléphone portable et appela DeWitt.

— Sanders, où tu en es ?

Il écouta un moment, puis demanda :

— Ça pourrait être un suicide ?

Gage hocha la tête en réponse à une question de DeWitt.

— Oui, on a trouvé beaucoup de choses. Tu peux attendre avant de lancer l'article ? Je ne veux pas que Randolph Ames disparaisse dans la nature. OK. Tu nous prends au bureau de Meredith ? Elle doit y récupérer quelque chose.

Il écouta encore, puis sourit.

— Oui, amène Beast.

Il éteignit son téléphone.

— Allons en taxi à ton bureau récupérer l'enveloppe que ton père t'a laissée. DeWitt nous attendra au parking.

Une heure plus tard, ils retrouvaient DeWitt. Beast occupait toute la banquette arrière de sa voiture.

— Je monte devant, dit Meredith.

En les voyant, le chien se mit à pousser des gémissements d'animal abandonné. Gage se glissa comme il put sur le siège arrière, Beast s'étalant littéralement sur lui.

Meredith jeta un coup d'œil à l'intérieur de l'enveloppe et se raidit.

La date correspondait au jour de la mort de son père.

Elle parcourut rapidement les trois pages. Il s'agissait d'une confession sous forme de lettre. Son père avait été dévoré par la culpabilité toute sa vie.

Elle tendit en silence la lettre à Gage, ignorant les regards interrogateurs de DeWitt. Il la lirait lui-même après.

Une fois chez Gage, ce dernier prépara du café pendant que DeWitt prenait connaissance du contenu de la lettre.

— Nom d'un chien, dit-il quand il eut terminé.

Toute l'histoire s'y trouvait. La quête désespérée de Matthews, qui se savait stérile. Les parents de

Marguerite qui voulaient à tout prix cacher la grossesse de leur fille, de crainte que cela ne nuise à la carrière du père. Pour garder le secret, ils avaient dû détruire la vie d'un jeune homme – la détruire de manière que Marguerite n'ait plus jamais affaire à lui.

Le jeune Prescott était un joueur. Il avait été payé pour piéger Dom, mais il était devenu gourmand et avait essayé de faire chanter les Thibadeau et les Matthews. Charles Rawson, jeune loup ambitieux, avait été manipulé par le père de Marguerite. Il était tombé fou amoureux de la jeune fille et avait été considéré comme un excellent parti pour elle. Il aurait vendu son âme pour l'épouser. Il avait aidé à piéger Dom, puis à assassiner Prescott.

La blessure finale était la plus profonde. Marguerite n'avait accepté ce mariage que contrainte et forcée. Si elle avait refusé, Dom n'aurait jamais quitté la prison vivant. Elle avait consenti à un mariage sans amour, tout en haïssant Rawson pour ce qu'il avait fait et en se refusant à lui. Jusqu'à ce qu'il la prenne de force. Meredith était née de ce viol.

Rawson n'avait plus jamais touché Marguerite par la suite. Ils s'étaient mutuellement punis jusqu'au dernier jour de leur vie.

Gage posa sa main sur celle de la jeune femme.

— Je suis désolé.

— Je sais, maintenant, dit-elle. Il vaut toujours mieux savoir.

Mais une larme tomba sur la lettre.

— Ils t'ont donné la vie. Et je leur suis reconnaissant pour ça.

Elle lui sourit à travers ses larmes.

Ensuite, ils préparèrent un argumentaire pour amener Randolph Ames devant la justice.

Ensemble. Car tout ce qu'ils feraient désormais, ils le feraient ensemble.

Bisbee, six mois plus tard

— C'est fini, chérie, dit Doug en raccrochant le téléphone. Il a été reconnu coupable.

Holly regarda dehors. Mikey était en train de jouer avec César dans le jardin de Doug. Elle s'était installée chez lui depuis son retour de La Nouvelle-Orléans, où elle n'était restée que le temps de témoigner.

Randolph avait refusé de lui accorder le divorce, mais Meredith s'occupait de faire aboutir rapidement la procédure.

Au cours des six derniers mois, Meredith et elle étaient devenues amies. Le test ADN avait confirmé qu'elles étaient sœurs, et Meredith lui avait transmis la moitié de l'héritage de leur mère. Cela représentait un montant considérable.

Holly avait tout d'abord refusé cet argent. C'était le dernier souhait de leur mère, avait argumenté Meredith. Holly avait fini par céder. Mais elle prévoyait de reverser une large part de son héritage au foyer de Dom et à un centre de réinsertion de Bisbee. Le reste servirait à l'éducation de Mikey.

Elle se laissa aller contre Doug, en s'étonnant que sa vie ait pu passer de l'enfer au paradis en l'espace d'une année. Mikey avait cinq ans, maintenant. Il avait eu des cauchemars pendant un certain temps après l'épisode du chalet, mais il allait bien, désormais.

Doug lui prit la main et l'entraîna dehors pour regarder le coucher de soleil.

Ils s'assirent sur les marches de la terrasse. Et soudain, Doug se mit à genoux devant elle et sortit un petit écrin de sa poche. Il le lui tendit.

Les mains tremblantes, elle l'ouvrit. C'était une bague sertie d'un saphir du même bleu que ses yeux.

— Veux-tu m'épouser ? demanda-t-il.

— Le divorce…

— Meredith dit qu'elle peut l'expédier. Elle et Gage se marient en juin. J'ai pensé... enfin, je me suis dit que... peut-être que toutes les deux... euh...

Il ne s'en sortait pas. Elle ne l'avait jamais vu si peu sûr de lui.

— Oui, dit-elle simplement.

Il l'embrassa longuement, puis ils contemplèrent le coucher de soleil, main dans la main.

— C'est tellement beau ici, murmura Holly.

— Beaucoup moins beau que toi. Quand je t'ai vue la première fois...

— Avec mes lunettes et mes cheveux bruns ?

— J'ai pensé que tu étais la plus belle femme du monde.

— J'étais terne.

— Quelque chose continuait à briller en toi.

Elle le regarda avec amour.

— C'était pour toi, dit-elle.

Et elle savait qu'elle brillerait toujours pour lui.

•

Épilogue

Bisbee

Le double mariage eut lieu à Bisbee. Holly n'avait que de mauvais souvenirs à La Nouvelle-Orléans, et tous les amis de Doug se trouvaient dans la région de Bisbee. Quant à Meredith et Gage, peu leur importait où ils se mariaient, pourvu qu'ils se marient.

Les deux couples voulaient en tout cas célébrer leur union ensemble. La haine et la destruction les avaient séparés. À présent, l'amour les réunissait. Ils construisaient une nouvelle famille fondée sur le respect, la confiance et la solidarité.

Meredith et Gage étaient tombés sous le charme de Bisbee, mais pas au point de s'y installer. Gage aimait exercer son métier dans une grande ville, où il y avait de l'action. Quant à Meredith, elle voulait poursuivre son travail auprès des femmes victimes de violences conjugales. Mais ils n'excluaient pas l'idée d'avoir une résidence secondaire à Bisbee.

La petite église était pleine. Meredith, la plus jeune, serait la première à remonter l'allée centrale, avaient-ils décidé. Les deux hommes se tenaient devant l'autel avec leurs témoins. Clint pour Gage, et Mikey, fier comme Artaban, pour Doug.

Jenny conduisait la procession en tant que témoin de Meredith, Marty étant celui de Holly.

Les deux jeunes femmes vinrent se placer près de leurs futurs époux. Le prêtre commença à prononcer les paroles consacrées.

— ... dans la maladie comme dans la santé... dans la richesse comme dans la pauvreté... jusqu'à ce que la mort vous sépare.

Puis vint le meilleur moment.

— Vous pouvez embrasser la mariée.

Les jeunes mariés s'embrassèrent avec tant de passion que quelques sifflements fusèrent dans l'assemblée. Gage regarda le couple à côté d'eux. Ils continuaient.

Il avait toujours aimé la compétition, non ?

Il reprit son baiser où il l'avait laissé, encore étonné de se sentir aussi heureux et comblé. Il y avait eu tant de violence et de mensonges autour d'eux... Il savait qu'il y aurait d'autres épreuves, mais pour la première fois de sa vie il voulait croire aux histoires qui se terminaient bien.

Les sifflements se firent plus insistants, et il s'écarta à regret de sa femme, et Doug de la sienne. Ils échangèrent un regard et se sourirent. Doug prit Mikey dans ses bras, et Jenny et Marty vinrent embrasser Holly, puis Meredith.

C'était fait. Ils étaient mariés. Le soir, il y aurait une fête. Une énorme fête, pour célébrer l'amour, la vie et la famille.

Gage tendit la main à Meredith. Tout commençait maintenant.

Il était prêt.

Découvrez les prochaines nouveautés de la collection

Amour et Destin

Des histoires d'amour riches en émotions déclinées en trois genres :

Intrigue ***Romance d'aujourd'hui*** ***Comédie***

Le 2 juin ***Romance d'aujourd'hui***

Le souvenir de Laurel

de Sandra Steffen (n° 7645)

Liza découvre que Laurel, sa sœur jumelle, qui a succombé à une tumeur au cerveau cinq ans auparavant, a donné naissance à un enfant avant de mourir. Elle se rend alors à Alcott où vivent le petit Tommy et son père, Jack, shérif de la petite ville. Jack croit rêver en regardant approcher celle qu'il confond quelques instants avec la femme qu'il chérissait. Pour Liza, il est difficile d'affronter le passé et de taire les rancœurs qu'elle nourrit à son encontre. Mais le présent douloureux les force à passer sous silence leurs souvenirs…

Le 10 juin ***Intrigue***

Au nom de Vince

de Mariah Stewart (n° 7646)

Que peuvent se raconter trois criminels lorsqu'ils se retrouvent ensemble en garde-à-vue ? Surtout lorsque l'un d'entre eux, Channing, est un tueur en série ! Ils discutent de qui ils aimeraient voir mort… Dès qu'il sort, Channing décide de s'occuper de la liste de Vince sur laquelle figure une certaine Mlle Douglas. Mais il n'y en a pas qu'une seule dans le comté et, après deux meurtres, Mara Douglas se sent en danger. D'autant plus que Channing en fait une affaire personnelle. Même si Mara est protégée par Aidan, un ami du FBI, le tueur se rapproche…

Le 24 juin ***Comédie***

Mon voisin, ce héros

de Catherine Alliott (n° 7656)

Pauvre de moi. Larguée avec ma fille de dix ans et la nouvelle maison en plein chantier. Mais bon, ce n'est pas parce que le monde s'écroule que la vie s'arrête. Il faut réagir : sécher ses larmes, s'affirmer comme une femme autonome et forte, s'ouvrir au monde… En commençant par le voisinage. Justement, le voisin, il est franchement bizarroïde. Il agite les bras devant sa fenêtre fermée en hurlant des invectives que personne n'entend. Et, l'autre jour, il a fait ses courses en pyjama. Inquiétant, non ? En même temps, il est si mignon !

Ce mois-ci, retrouvez également les titres de la collection

Aventures et Passions

Le 4 mai

Les aventuriers de Bahamas **de Patricia Cabot (n° 7691)**

Payton Dixon a grandi sur le voilier de son père, un armateur, et est devenue un vrai garçon manqué. Mais elle est aussi amoureuse depuis toujours du capitaine Connor Drake.
Lorsque celui-ci hérite d'un titre de baron et annonce son intention d'épouser une jeune aristocrate, comme l'exige son titre, Payton se retrouve en plein cauchemar. Elle surprend alors la future mariée en train de conspirer avec le pire ennemi de son fiancé ! Coûte que coûte, elle doit empêcher ce mariage et sauver Connor. En route ! Direction les Bahamas !

Le 17 mai

Où le vent te mène **de Rosanne Bittner (n° 5189)**

À 18 ans à peine, Sarah Kelly est veuve. Que faire ? Poursuivre sa route vers le Montana ? Retourner chez elle ? Hors de question, jamais elle ne retournera parmi les Quakers de Pennsylvanie, rigides et étroits d'esprits. Alors elle continue, indécise, perdue au milieu de cette plaine… Soudain, un homme, vêtu en tout et pour tout d'un pagne, surgit à quelques mètres d'elle. S'agit-il d'un de ces redoutables guerriers sioux dont elle a entendu parler ?
Terrifiée à son approche, elle se jette sur son fusil…

Le 17 mai

Les blessures du passé **de Lisa Kleypas (n° 7614)**

Lady Aline Mardsen et John McKenna, un domestique, grandissent ensemble et tombent amoureux l'un de l'autre. Défiant la société, ils s'avouent leurs sentiments. Mais lorsque les liens qui les unissent sont découverts, ils sont brutalement séparés. Aline est obligée de dire à John qu'elle ne l'a jamais aimé afin de le sauver. La rage au cœur, il part vers d'autres horizons.
Quelques années plus tard, John est de retour en homme fortuné et bien décidé à se venger ! Mais il s'avère difficile de détester la magnifique jeune femme qu'Aline est devenue. Surtout quand celle-ci dissimule une terrible blessure…

Le 25 mai

Les justiciers de Londres **de Julie Beard (n° 7615)**

Lydia, jeune veuve, n'a jamais oublié l'humiliation et la douleur d'avoir été reniée par sa famille en raison d'un amour incompris. Elle avait été sauvée par son mariage avec le vieux comte de Beaumont, atteint d'une terrible maladie. Sur son lit de mort, Lydia promet à son époux de retrouver sa fille disparue. Mais un détective a été engagé pour la même tâche : Hugh Montgomerry, son grand amour !

ainsi que les titres des collections

Amour et Mystère

Sous le charme d'un amour envoûtant

Le 25 mai

Le pacte de McKeltar

de Karen Marie Moning (n° 7686)

Dageus McKeltar, druide écossais du XVIe siècle, rompt un pacte ancestral : il voyage dans le temps jusqu'au XXIe siècle pour sauver son frère jumeau. Mais voilà, les forces du mal prennent possession de lui.

Dans sa quête pour briser le mauvais sort, il rencontre Chloé Zanders, une passionnée d'histoire ancienne... et tombe sous son charme. Il l'entraîne avec lui en Écosse pour retrouver son frère et le remède qui le délivrerait de ses démons.

Chloé prend-t-elle la bonne décision en suivant cet homme séduisant, mais terriblement dangereux ?

NOUVELLE COLLECTION

et

Passion intense

Quand l'amour vous plonge dans un monde de sensualité

Le 25 mai

Désir brûlant
de Nicole Jordan (n° 7685)
Lorsque Sean Lasseter décide de ruiner la réputation de la jeune Raven Kendrick, c'est le frère de celui-ci, Kell, qui vient à son secours. Étourdie par des aphrodisiaques, la jeune femme n'a plus toute sa tête et s'offre à son sauveur. Le lendemain, Kell la demande en mariage et elle est forcée d'accepter. Belle et spirituelle, Raven est un mystère pour Kell qui regrette bientôt l'intensité de leur première nuit.

NOUVELLE COLLECTION

7612

Composition Chesteroc Ltd
Achevé d'imprimer en France (La Flèche)
par Brodard et Taupin
le 8 avril 2005. 29278
Dépôt légal avril 2005. ISBN 2-290-34389-7

Éditions J'ai lu
84, rue de Grenelle, 75007 Paris
Diffusion France et étranger : Flammarion